KB230593

별, 함께 빛나다

별, 함께 빛나다

별, 함께 빛나다

이향영 Lisa Lee 장편소설

차례

저자의 말

『별, 함께 빛나다』는 오래전 미국 로스엔젤레스 시티 칼리지(LACC)에서 교재로 쓰였던 논픽션 『The Rich Boy(부유한 소년)』를 바탕으로 새롭게 태어난 소설입니다. 한때 학생들의 책상 위에 머물렀던 이야기는 제 마음속에서 오랫동안 식지 않는 빛으로 언젠가 다시 태어나기를 기다리고 있었습니다.

저는 그 빛을 이어받아 소설이라는 새로운 옷을 입혀 보았습니다. 원작이 지닌 시대의 공기와 인간의 내면을 비추는 시선은 여전히 살아 있었고, 그것을 오늘의 문자와 감성으로 엮어 내는 과정은, 제게도 큰 배움과 기쁨이었습니다.

이 책은 단순한 개작이 아니라, 어제와 오늘이 만나는 자리이자, 오래된 이야기와 새로운 감수성이 함께 빛나는 공간입니다. 독자 여러분께서 이 책을 통해 각자의 마음속 별을 발견하시고, 별빛 들판에서 춤을 추는 즐거운 일이 생겼으면 하고 빌어 봅니다.

2026년 봄, 별빛과 춤추며

이향영 Lisa Lee

1부 소년과 엄마

소년, 엄마를 만나다

지저스가 내 아버지라면 나는 그를 닮았을 테니 내 몸에는
지저스의 피가 흐르고 있겠지.
내 꿈은 지저스처럼 장성하는 것이고, 나는 아무도 원망하지
않으면서 살아갈 것이다.

소년은 그립지 않았다. 그립지 않은데도 가슴 한구석이
아팠다. 하늘은 구름 한 점 없이 맑고 푸르렀으며 어디에서
불어오는지 알 수 없는 바람이 소년을 부드럽게 쓸고 지나
갔다. 엄마가 떠난 지 삼 년이 되었지만 엄마는 여태 돌아오
지 않았다. 빌라 옥상에 선 소년은 고개를 들고 동쪽 하늘을
보았다. 그 아래 햇살이 가득 부려진 세상은 눈이 부실 만큼

환했다. 아마도 그날이었을 것이다. 소년이 한 번도 생각해 본 적 없고, 품어 본 적 없는 질문이 생겨난 것은. 세상을 떠나는 순간까지 답을 찾으려 했으나 찾을 수 없던 그 질문이. 왜 하늘이 맑을수록 눈물이 나려 하는지. 사람은 왜 아름다운 풍경 앞에서 슬픔을 느끼는지.

소년은 고개를 돌렸다. 골목 끝 놀이터와 거기에서 놀고 있는 아이들도 보였다. 함께 놀다가도 동네 아이들은 기분이 상하면 서슴없이 소년을 놀리곤 했다.

"엄마도 없고 아빠도 없으면서!"

"미국에 있어. 나는 태양을 보면 엄마를 보는 거야. 우리 엄마도 같은 태양을 보면서 나를 본다 했어. 미국에 살 때 우리 엄마가 나를 오 마이 선(oh my sun), 오 마이 스타(oh my star) 하고 불렀어."

아빠가 없는 건 맞지만 엄마는 없는 게 아니었다. 소년이 태어나기도 전에 교통사고로 세상을 떠난 아빠는 기억에도 없으니 수긍할 수 있었지만 엄마는 멀쩡하게 살아 있으니 인정할 수 없었다. 만약 그런 놀림을 모른 체하면 엄마에게 죄를 짓는 기분이 들었다. 엄마는 저 먼 나라 미국에 있지만 곧 데리러 올 거라 소리치면 아이들은 깔깔깔 웃어 댔다. 웃지 않는 아이가 한 명 있긴 했다. 아빠가 중동으로 떠났다는 한 아이만은 소년을 비웃지 않았다. 놀이터를 떠날 때 그 아이가 뒤따라왔다. 소년이 돌아보자 아이는 얼굴을 붉혔다.

"난 너 믿어. 우리 아빠도 돈 많이 벌어서 곧 온다고 했거든."

"고맙다. 너도 아빠가 보고 싶으면 태양을 봐. 너네 아빠도 같은 태양을 보고 너를 생각할 거야."

소년은 손바닥을 바지에 쓱 문지르고 아이가 내민 손을 맞잡았다. 아이의 손은 작고 부드럽고 따뜻했다. 그 탓에 소년은 아이에게 터무니없는 약속을 하고 말았다.

"엄마는 너무 바빠서 못 오는 거야. 그러니까 내가 만나러 갈 거야."

그 아이가 눈을 동그랗게 뜨고 어떻게 갈 거냐고 물었다.

"걱정하지 마. 하늘을 날아서 갈 거야."

"정말 그럴 수 있어?"

"그래, 난 날 수 있어."

소년은 힘차게 고개를 끄덕였다. 아이가 원했다면 손가락을 걸고 맹세할 수도 있었다.

사실 하늘을 날기로 마음먹은 건 오래전이었다. 소년은 비행기를 타 본 적이 있었다. 다 기억이 나는 건 아니지만 엄마와 함께 미국에서 올 때 비행기 창밖으로 보이던 구름과 푹신해 보이는 그 구름 위로 뛰어내리고 싶다는 생각을 했던 기억만은 어제 일처럼 뚜렷했다.

빌라 옥상은 도약해서 날아오르기에는 비좁았지만 뛰어내리기에는 괜찮은 장소였다. 큰소리를 쳤지만 소년은 확인하고 싶었다. 과연 날 수 있을지. 날지 못하더라도 꽃잎처럼 사뿐히 떨어질 수 있다면 좋을 듯했다. 옥상 난간에 올랐다. 높은 곳을 두려워하지 않는 소년이었지만 잠깐 겁이 났다. 커다란 타월이 망토처럼 소년의 등 뒤에서 너울거렸다. 발목까지 내려온 타월 자락이 종아리를 간지럽혔다. 소년은 목 앞을 손으로 더듬어 매듭이 단단한지를 확인했다. 아래를 내려다보니 까마득했다. 겨우 2층 높이인데도 밑에서 올려다볼 때와는 사뭇 달랐다. 소년의 키가 더해진 만큼 저 바닥은 깊어졌다.

소년은 먼 하늘을 바라다보았다. 엄마는 왜 저 하늘에서 아빠가 소년을 바라보며 지켜 준다는 말을 하지 않는 걸까. 아빠가 미워서? 아빠의 도움 따위는 필요 없다고 여겨서인지도 몰랐다. 엄마가 있으니까. 그러나 그런 엄마마저 지금 소년 곁에 없었다. 소년을 바라보는 건 하늘 아버지일 수도 있고 아빠가 아닐 수도 있는 상천(上天)뿐이었다. 다리가 후들거렸다. 날 수 있으리라는 소망과 날지 못하고 추락하리라는 두려움이 몇 번이나 자리를 바꾸며 소년을 괴롭혔는지 모른다. 소년은 잠시 귀를 기울였다. 희미하지만 이모 집 거실에서 텔레비전 소리가 새어 나왔다. 이모는 조카인 소년이 옥상에 있다는 걸 까맣게 모른 채 어디 갔는지 모르겠다며 투덜대고 있을 거였다. 잠깐 한눈만 팔아도 감쪽같이 사라진다면서. 만약 하늘을 나는 소년을 창을 통해 이모가 보게 된다면 이모는 너무 놀라고 기쁜 나머지 기절할지도 몰랐다. 사촌들 누구도 해내지 못한 일을 소년은 지금 막 하려는 참이었다. 생각은 그랬지만 허공으로 도약할 엄두가 나지 않았다. 기억에도 없는 아빠를 믿을 수는 없었다. 소년에게는 격려가 필요했다. 그 아이의 손을 떠올렸다. 격려가 되었지만 충분하지는 않았다. 어디선가 구름 한 점이 나타났다. 소년의 얼굴에 여린 그림자가 드리워졌다. 소년은 고개를 들고 홀로 떠 있는 구름을 보았다. 그리고 자신도 모르게 속삭였다. "엄마⋯⋯. 마이 선, 마이 스타!"

구름 때문이었다. 맑고 푸른 하늘 아래 홀로 떠 있는 구름이야말로 소년에게는 엄마 그 자체였다. 소년은 용기를 냈다. 두 무릎을 구부렸다가 힘차게 난간을 차고 뛰어올랐다. '어, 난다!' 소년의 머릿속에 이런 환호성이 울려 퍼졌다. 잠깐이었지만 정말로 난다고 느꼈다. 옥상 난간과 구름과 태양과 하늘. 그 사이 어딘가에 소년이 있었다. 존재하기도 존재하지 않기도 하는 뭐라 이름 붙일 수 없는 허공에. 소년의 등 뒤에서 타월이 슈퍼맨의 망토처럼 아래 자락이 들어올려지더니 부력을 얻는 것처럼 보였다.

소년은 똑똑히 보았다. 저 아래 밑바닥이 자신을 향해 돌진하는 걸. 그건 뭐라 설명하기 어려운 경험이었다. 눈앞에 펼쳐진 광경이 느린 화면처럼 보였는데, 아무리 느려도 결코 피할 수 없으리라는 강렬한 느낌 탓에 운명적이라는 생각을 하면서 지켜보았다. 두 팔과 두 다리를 허우적거렸지만 추락을 막지는 못했다. 소년은 소리를 들었다. 자신의 몸이 화단에 떨어지면서 내는 소리를. 그 소리 역시 늘어진 테이프를 재생한 카세트에서 들려오는 것 같았다. 강렬한 전기가 머리끝부터 발끝까지 흘렀다. 온몸이 토막토막 나누어져 사방으로 튀어 나간 기분이었다.

소년이 추락할 때 소년의 이모는 반사적으로 창문 쪽을 보았다. 시커먼 물체가 순식간에 아래로 떨어지더니 쿵 소리가 났다. 대체 무슨 일인가 싶어 창가로 다가간 이모는 화단에 엎드려 있는 슈퍼맨을 보았다. '에구머니나!' 소년이 기대한 대로 이모는 잠시 기절했다가 정신을 차린 뒤 맨발로 뛰쳐나갔다. 소년은 이모가 뛰쳐나오는 소리를 들었다. 소년은 고개를 옆으로 돌려 입 속에 들어온 흙을 내뱉었다. 그래도 피가 섞인 흙 알갱이들이 씹혔다. 피 맛과 흙 맛이 났다. 소년은 정신을 잃지 않았다. 난간에서 도약하던 순간부터 허공에 잠시 머물렀던 짧은 순간, 그리고 허우적거리며 추락하던 당시를 똑똑히 기억했다. 엄마를 만날 수 없었고 날지 못했는데도 소년은 서글프지 않았다. 아, 정말 그 순간만큼은 하늘을 날고 있다는 기분이었고, 소년은 그 느낌을 똑똑히 기억했다. 찰나의 순간이라 할지라도 온몸이 허공에 지탱되어, 바로 그 허공의 품에 부드럽게 안긴 듯한 느낌을 어떻게 잊을 수 있을까. 소년은 세월이 흐른 뒤에도 그 느낌을 잊지 않았고, 마침내 그 느낌을 무엇에 비유해야 하는지도 알게 되었다. 아직 엄마의 배 속에 웅크리고 있던 그때, 양수로 가득한 엄마의 내부에서 주먹을 쥔 채 빙글빙글 돌던 바로 그때 소년이 느꼈던 감정과 다르지 않다는 걸.

"유빈아, 괜찮아?"

이모가 묻자 소년은 고개를 끄덕이려 했다. 그러나 신음만 흘러나왔다. 이모가 소년의 입가에 귀를 갖다 댔다.

"정말 괜찮은 거야?"

"이모……."

이모는 눈살을 잔뜩 찌푸린 채 조카의 입에서 나오는 소리에 귀를 기울였다. "엄마……." 이모는 그렇게 알아들었다. 이모는 눈물이 차오르는 눈두덩을 두 손으로 꾹 누른 뒤 현관 쪽을 바라보며 소리를 질렀다. 사촌 형이 다급하게 나오는 소리가 들렸다.

소년은 그립지 않았다. 그립지 않은데도 이제 가슴 전체가 아팠다. 숨 쉬기가 힘들 정도였다. 너무나 그리워서 그리

워하지 않기로 마음먹었고 그 순간부터 그리움은 낯선 감
정이 되었다. 아니, 그런 줄만 알았다. 그러나 그럴 수가 없
었다. 소년의 감긴 두 눈에서 눈물이 흘러나왔다. 눈을 뜨
면 하늘에 있는 아빠가 보일 것 같아서였다. 아무도 소년을
지켜 주지 않았다는 사실을 인정하게 될 것 같아서였다. 사
촌 형의 등에 업혀 병원으로 가는 내내 눈물은 그치지 않았
다. 그로부터 십오 년이 지난 어느 여름날 서머스쿨에 참여
했던 소년은 다시 한번 천둥소리처럼 울어야 했다. 그때는
두 눈이 아닌 소년의 가슴에서 눈물이 흘러나왔다. 보온 물
통에 균열이 일어나며 뜨거운 물이 쏟아지던 순간 소년은 알
았다. 감전이었다. 머리끝부터 발끝까지 전류가 흘렀고 온
몸이 토막토막 나누어져 사방으로 튀어 나가는 기분이었다.
그 순간 소년은 소년으로 되돌아갔다. 이모네 집 옥상에서
뛰어내렸던 그날로 돌아갔다.

그사이에도 비슷한 경험들이 없지는 않았다. 초등학교 시
절 덩치 큰 백인 동급생에게 떠밀려 엉덩방아를 찧었을 때도
그랬고 중학교 시절에도 그런 식으로 팔을 다친 적이 있었
다. 친구들과 농구를 하다가 펜스에 정강이를 부딪혔을 때
도 그랬다. 테니스를 치다가 다친 적도 많았다. 고등학교 시
절이었던가, 건너편의 여학생에게 한눈을 팔다가 길가의 주
차정산기에 호되게 부딪힌 적도 있었다. 그럴 때마다 찌릿

한 통증을 느꼈지만 그 통증은 소년 시절의 기억을 떠올리게 할 만큼 강렬하지도 서글프지도 않았다. 그러나 뜨거운 물이 흘러나오고 손가락조차 까딱할 수 없을 정도로 감전되었던 그 순간, 번개가 온몸을 관통했을 때 아직 정신을 잃지 않은 그 순간에 비로소 소년은 소년이었던 시절로 되돌아갔다. 하늘을 날지 못하고 추락했던 그날 소년은 사촌 형의 등에 업혀 병원으로 갔다. 그리고 자신이 태어난 나라를 더 잘 알고 싶어 서머스쿨에 참여했던 소년은 까맣게 잊었던 무언가를 떠올렸다. 병원으로 가는 동안 실눈을 뜨고 태양과 하늘을 보았던 순간이 있었다는 걸. 태양은 빛을 발하며 하늘은 여전히 맑고 푸르렀던 게 기억이 났고, 왠지 모르게 하늘에 배신당한 듯한 기분이 들어 억울하고 서러웠던 그때의 감정마저 고스란히 되살아났다. 감전되어 죽어 가면서 소년은 생각했다. 아무리 오래 살아도 알지 못하리라고. 왜 하늘이 맑을수록 눈물이 나려 하는지. 사람은 왜 아름다운 풍경 앞에서 슬픔을 느끼는지. 그걸 알아도 부질없으리라고. 하늘이 맑을수록 눈물이 나는 게 사람이고 아름다운 풍경 앞에서 슬픔을 느끼는 게 사람이니까.

그때 가슴속에서 눈물이 솟아올랐고 귓가에서 다정한 목소리가 들려왔다. 언제 들은 목소리였는지를 죽어 가던 소년은 알았다. 마침내 엄마가 소년을 데려가기 위해 미국에서 왔던 날, 공항에서 한달음에 이모네 집으로 달려와 소년을 껴안으면서 엄마가 했던 말. 소년의 이름을 부르던 그 목소리였다. "마이 선, 폴! 내 사랑 유빈! 엄마가 왔어." 소년은 그 목소리를 들으며 다시는 깨어나지 못할 깊은 꿈속으로 빠져들었다.

소년의 이모는 화단을 떠나지 못했다. 거기에 선 채 옥상을 올려다보았다. '맹랑한 녀석 같으니라고.' 이모는 혀를 차며 고개를 저었다. 그나마 뼈가 부러지거나 심각한 내상을 입은 건 아닌 듯했다. 그렇다 해도 가슴이 철렁할 일이었다. 이 사태를 소년의 엄마인 동생에게 뭐라 설명해야 할지를 생각하니 골이 지끈거렸다. 뛰는 가슴을 진정시킨 이모는 옥상과 화단까지의 거리가 생각보다 먼데 어떻게 맨바닥이 아닌 화단에 떨어졌는지를 헤아렸다. 천만다행이었다. 그러니까 조카는 정말 있는 힘껏 난간을 박차고 올랐던 것이리라. 젖 먹던 힘까지 내서 뛰어올랐을 것이다. '가여운 녀석 같으니라고.' 소년이 추락한 자리에는 채송화들이 짓뭉개져 있었다. 불길하게 여겨져 꺾인 채송화들을 뽑아내려던 이모는 그 옆에 쭈그리고 앉은 채 가만히 살폈다. 신기하게도 꽃들은 줄기가 꺾이지는 않고 휘어지기만 했다. 꽃송이 두어 개가 사라진 걸 빼면 대부분 멀쩡해 보였다. 살살 일으켜 세우니 언제 그랬냐는 듯 멀쩡하게 몸을 일으켰다. "너희가 유빈이를 구해 준 셈이구나." 이모가 중얼거리자 꽃들이 이렇게 대답하는 것 같았다. '유빈이가 우리를 망가뜨리지 않은 거예요.' 이모가 고개를 끄덕였다. '그래, 너희가 유빈이를 구해 줬듯이 유빈이도 너희를 구해 줬구나. 기특한 녀석 같으니라고.'

간호사는 응급실 침상에 누워 있던 소년과 눈이 마주치자 싱긋 웃었다.

"네가 용감하게 옥상에서 뛰어내린 그 슈퍼맨이구나."

소년은 으쓱해져서 뭐라 말하려 했지만 자꾸 인상만 쓰는 꼴이 되었다. 간호사는 채혈을 한 뒤 경쾌한 목소리로 몇 가지 검사를 할 예정이고 전혀 아프지 않은 검사니 겁먹을 필요가 없다고 덧붙였다.

"네 이름이 유빈이지?"

소년은 고개를 끄덕였다.

"영어 이름도 있어요. 폴이라고 해요. 엄마가 붙여 준 이름이에요. 엄마는 나를 부를 때 '오 나의 태양!' 이렇게도 불러요."

"태양도 멋지고 폴도 멋지네."

"엄마가 그러는데요, 폴은 사도 바울에서 왔대요."

"바울? 많이 들어 본 이름인걸."

"이방인들의 사도라고 불렸던 사람이래요."

"쪼그마한 녀석이 아는 게 많네. 그게 무슨 뜻인지는 알아?"

"잘 몰라요. 근데 왠지 멋있어 보여요. 이방인…… 사도…… 저는 커서 제 이름처럼 이방인들의 사도가 될 거예요."

"또 뛰어내리지만 않으면 훌륭한 사람으로 클 거야. 다음에도 이번처럼 운이 좋다고 장담할 수 없을 테니까."

소년은 뛰어내린 게 아니라고 대꾸하려다 그만두었다. 사실은 미국에 있는 엄마가 보고파서 날아서 엄마를 만나러 가고 싶었다는 것을……. 슈퍼맨이나 이소룡을 흉내 낸 것도 아니라고 말하지 못했다. 간호사가 소년의 몸을 살피다가 채송화 꽃 두 송이를 발견했다. 간호사는 그것들을 소년의 셔츠 틈에서 집어 올렸다.

"꽃밭에 떨어졌던 거야? 어쩜 이럴 수가. 망가지기는커녕 멀쩡하네."

간호사가 꽃을 쥔 손을 소년의 얼굴 위에서 가볍게 흔들었다. 희미한 꽃향기가 소년의 코끝에 맴돌았다. 간호사의 말처럼 꽃송이는 비록 꽃대에서 잘려 나왔지만 꽃잎 한 장 떨어지지 않은 채 무사했다. 어쩐지 소년은 꽃송이 하나가 엄마를 또 다른 꽃송이 하나가 아빠를 뜻하는 것 같았다. 그러니까 엄마와 아빠는 소년을 지켜 주지는 못했지만 꽃들은 지켜 준 셈이었다. 소년은 그 사실이 서럽지 않았다. 미래를 가리키는 것 같았으니까. 아무리 낙담해도 혹은 절망적인 상황에 처하더라도, 설령 저 밑바닥으로 떨어진다 해도 누구도 다치게 하지 않는 삶의 가능성 같은 걸 코끝에 맴도는 꽃 향기처럼 느꼈다.

그녀, 미소로 만난 아들

그녀가 LA에 도착한 것은 아들인 폴이 돌이 되던 날 즈음이었다. LA 한인타운의 페도라 가에 있는 원 베드룸 아파트에서 그녀와 폴의 새로운 삶이 시작되었다. 그녀는 한국 식당에서 하루 열두 시간에서 열네 시간씩 일했다. 아침에 출근하면서 아이를 베이비시터에게 데려가면 아이는 하루 종일 엄마를 볼 수 없다는 사실을 알기라도 하는 것처럼 울었다. 그 울음이 언제나 그녀의 발목을 붙잡았다. 그걸 뿌리치고 돌아서기란 여간 어려운 일이 아니었다. 그렇게 폴을 맡기고 운전하면서 출근하는 내내 그녀는 울었다. 먼저 세상을 떠난 남편이 떠올랐다. 가족을 지켜 주고 소중히 여겨 줄 강한 남자의 존재가 절실했다. 낯선 이국땅에서 이제 겨우 돌을 지난 아이를 혼자서 키우기란 너무나 힘에 겨운 일이었다.

그녀는 식당 일로도 벌이가 충분하지 않았기에 주말에도 파트타임으로 페인트 일을 하러 나갔다. 회사에서 의뢰가 들어오는 페인트 일은 할 수 있는 것이면 무엇이든지 받아서 열심히 꼼꼼하게 최선을 다해 일했다. 어느 주말 그녀는 산타모니카의 한 부잣집 일을 맡게 되었다. 그 집의 방들을 여러 가지 색깔의 페인트로 칠하면서 그녀 역시 이런 집을 갖고 싶다는 꿈을 꾸었다. 숨을 돌리기 위해 잠시 쉬는 동안에는 이런 집에서 아이와 더불어 살아가는 미래를 그려 보았다. 아이의 방을 어떻게 꾸며 줄 것인지 거실에는 어떤 가구를 들이고 무엇으로 장식을 할 것인지. 창에는 어떤 색깔의 커튼을 달고 화병에는 무슨 꽃을 꽂아 둘 것인지……. 그녀가 짧기만 했던 신혼 시절에 품었으되 그동안 까맣게 잊고 지낸 것들이었다. 다시 꿈을 품게 된 순간, 이대로는 그 꿈을 이루기가 불가능하다는 사실도 깨달았다. 식당에 페인트 일에 아무리 발버둥을 쳐도 밑바닥 생활에서 벗어날 수 없으리라는 걸 알아차렸다. 거울에 비친 그녀는 피로하고 낙담하여 실제 나이보다 늙어 보이는 흔한 이민자의 모습이었다. 이제 겨우 삼십 대에 불과한데도.

그다음 날 베이비시터에게서 아이를 데려올 때였다. 아이가 무슨 말인가를 했다. 귀 기울여 들어 보니 이런 뜻인 듯했다. 아이는 베이비시터의 남편을 '아빠'라고 따라 불렀다. 어린아이들이 사내 어른을 보고 흔히 그러듯이. 그런데 그 집의 세 살짜리 아들이 몹시 화를 냈다. "우리 아빠한테 아빠라고 부르지 마. 내 아빠야, 너네 아빠가 아니란 말이야!" 그렇게 소리치며 아이를 밀었다. 그녀는 한동안 할 말을 잃었다. 그녀가 아이에게 할 수 있는 말은 고작 이런 거였다.

"미안하다, 우리 아가. 하지만 그 애 말이 맞단다. 너한테는 내가 엄마고 아빠고, 우리 아가의 태양이고 별이란다."

아이가 알아들었는지 확신할 수는 없었지만, 아이는 그녀의 가슴에 얼굴을 비벼 댔다. 그날 밤 그녀는 잠든 아이의 얼굴을 내려다보았다. 산타모니카의 그 집과 같은 곳에서 아이와 더불어 평화롭고 행복하게 살아갈 수 있으려면, 당분간 아이와 떨어져 지내야 한다는 사실을 인정해야 했다. 그녀는 시차를 헤아렸다. 이곳은 새벽이지만 한국은 해 질 무렵일 터였다. 그녀는 망설이지 않고 한국에 있는 언니에게 전화를 걸었다.

"언니…… 나야."

그녀는 우는 티를 내지 않으려고 애썼다. 그런다고 해서 예민한 언니가 눈치채지 못할 리는 없겠지만.

"우리 유빈이 맡아 줄 수 있어? 길어야 삼 년 아니, 이 년이면 충분할 거야."

언니가 나지막이 한숨을 내쉬었다.

"꼭 거기에서 자리를 잡아야겠니? 여기에서 함께 살면 안 돼?"

그 말에는 대답하고 싶지 않았다. 그녀가 왜 그런 선택을 할 수밖에 없었는지를 언니는 누구보다 잘 알 테니까. 언니는 침묵을 지켰다. 그녀도 한숨을 내쉬었다.

"언니, 한국에서는 살 수 없어. 사람들이 나한테 뭐라고 하는지 알잖아. 남편 잡아먹은 년이라고 뒤에서 손가락질하는 것도 알잖아."

"남의 사정도 알지 못하면서 함부로 입 놀리는 그까짓 사람들쯤은 무시하고 살면 안 되겠니?"

"언니, 이 이야기는 처음 하는 거지만…… 우리 유빈이가 유복자잖아. 먼저 간 남편의 아이가 아닐 거라고들 해. 언니라면 그런 말을 듣고도 거기에서 살 수 있겠어?"

그녀는 눈으로 보지 않아도 언니가 손으로 입을 가리는 모습이 선연히 보였다. 마침내 언니가 허락했다.

"유빈이는 내 아들처럼 데리고 지낼 테니까 걱정하지 말렴."

얼마 뒤 폴이 좀 자랐을 때 그녀는 한국의 언니 집으로 아들을 데려갔다. 그녀는 비행기 창밖으로 융단처럼 깔린 구

름을 보았다. 그 위로 뛰어내리면 구름이 그녀를 포근히 감
싸 줄 것 같은 착각이 들었다. 그러나 정말 그 위로 뛰어내리
면 구름을 뚫고 아래로 아래로 추락해서 산산조각이 날 거
라는 사실을 그녀는 잘 알았다. 그녀에게 삶은 비행기에서
바라보는 구름처럼 기만적이었다. 모든 걸 품어 줄 것처럼
두 팔을 활짝 벌리고 맞이하지만 아무나 그 품에서 살아남
을 수 있는 건 아니었다.

그녀는 폴을 언니네 집에 맡긴 뒤 숨 돌릴 틈도 없이 뒤돌
아섰다. 언니가 눈시울을 붉혔다. 그녀는 아직 잠들어 있는
폴의 이마에 입을 맞추었다. 아들이 슬며시 눈을 뜨긴 했지
만 잠에 취한 채여서 살짝 고개를 돌렸다.

"아들아, 내 아들아……. 머지않아 데리러 올 테니 이모 말
잘 듣고 건강하게 지내렴. 언제나 보고 싶을 거야. 비록 엄마
는 너를 두고 떠나지만 언제나 네 곁에는 수호천사처럼 엄
마가 있다는 걸 믿어 주렴."

아이가 낌새를 알아채고 부스스 일어났다. 그녀는 아이를
조심스럽게 껴안았다가 자신의 품에서 지그시 밀어냈다. 그
리고 아이의 두 눈을 바라보았다. 사슴을 떠올리게 하는 눈
이었다.

"폴, 엄마랑 약속했지? 착한 아이가 될 거라고."

엄마는 속으로 울면서 겉으로는 아들에게 미소를 남겼

다. 그녀는 비행기를 타고 LA로 돌아왔다. 그녀는 일하고, 공부하고, 돈을 모으는 일 외엔 아무것도 하지 않았다. 식당에서 계속 일하면서 저녁에는 영어와 부동산 클래스를 수강했다. 달력에 예금 입금표를 만들어 놓고, 은행에 넣는 돈을 센트 단위까지 기록했다. 식사는 일하는 식당에서 해결하면서 밤이 새도록 책을 읽고 공부했다. 그래야만 했다. 하루라도 빨리 아이를 다시 데려오려면 아끼고 아껴 돈을 벌어야 했다. 하루하루가 더디게 흘러갔다. 그리운데도 그립지가 않았다. 그녀에게는 그리움마저 사치였다. 그런 감정에 얽매여 감상적이 될 수는 없었다. 그녀가 애상적이 되어 시간을 낭비한다면 그만큼 폴과 함께 사는 삶도 미뤄질 테니.

어느 늦은 밤, 한국의 언니에게서 전화가 걸려왔다. 언니는 잔뜩 흥분한 상태였다. 그녀는 언니의 말을 잠자코 들었다.

"유빈이가 세발자전거를 좋아해서 하루에도 몇 시간씩 타고 다니는 건 알지?"

"으응, 언니."

언니는 그렇게 운을 떼고서 자초지종을 설명했다. 그날 아이는 친구들과 경주하다가 차도로 돌진하면서 차에 치일 뻔했다. 운전자는 얼마나 화가 났던지 언니의 집까지 찾아와 소리소리를 질렀다고 한다. 도대체 어떤 엄마가 어린아이를 차도에 돌아다니게 놔두는 거냐면서. 언니가 쩔쩔매며 사과하는 모습이 절로 그려졌다. 언니의 목소리 톤이 한결 숙지근해졌다. 그녀는 조심스럽게 물었다.

"미안해 언니, 우리 폴은 어때? 많이 놀랐을 텐데."

"안 그래도 놀라서 부들부들 떠는 걸 겨우 달랬어. 동생아, 내 동생아…… 언제까지 아이를 혼자 크게 놔둘 거니? 아무리 그래도 이모가 엄마일 수는 없잖아."

"그래, 언니. 나도 알아. 그래서 언니한테 늘 미안하고 고마워. 하지만 아직은 아니야. 지금은 폴을 데려올 수 없어. 언니가 이해해 줘."

그녀는 전화를 끊은 뒤에도 공부는커녕 잠들 수가 없었다. 아무것도 손에 잡히지 않았다. 늦은 밤이었고 어디선가 총소리인지 유리창이 깨지는 소리인지가 들려왔다. 밤이 깊어 가는 중에도 사람들 모두가 잠에 드는 건 아니었다. 저마다의 집과 방에서 혹은 어두운 골목에서 슬픔에 잠겨 각자의 고통을 어루만지고 있었다. 어린 아들이 차에 치여 죽을 뻔했다는 말이 귓가에 남아 맴돌았고, 숨이 잘 쉬어지지 않아 이따금 심호흡을 해야 했다.

그녀는 늦은 밤부터 새벽까지 혹시라도 전화기가 울리면 심장이 덜컹거렸다. 어느 먼 곳에서 들려오는 벨 소리에도 가슴이 두근거렸다. 경찰차나 소방차 혹은 구급차가 사이렌을 울리며 지나가면 까닭 없이 슬퍼졌다. 어느 날 한국에 있는 언니에게서 전화가 왔다. 그녀는 잔뜩 긴장한 채 언니의 말에 귀를 기울였다.

"글쎄 유빈이가 친구들하고 어울려서 강에 갔는데…….."

"강에 갔는데?"

아이들은 물고기를 잡고 싶었다. 낚시 도구가 없었던 아이들은 신발을 벗어서 손에 쥔 채 첨벙거렸다. 그러다 폴이 신발을 손에서 놓쳤다. 아이는 앞뒤 재지 않고 빠른 물살에 휩쓸려 가는 신발을 향해 뛰어들었다. 곧이어 아이 역시 물살에 휩쓸리기 시작했다. 다른 아이들은 겁에 질려 발을 동동 굴렀다. 아이들이 소리를 지르자 근처에서 낚시하던 사내가 달려와 물속에 뛰어들어 아이를 구해 냈다.

"내가 화가 나는 건 물에 들어가지 않기로 나하고 단단히 약속을 했는데 어겼다는 거야."

언니가 이렇게까지 화를 낸 적은 없었기에 그녀는 아무 대꾸도 하지 못했다.

"그깟 신발 하나 때문에 목숨을 잃을 뻔하다니."

그녀는 아들의 안부를 묻고 싶었지만, 언니의 화를 돋울까 봐 잠자코 듣기만 했다.

"생각하기도 싫다만 정말 물에 빠져 그대로 떠내려갔다

면 어땠을 거 같니? 내가 아무리 타일러도 소용이 없어. 야단치기도 쉽지가 않아. 어린것이 이모한테 구박받으며 산다고 하면 우리 꼴이 뭐가 되겠니? 지난번엔 차에 치여 죽을 뻔하지를 않나, 옥상에서 뛰어내리지를 않나, 이번에는 강에 뛰어들지를 않나. 이러다 나부터 제명에 못 살고 죽을 것 같다……."

그녀는 언니가 무슨 말을 하는지 잘 알았다. 서운하지는 않았다. 언니가 차마 하지 못하고 삼킨 말이 무엇인지도 짐작했다. 남편 잡아먹은 여자가 아들을 내팽개쳐 두더니 기어이 아들까지 잡아먹었노라고 손가락질할 게 뻔했으니까. 수화기를 내려놓자 그제야 실감이 되었다. 아들이 죽을 수도 있었다는 게. 죽는다는 게 무언지 그녀는 이미 겪어 보지 않았던가.

아들이 태어나던 그해 여름이었다. 만삭의 그녀는 대문을 나선 남편이 몇 발자국 걸어가다가 언제나처럼 뒤돌아서서 손 흔드는 모습을 지켜보았다. 그녀가 본 남편의 마지막 모습이었다. 회사로 가던 도중 남편은 교통사고로 그 자리에서 숨졌다. 그 충격에 몇 번이나 혼절했는데도 유산을 하지 않은 건 기적 같은 일이었다. 남편의 장례를 치른 지 몇 주 후, 그녀는 길고도 고통스러운 산고를 겪으며 아버지 없는 아이를 낳았다. 누군가가 죽었고 누군가가 태어났다. 이

건 당연한 일이 아닌데도 그녀에게는 마치 당연한 일처럼 벌어졌다.

언니에게 맡겨 둔 아이가 벌써 세 차례나 죽을 고비를 넘겼다는 사실은 무언가를 가리키는 것 같았다. 참혹한 일을 겪은 사람에게 다시 참혹한 일이 일어나는 건 아무리 생각해도 불공평했지만, 삶이란 그런 거였다. 그녀는 무릎에 힘이 빠지면서 털썩 주저앉았다. 그 서슬에 수화기가 탁자 아래로 떨어지더니 위아래로 건들거렸다. 그녀는 숨이 막혔다. 방금 물에 빠진 사람처럼 입 속 가득 물이 밀려들고 마침내 그녀의 몸 전체를 채우더니 배가 부풀어 올랐다. 아이는 얼마나 두려웠을까. 거센 물살에 휩쓸리지 않기 위해 발버둥을 쳤겠지. 두 발은 바닥에 닿지 않았겠지. 아무리 손을 저어도 그곳을 빠져나오기는커녕 점점 더 깊은 물속으로 빨려 들어갔겠지. 아이는 그때 무슨 생각을 했을까. 엄마, 엄마를 찾았겠지. 그녀는 가슴을 옥죄는 손길을 느꼈다. 아이의 손이었다. 아이가 손을 내뻗어 그녀에게 구해 달라 소리치고 있었다. 그런데 그녀는 아이의 손을 잡을 수가 없었다. 그녀의 손은 허공을 헤맬 뿐이었다. 물에 빠져 허우적거리는 아이가 눈앞에 있는데, 그 손을 붙잡기만 하면 아이를 구할 수 있는데, 허공을 향한 헛된 손짓에 지나지 않았다. 그래, 차라리 죽어 버리지. 이 고통, 이 슬픔, 더는 견딜 수가 없었다. 차라리 아이가 차에 치여 죽었더라면, 옥상에서 뛰어내리다 죽었더라면, 물에 빠져 죽었더라면 그게 모두를 위해 나은 일이 아니었을까. 아니, 남편이 사고로 세상을 떠났던 그날, 배 속에 아이를 품은 채 그녀도 죽었더라면 수치를 겪지도 않았을 테고 아이와 생이별하며 살지도 않았을 테니 오히려 더 나은 삶과 죽음이 아니었을까. 어쩌면 그게 더 아름다운 죽음이 되지 않았을까 싶기도 했다.

그리고 그녀는 들었다. 수화기에서 들려오는 갈 곳 잃은 신호음이 그녀에게 타전되는 무전 같았다. "엄마, 나 데리러 올 거죠? 약속대로 착한 아이가 될게요. 엄마도 약속하는 거죠?" 약속의 말. 그녀에게 약속했던 사람들은 한결같이 그녀를 저버렸는데, 그녀마저 아이와의 약속을 저버릴 수는 없었다. 아들을 출산했던 때가 떠올랐다. 아마도 며칠쯤 지났을 때였다. 아이가 처음으로 눈을 떴다. 그녀와 눈이 마주친 아이의 입가에 빙그레 미소가 떠올랐다. 출산의 기쁨도 그녀를 슬픔에서 구해 주지는 못했다. 자신을 두고 죽은 남편에게 화가 나 있었고, 아이를 유복자로 태어나게 한 섭리에 분노하고 있었다. 오, 그걸 섭리라고 부를 수 있다면 말이다. 그리고 처음으로 아들의 밤색 눈을 들여다보았다. 그녀는 아버지가 없다는 사실을 아이가 알고 있으며 아버지의 죽음을 슬퍼하고 있다고 확신했다. 불행하게 태어난 아이가 자신이 불행한 존재임을 알아챘음에도 외려 제 어미를 위로라도 하듯 세상에서 볼 수 없었던 웃음으로 곱게 웃고 있었다. 아이의 그 눈과 입가에 떠오른 미소는 그녀라는 존재를 수긍하는 의미를 지닌 듯했다. 애비 없는 후레자식이라는 소리를 듣게 될 아이가 남편을 잃은 여자이며 과부이며 홀어머니인 그녀를 위로하고 있었다. 이게 가당키나 한 일이란 말인가. 그녀는 이 아이가 자신을 살게 해 주는 존재인 동시에 자신이 잃어버린 것들을 되찾아 줄 존재임을 알았다.

그녀는 몸을 일으켰다. 수화기를 전화기에 얌전히 올려놓았다. 신호음이 사라지자 정신이 맑아졌다. 그리고 결심했다. 아직 산타모니카에서 살 수 있을 만큼 돈을 모으지는 못했지만, 아들을 데려와야 할 때가 되었다고 여겼다. 그녀는 수화기를 들고 한국으로 전화를 걸었다.

"언니, 폴과 함께 지낼 집을 구할게. 조금만 기다려 줘. 곧 데리러 갈게. 정말 고맙고 미안해."

"그래, 동생아. 나도 고맙고 미안하구나."

몇 달 뒤 그녀는 언니의 집 현관 앞에 섰다. 그녀의 아들이 달려 나왔다.

"엄마! 엄마!"

그녀는 무릎을 굽히고 두 팔을 벌렸다. 어느새 성큼 자라

소년이 된 아들이 그녀의 품에 안겼다. 그녀가 아들의 귓가
에 대고 말했다.

"내 아가 폴! 마이 선! 내 사랑 유빈, 엄마가 왔어."

2부

아들을 되찾은 그녀

LA 한인타운

“엄마, 나는 언제 죽어요?”

“폴, 그건 건강한 생각이 아니란다.”

폴은 죽음에 대해 자주 물었다. 처음에 그녀는 화들짝 놀라며 그런 말은 하지 말라고 답했다. 그러나 아들은 잊을 만하면 다시 물었다. 죽음에 대한 경험을 여러 차례 한 탓일까. 여느 아이들도 죽음이 뭔지 모르기에 죽음에 대해 묻곤 하지만 아들의 질문에는 그 이상의 것이 있었다. 마치 죽음이 뭔지 이미 알아 버리기라도 한 것처럼. 아들의 질문 속에는 호기심과 두려움도 있었지만 체념과 비슷한 무언가도 있었다. 그녀는 아들이 이런 질문을 할 때마다 소름이 돋았다. 질문이 반복될수록 마음속에 생겨나는 불길한 느낌을 억누르기 위해 애써 꾸민 목소리로 아무렇지도 않다는 듯 답했다.

"사람은 누구나 죽지만 폴은 아직 멀었으니까 걱정할 필요 없어."

아들은 그 대답에 만족하지 않았다. 그녀는 사람이라면 누구나 하늘에서 내려온 천사와 더불어 살아가며, 그 천사는 부모인 엄마의 눈에만 보인다는 이야기를 지어냈다. 아들은 그녀의 말을 믿었다. 왜냐하면 자기의 친구들에게 그 이야기를 했으니까. 친구들은 그 이야기를 믿지 않았지만, 아들은 언제나 그녀에게 자기는 그 말을 믿는다고 했다. 그녀는 비록 꾸며낸 이야기에 불과했지만, 아들에게 수호천사가 지켜보고 있다는 생각을 심어 줬다는 사실에 안도했다. 그러나 이따금 그녀는 까닭 모를 불안에 시달렸다. 그녀는 아들의 눈에서 신뢰를 보았고 거기에 기가 질렸다. 아무도 믿지 마. 믿어서는 안 돼. 그 사람이 너를 배신했을 때 넌 어떻게 일어나겠니. 이런 말이 목구멍까지 올라왔다가 잦아들었다. 그녀가 아들을 의지하는 만큼 아들도 그녀를 의지할 수밖에 없다는 사실이 새삼스러웠다.

그녀는 아들과 함께 LA 한인타운 페도라 가에 있는 투 베드룸 아파트에서 살았다. 예전에 함께 살았던 원 베드룸 아파트를 아들은 기억하지 못했다. 그 시절에 베이비시터 집에서 익혔던 영어도 '마이 선'과 '마이 스타' 외에는 모두 잊어버린 듯했다. 오히려 잘된 일이었다. 아들은 사물 하나, 단어 하나에 예민하게 반응했고 그걸 즐기는 듯했다. 엄마를 되찾았다는 안도감이 아들에게 이 세상을 기꺼이 환대하는 태도를 갖게 해 준 듯했다.

그녀는 더 이상 식당에서 일하지 않았다. 페인트 일과 같은 잡일을 하지도 않았다. 그녀는 부동산 에이전트였다. 다섯 개의 유닛이 있는 아파트 건물의 소유자였다. 나머지 네 개의 유닛은 세를 주고 있었다. 한국에 있는 옛날 집과 땅을 팔아서 돈을 마련했고, 은행에서 대출도 받았지만, 대부분은 그녀가 일해서 번 돈이었다.

그녀는 아들과 떨어져 사는 동안 투자나 경제적 성공에 관한 세미나가 있으면 가능한 한 많이 쫓아다녔다. 대학을 다니며 경영학을 전공할 시간이나 돈은 없었지만 성공하기 위해서는 돈이 어떻게 움직이는지 배워야 한다고 느꼈다. 힘이 들 때마다 그녀는 한국에 맡겨 둔 아들을 떠올렸다. 그녀는 공책과 펜, 그리고 배우려는 열정만 가지고 세미나를 찾아다녔다. 그러면서 어디에 어떻게 투자해야 할지를 빠르게 배워 갔다. 그녀가 부동산 에이전트가 돼야겠다고 결심하게 된 것도 그런 세미나들을 통해서였다. 그녀는 어느 세미나에서 들었던 강사의 말에 마음이 이끌렸다. "분산, 분산, 분산하세요!" 강사는 청중들에게 돈을 한군데에 투자하지 말

고 여러 곳으로 나누어 투자하라고 강조했다. 그녀는 자신
도 모르게 고개를 끄덕였다. 강사의 조언대로 돈을 주식과
부동산, 뮤추얼 펀드에 나누어 투자했고 예금도 여러 은행
에 나누어 넣어 두었다. 부동산 에이전트로 일하면서 그녀
는 작은 아파트와 집을 투자용으로 샀다가 리모델링해서 적
당한 때가 오면 팔고 다시 사는 일을 되풀이했다. 부동산 경
기가 호황이기도 했고 운이 좋기도 했다. 그녀는 투자 타이
밍을 놓치지 않았고 매번 좋은 결과를 얻었다. 이제는 주변
사람들이 그녀에게 투자와 관련해서 조언을 구했다. 그녀
는 자신이 아는 대로 성심껏 설명해 주었다. 그런 노하우를
거리낌 없이 나눌 수 있었던 건, 요령을 안다고 해서 모두가
투자에 성공하는 건 아니어서였다. 그녀가 지닌 대담함, 그
건 배울 수도 나눌 수도 없는 종류의 투자 기법이었다. 그래
서 그녀는 항상 조언 끝에 이렇게 덧붙였다. "투자의 요령을
안다 해도 모두가 투자에 성공할 수 없다는 건 잘 아실 거예
요." 그러면 한결같이 이렇게 되물었다. "성공하려면 어떻게
해야 하나요?" "용기예요. 간절함에서 오는 패기요." 사람들
은 그녀의 말에 알 듯 모를 듯한 표정을 지으며 고개를 끄덕
였다.

　마침내 그녀는 아들이 초등학교를 마칠 무렵, 산타모니카
의 유클리드 가에 있는 2층짜리 아파트에 들어가게 되었다.

오래전 그녀가 품었던 꿈을 드디어 실현한 것이다. LA는 지중해 기후로 일 년 내내 온화했다. 시내 어디를 가나 팜 트리가 우뚝 솟아 있었고 일부 지역을 제외하면 높은 건물이 없어 도시 전체가 한눈에 들어왔다. 고개만 들면 하늘과 구름과 갈매기들의 자유로운 그림을 즐길 수 있었다. 겨울에도 기온이 영하로 떨어지지 않고 따뜻했으며 한여름에도 그늘 아래만 들어서면 시원했다. 그중에서도 산타모니카는 해변을 끼고 있어 풍광이 아름다웠다. 해변이 내려다보이는 공원이 남북으로 이어졌고 어디에서나 푸른 바다와 하늘을 볼 수 있었다. 밤에는 별들이 춤추는 밤하늘도 즐길 수 있었다. 그녀가 아들과 살게 된 아파트 건물은 한적한 주택가에 자리 잡고 있었다. 조금만 걸어 나가면 공원과 상점들이 있었고 치안도 좋아서 아이와 더불어 살기에는 더할 나위 없는 곳이었다. 아파트 앞에는 차 네 대쯤을 주차할 수 있는 주차장이 있었고 아파트 오른쪽 골목으로 들어가면 현관이 있었다. 그녀는 주차장에 선 채 2층을 가리켰다.

"여기가 우리가 살 곳이야. 어때, 마음에 드니?"

아들은 고개를 끄덕였다.

"엄마가 꿈꾸던 바로 그 집이야. 우리 폴과 함께 살기로 마음먹었던 곳이란다."

그녀는 아들의 눈을 지그시 들여다보았다. 수줍은 듯 아들은 고개를 숙였다.

"엄마, 저도 정말 좋아요. 아파트가 아담하고 깨끗하고 예뻐요."

"안은 더 예뻐. 어서 들어가자꾸나."

열린 창을 통해 해변 쪽에서 불어온 바람이 집 안으로 들어왔다. 등나무 꽃 향기가 섞인 바닷바람은 달콤하기까지 했다. 짐을 정리하고 숨을 돌리면서 그녀는 자기 방을 둘러보는 아들을 흐뭇하게 바라보았다. 아들도 알겠지. 이곳이야말로 그녀가 꿈꾸었던 바로 그곳이라는 걸. 그녀는 지난 세월을 돌아보았다. 돌이 갓 지난 아이와 더불어 살던 시절, 그 아이를 한국의 언니에게 맡기고 떨어져 살던 시절, 다시 둘이 함께 살던 지난 오 년의 세월이 꿈결처럼 흘러갔다.

그녀가 이곳을 꿈꾸었던 건 거주 환경이 좋아서만은 아니었다. 아들이 좋은 교육기관에서 공부할 수 있게 되었다는 점이 무엇보다 중요했다. 초등학년을 마친 아들은 이제 이곳의 사립 중학교에서 졸업까지의 과정을 거치게 될 거였다. 그리고 나면 사립 고등학교를 다니게 될 테고……. 어쩌면 아들은 서부를 떠나 동부에 있는 대학으로 진학하게 될지도 모른다. 그렇게 먼 곳이 아니라 해도 LA가 아니고 캘리포니아가 아닌 다른 지역으로 떠날 수도 있었다. 잠깐 그런 생각을 했을 뿐인데 벌써 아들이 성장하여 자신의 곁을 떠나 버린 듯한 기분이 들었다. 그녀는 아들에게 했던 말을 스스로에게 돌려주어야 했다. 나는 언제 죽느냐는 물음에 아직 멀었으니 걱정하지 말라던 그 말을.

그녀는 자축하기 위해 와인을 한 잔 마셨다. 밤이 깊어 갔고 낯선 곳에서의 첫날 밤이라 그런지 아들도 아직 잠들지 못했다. 그녀는 아들의 침대 옆에 무릎을 꿇고 앉았다. 훤한 이마에 입을 맞추었다. 어쩌면 바로 이 순간을 위해 지난 세월을 견뎌 온 것인지도 모른다.

그녀는 요리와 청소 같은 집안일에는 영 소질이 없었다. 요리하다가 음식을 태운 적이 얼마나 많았는지 모른다. 가사와 엄마 노릇에 서투른 그녀는 언제나 아들에게 미안했다. 그래도 때때로 아들을 위해 요리를 하는 스스로를 보면서 자신이 누군가의 엄마라는 사실을 실감했다.

새집으로 이사를 하고 며칠 지나지 않았을 때였다. 어느 초저녁에 아들이 물었다.

"엄마, 크리스천의 의무가 뭐야?"

아들이 이런 질문을 하기는 처음이었다. 그녀는 조금 긴장이 됐다.

"크리스천의 의무에 대해 말해 줄 수 있어? 오늘 밤 기도하기 전에 알고 싶어요."

"말해 줄게. 하지만 먼저 밥부터 먹자꾸나."

그녀는 간단한 식사를 준비했다. 주방에 불을 켜고 자단목 식탁에 마주 앉았다. 그녀는 버터 접시와 식기를 그의 앞으로 밀어 주었다. 그녀는 문득 아들이 낯설었다. 적당히 그을린 폴은 아직 어린아이였는데도 다 자란 청년처럼 느껴졌다. 어쩌면 폴이 던진 질문 때문에 더 그랬는지도 모른다. 식탁 위에 매달린 전등의 은은한 불빛이 아들의 머리와 어깨로 내려앉아 있었고, 그 불빛 아래서 아들은 평소보다 위엄 있고 지혜롭게 보였다. 아들은 배가 고팠는지 스테이크 조각을 입에 가득 넣고 우물거리다 삼키면서 웃어 보였다.

"폴, 엄마가 대답하기 전에 우선 네가 생각하는 크리스천의 의무가 뭔지 말해 줄 수 있겠니?"

"오케이."

폴은 고기를 삼킨 뒤 목을 가다듬었다.

"교회에 잘 다니고, 성경을 읽고, 헌금을 잘 내는 거라고 생각해."

그녀는 웃었다.

"그래, 엄마가 생각하는 가장 중요한 크리스천의 의무는 뭔지 아니?"

폴이 긴장한 눈빛으로 그녀를 보았다.

"다른 사람들을 돕는 거란다. 희망이 없고, 힘도 없고, 사랑도 없고, 돈도 없고, 부모도, 집도 없는 사람들 말이야. 그런 사람들이 하나님을 믿어 구원받고 꿈과 소망을 잃지 않고 살아가도록 도와주는 일이란다. 크리스천의 의무는 말이 아니라 행동으로 실천하는 거야.”

“홈리스 피플?”

아들은 뭔가 대단한 깨달음을 얻은 것처럼 그녀를 보고 웃었다. 그리고 식탁에서 일어서면서 말했다.

“알았어, 엄마. 엄마가 알려 준 크리스천의 정의 고마워요. 그리고 저녁 식사도 아주 맛있었어요. 밀리언 타임스 땡큐 맘!”

아들에게는 아빠가 없었기 때문에 하늘 아버지처럼 의지하고 믿을 수 있는 존재가 필요했다. 설거지를 하는 그녀의 입가에 미소가 떠올랐다.

너의 이름은 바울, 바울은 이방인들의 사도

여느 날과 다름없이 맑고 상쾌한 월요일 아침이었다. 산타모니카의 기후는 한국의 가을 못지않게 맑았다. 그녀는 폴이 학교에 가고 난 후 커피 한 잔을 마시며 주식 보유 일람표를 체크했다. 그녀는 자신의 눈을 믿을 수 없었다. 증권 시장이 개장하자마자 주식이 폭락해 버렸다. 그녀가 투자했던 모든 돈이 허공으로 사라져 버린 것이다. 은행에 약간의 예금이 있긴 했지만, 그녀는 분산 투자를 알면서도 대부분의 돈을 주식에 투자하고 있었다. 그것이 가장 쉽고 빠르게 돈을 벌 수 있는 방법이라고 생각했기 때문이다. 그녀는 거실 바닥에 쓰러져 기절해 버리고 말았다. 얼마 후 정신을 차린 그녀는 몸을 일으키려 애썼지만 마음처럼 몸이 움직여 주질 않았다. 그녀는 바닥이 꺼지면서 자신의 몸이 끝없는 나락으로 떨어지는 기분이었다. '누구든 제발 나를 붙잡아 줘.' 아들의 목소리에 정신을 차렸다. 학교에 갔던 폴이 돌아온 거였다.

"엄마, 엄마!"

아들의 목소리에는 울음기가 가득했다. 그녀는 아들에게 약한 모습을 보이고 싶지 않았으나 일어날 수가 없었다.

"폴, 엄마는 괜찮아. 그러니 걱정하지 마. 닥터 김에게 전화해 줄 수 있겠니?"

아들은 그녀의 주치의인 닥터 김에게 전화를 걸었다. 의사는 필요한 처치를 해 준 뒤 안정이 중요하니 당분간은 푹 쉬어야 한다고 강조했다. 그날 밤, 아들은 정성스럽게 그녀를 간호하며 수프까지 끓여서 침대로 가져다주었다. 아들은 엄마가 무엇 때문에 충격을 받았는지 짐작하고 있는 듯했다. 무슨 말인가 하고 싶어 머뭇거리는 모습을 보며 그녀가 희미하게 웃었다. 그 웃음에 용기를 얻었는지 아들이 침대 가장자리에 앉았다.

"돈 걱정 따위는 하지 마, 엄마. 내가 크면 돈 많이 벌어서 엄마를 잘 보살펴 줄 거야. 그러니까 돈 걱정은 절대로 하지 마, 알았지?"

아들은 부드럽게 말하며 그녀의 등을 토닥여 주었다. 아들의 말은 그녀에게 위로가 되었으나 감당해야 할 현실은 만만하지 않았다. 그녀는 다른 투자자들과 마찬가지로 재산의 상당 부분을 잃어버렸으니까. 그녀는 아들이 끓여 준 수프를 천천히 먹었다. 따뜻한 수프를 먹으니 조금은 안정이 되었다. 음악 소리에 눈을 들어 보니, 잠시 사라졌던 폴이 이상한 차림으로 그녀 앞에 서 있었다. 엄마에게 기쁨을 주기 위해 아들은 그녀의 드레스를 입고, 그녀의 가발을 쓴 채 우스꽝스러운 모습으로 춤을 추기 시작했다. 아들은 엉덩이를 돌리고 무릎으로 바닥을 미끄러지면서 립싱크로 노래했다.

"엄마, 돈 걱정은 하지 마세요. 내가 행복하게 해 줄게요!"

아들은 가사를 바꾼 그 구절을 계속 되풀이했다. 이제 겨우 십 대라 돈이 무언지 알 수 없는 나이였지만 돈보다 무엇이 귀한지를 아는 아들이기도 했다. 비록 현실은 암담했지만 그녀는 마음을 고쳐먹을 수 있었다. 그래, 겨우 돈을 잃은 건데 돈으로 해결되는 일은 걱정거리가 아니잖아. 나에게는 폴이 있으니까. 폴을 빼앗아 가지 않는 이상 무엇도 나를 진정으로 무너뜨릴 수는 없는 거야.

그로부터 몇 주 내내 미국의 투자자들 대부분이 엄청난 비탄에 빠졌고, 여기저기에서 자살 소식이 들려왔다. 그녀는 생각했다. 만약 그들에게도 폴 같은 아들이 있었더라면 그렇게 절망하지는 않았을 거라고. 지금까지 그녀가 아들을 키워 온 거라고 생각했는데 사실 아들이 그녀를 키워 온 것일 수도 있다는 생각이 들었다. 그러자 세상의 모든 것을 가진 사람이라 해도 부럽지가 않았다.

그해 겨울 크리스마스이브 저녁 6시, 그녀는 자신이 주선한 한미여성회 파티에 가기 위해 준비하고 있었다. 선셋 블러바드에 있는 한국인이 경영하는 패밀리 레스토랑에서 열리는 연회에 7시까지 가야 했다. 준비는 거의 다 끝났고, 폴이 집에 오기만을 기다리고 있었다. 아들은 한 시간 전에 집을 나갔는데 어디 간다고는 말하지 않고 그냥 "갔다 올게" 하더니 사라졌다. 그녀가 짐작하기로는 아직 선물을 준비하지 못해 부랴부랴 크리스마스 쇼핑이라도 하는 게 아닌가 싶었다.

그녀의 재정 상태는 안정을 찾았다. 불과 몇 달 전만 해도 주식 폭락으로 큰 손실을 입었지만 그녀는 때를 놓치지 않고 소유하고 있던 투자용 아파트 건물을 팔아 꽤 많은 수익을 확보하면서 주식 폭락의 손실을 어느 정도 메울 수가 있었다. 몇몇 교회와 구세군에 돈을 기부한 그녀는 친구들과 비즈니스 동료들을 위해 파티를 열어 주기로 마음먹었다. 모두가 힘든 때이니 서로를 격려하자는 의도였다. 마침 크리스마스라 아주 좋은 기회였다. 모두들 즐거운 시간을 보내면서 한인 커뮤니티를 위해 얼마간의 돈까지 모금할 수 있을지도 몰랐다.

그녀는 파티에 가져갈 크리스마스 선물을 잔뜩 쌓아 놓고 있었다. 그중 몇 개는 폴의 선물이었다. 가죽 장정 일기책, 월드북 백과사전, 브리태니커 백과사전, 그림 성경 세트 등. 선물을 너무 많이 샀는지 모르지만, 그는 다 받을 자격이 있었다. 도대체 폴은 뭘 사 달라고 요구한 적이 없었으니 말이다. 그녀는 크리스마스 선물을 풀어 보는 폴의 기뻐하는 얼굴을 보고 싶었다. 또한 파티에 대한 기대도 있었다. 부인들은 모두 남편을 데려오지만, 그녀는 언제나처럼 아들 폴을 데려갈 참이었다. 그러면 사람들은 그녀가 또 '리틀 허즈번(little husband)'을 데려왔다며 놀릴 터이다. 그런 생각에 혼자서 빙그레 웃었다.

"하이, 맘!"

마침내 폴이 돌아왔다. 아들은 기분이 좋은지 웃고 있었다. 언제나 싱글벙글 잘 웃는 아이이기는 했지만⋯⋯.

"파티 갈 시간이 삼십 분밖에 안 남았다, 폴."

"엄마, 사실은 나 오늘 밤 다른 계획이 있으니 혼자 가세요."

이게 무슨 말인가 싶어 그녀는 자신의 귀를 의심했다. 선물 쇼핑하러 나갔던 것이 아니었나? 그제야 그녀는 폴의 손에 쇼핑백이 들려 있지 않다는 사실을 알았다. 혹시 무슨 사고라도 친 게 아닐까 싶어 그녀는 더럭 겁이 났다. 가뜩이나 한국 학생들이 사고치고 다닌다는 이야기가 자주 들려오던 차였다. 가출하고 갱단에 가입해 마약, 술, 섹스까지 서슴지 않는다고들 했다. 아는 이의 아들 역시 얼마 전 마약 과용으로 죽고 말았다.

폴이 나쁜 짓을 하는 것처럼 보이지는 않았지만, 이제 사춘기에 접어든 아들을 보면서 그녀는 예민해져 있었다. 게다가 그녀와 파티에 가고 싶어 하지 않는다는 사실이 몹시 실망스러웠다. 단 한 번도 그녀는 아들에게서 거절당했다는 느낌을 받은 적이 없기에 더욱 그러했다. 이런 느낌은 처음이었다.

한번 이렇게 기운 생각은 멈출 줄을 몰랐다. 그녀는 애써 마음을 가다듬어야 했다. 그래, 저 나이에는 친구가 좋겠지. 자기 또래 친구들과 몰려다니는 게 엄마 따라서 어른들로 가득 찬 파티에 가는 것보다 훨씬 재미있겠지. 이렇게 돌려 생각하니 진정이 되었다.

"그래, 알았다. 그런데 밖에 나가면 조심해야 한다."

그녀는 미소를 지어 보이며 말했다. 이제 더 이상은 함께 가자고 할 수 없는 아이였다. 그리고 어딜 가라고도 강요할 수 없었다. 파티에 늦게 생겼으므로 그녀 역시 아들을 믿는 수밖에 없었다.

"그럴게요. 걱정하지 마세요."

혼자 파티 장소에 도착한 그녀는 식당 입구에서부터 여러 사람의 환영을 받았다. 볼룸은 너무 멋있었고 크리스마스 장식들로 화려하게 꾸며져 있었다. 한인들로 구성된 밴드가 크리스마스 캐럴을 연주하는 소리를 듣자 기분이 나아졌다.

"리틀 허즈번은 어딨어?"

돌아보니 친구 메리와 남편이 그녀를 보고 웃고 있었다.

"자기 파티에 갔지 뭐야. 틴에이저가 되고는 나한테서 멀어지는 거 같아."

"사랑스런 폴이 너한테서 멀어진다고?"

친구의 눈이 커졌다.

"그래, 이 파티에 같이 오자고 했더니, 다른 플랜이 있다는 거야."

"세상에, 애들은 틴에이저가 되면 부모에게 등을 돌리게 되나 봐. 하지만 우리 부모들은 이 새로운 세대를 알아야 할 필요가 있어. 아이들은 한국식 전통은 현대 미국 사회에 비하면 형편없다고 말하거든. 김치는 절대 햄버거를 이길 수 없다는 거야."

"언젠가는 김치가 햄버거를 이기는 날이 반드시 올 거야."

그녀는 한숨 대신 미소를 지었다. 친구인 메리는 학생 심리를 전공한 LA 통합교육구의 초등학교 교사였다. 친구의 말을 듣자 폴이 오늘 밤 뭘 하고 있는지 속으로 걱정이 되었다. 그 불안을 다스리기 위해 그녀는 수도 없이 혼잣말로 폴을 믿는다고 중얼거렸다. 그리고 마침내 흥겨운 밴드의 음악에 빠져들어 파티에 어우러질 수 있었다.

파티는 성공적이었다. 파티에 온 사람들은 모두 얼굴이 발그레 상기되어 있었다. 몇몇 한인 사업가들은 한인타운 개발기금에 기부하기로 결정했다. 그 기금은 한인 커뮤니티에 속한 어려운 사람들을 도울 것이었다. 기부자들의 관대함과 한인 커뮤니티를 위한 그들의 배려에 그녀는 마음 깊이 감사했다. 비록 아들을 동반하지는 못했지만 파티에 간 보람은 있었다.

집에 돌아오니 자정이 훨씬 지나 있었다. 폴은 아직 돌아오지 않았다. 걱정이 슬그머니 고개를 들었다. 파티에서 느낀 충족감은 금세 사라져 버렸다. 그래서 모두들 십 대와 사는 걸 감정의 롤러코스터를 타는 것과 같다고 했는지도 모른다. 사실 전부터도 걱정은 항상 그녀 마음의 저편에 숨어 있었다. 이제 폴은 자기의 인생이 있으므로 그녀가 나서서 모든 일로부터 보호해 줄 수 없는 것이었다. 폴이 얼마나 괜찮은 남자가 돼 가고 있는지를 지켜보면서 그녀는 자랑스러웠지만, 한편으론 늘 자기 주위만 따라다니던 아이가 아니

54

라는 사실에 아쉬움도 컸다. 폴이 돌아오면 단단히 캐물으리라 작정한 그녀는 어느새 꾸벅꾸벅 졸았다. 꿈속에서 흉흉한 소문들이 그녀를 찾아와서 괴롭혔다. 폴이, 당신 아들이, 그 아이가……. 얼마나 잠들었을까. 폴이 문을 열고 들어오는 소리에 그녀는 앉은 자리에서 용수철처럼 튀어 일어났다. 새벽이라는 사실을 깨달은 그녀는 자신도 모르게 목소리가 높아졌다.

"밤새 어딜 갔다 이제 오는 거니?"

"뭘 좀 하고 왔어요."

폴은 쾌활하게 말했다. 밤을 새웠는데도 아들은 전혀 지친 얼굴이 아니었다. 그 사실이 더 불길하게 여겨졌다.

"뭘 했니? 그게 뭔데."

"그냥 별거 아니에요."

그녀의 기세에 눌린 폴이 중얼거리듯 말했다. 폴은 제 아빠를 닮아 내성적이어서 꼬치꼬치 캐묻지 않으면 무엇이든 쉽게 털어놓는 성격이 아니었다. 적어도 그런 점에서 그녀와는 딴판인 아들이었다.

"폴, 엄마한테 솔직하게 말해 봐. 너 혹시 사고 쳤니?"

"세상에, 엄마. 나 안 그러는 거 알잖아. 파티는 어땠어요?"

"아주 좋았단다. 네가 같이 있었으면 얼마나 좋았을까 했지."

폴은 잠시 그녀의 기분을 살피는 것 같더니 이내 그녀의 얼굴을 가만히 들여다보며 말했다.

"엄마, 내가 밤새도록 뭘 하고 다녔는지 궁금해하는 거 알아요. 말 안 하려고 했는데, 엄마가 너무 걱정하니까……."

잠깐 끊었다가 폴은 계속했다.

"사실은 홈리스를 위한 크리스마스 선물을 샀어요. 그 선물들 전해 주느라 램파트 경찰서에 갔었어요."

"홈리스를 위한 선물이라고?"

"네, 그래요."

폴의 표정과 목소리는 흥분돼 있었다.

"담요 50장하고 컵라면 50상자를 샀어요. 그러니까 너무 많아서 그걸 전부 나르느라고 밤새 걸렸던 거죠."

폴은 놀이동산에라도 다녀온 어린아이처럼 들떠 보였다.

"돈은 어디서 났니?"

"내 돈하고 엄마가 준 용돈도 좀 합하고."

아들이 겸연쩍다는 듯 씩 웃었다.

"엄마는 담요 살 돈을 준 적이 없잖니?"

"매주 용돈하고 점심값 주셨잖아요. 그걸 전부 모았어요. 1,000달러 넘게 모았는걸요."

그녀는 그제야 안심이 되었다. 아들이 기특했지만 동시에 또 다른 걱정이 몰려왔다. 그녀는 언제나 폴이 다칠까 봐 두려웠다. 아들과 떨어져 지냈던 시절 몇 번이나 죽을 고비를 넘겼던가. 그 기억이 떠오르면 자신도 모르게 진저리가 쳐졌다. 홈리스는 불쌍히 여기고 도와주어야 할 사람들이 분명했지만, 폴이 함께 어울려도 될 만큼 제정신이거나 정상인 사람들은 아니라고 여겼다. 입으로는 그런 사람을 도와야 한다고 말하면서 정작 폴이 정말로 그랬다니 해코지를 당하지나 않을까 싶어 걱정이 앞선다는 점에서 그녀 역시 흔한 엄마 가운데 하나임을 인정하지 않을 수 없었다.

"엄마한테 말했더라면 점심값을 아끼지 않고도 도울 수 있도록 해 줬을 텐데. 아무리 그래도 밥은 먹어야 하지 않니."

그녀는 한결 차분해진 목소리로 타이르듯 물었다. 아들이 고개를 저었다.

"엄마, 난 성경에 있는 대로 했어요. 여기 봐요, 엄마. 한번 읽어 보세요."

폴은 자기가 접어 놓은 페이지를 펴서 그녀에게 내밀었다. 마태복음 6장이었다.

"사람에게 보이려고 그들 앞에서 너의 의를 행치 않도록 주의하라. 그렇지 아니하면 하늘에 계신 너의 아버지께 상을 얻지 못하느니라."

가슴에 손을 얹고 쳐다보니 아들이 그녀를 보고 웃고 있었다. 그녀가 무어라 말하려 하자 폴이 먼저 입을 열었다.

"크리스천의 의무는 말이 아니라 행동으로 하는 것이라고 엄마가 말해 준 거 기억해요. 나는 홈리스 피플을 위해 뭔가를 하고 싶었어요. 근데 그런 사실을 사람들에게 알리고 싶지는 않았던 거죠."

경기가 나빴던 때라, LA 다운타운과 공원, 골목의 코너에는 홈리스들이 여기저기 퍼져 있었다. 외출할 때마다 식당이나 은행 혹은 어떤 공공장소에서든 그런 사람들이 나타나 "잔돈 있으면 주실래요?" 하고 묻곤 했다. 아들은 그들을 보면서 마음이 불편했던 것 같았다. 어떤 때는 그녀 또래의 여자들도 있었고, 다리가 절단돼 무릎으로 보도 한쪽에 앉아 있는 사람도 있었다. 폴은 길에서 홈리스를 볼 때마다 주머니를 털어 주곤 했다.

그렇기는 해도 아들이 그들을 위해 이렇게 큰일을 할 줄은 꿈에도 몰랐다. 그녀가 전혀 알아채지도 못하도록 비밀스런 계획을 세우고 혼자서 다 해내다니. 홈리스에 대한 아들의 헌신은 그녀를 얼마간 두렵게 만들었다. 그것은 그녀라는 엄마보다 더 높고 숭고한 대의에 그를 잃을지도 모른다는 비이성적인 두려움이었다. 1,000달러라니! 이제 겨우 사춘기 소년이. 차도 없이 친구의 형에게 부탁해서 홈리스에게 줄 선물을 배달했던 것이다. 엄마의 말 한마디에 그렇게 실천하다니. 십 대의 소년은 자기가 하고 싶은 것을 위해 지출할 나이가 아닌가 말이다. 내심 그녀는 아들이 평범한 아이로 성장해 주기를 바랐다.

"엄마?"

아들이 조심스럽게 불렀다. 생각에 잠겼던 그녀는 퍼뜩 정신을 차렸다.

"혹시 화가 난 건 아니죠?"

"좋은 일을 했는데…… 칭찬해야지."

"다행이에요. 사실 주식이 폭락해서 엄마가 기절까지 했는데, 그 돈을 엄마에게 드려야 하는 게 아닌가 싶어 망설였거든요. 엄마가 이해해 줘서 정말 고마워요."

그녀는 속내를 들킨 것 같아 뜨끔했지만 내색하지 않으려고 애써 미소를 지었다. 어쩌면 아들은 이미 그녀의 품을 떠난 존재인지도 몰랐다. 그녀가 바라는 아들은 그녀의 마음속에만 있는 건지도. 그녀는 처음으로 후회했다. 아들에게 저 거대한 사도 바울이라는 이름을 붙여 준 사실을. 그 이름의 유래를 일러 준 자신을. 아들이 스스로의 이름이 지닌 무게에 짓눌리지 않기만을 바랄 뿐이었다.

겨울이 지나 새 학기가 시작되고 얼마 안 된 어느 봄날이었다. 학교에서 돌아온 아들의 행동이 어색해 보였다. 안 보는 척하면서 살펴보니 아이가 오른팔을 움직이지 않고 있었다. 그 팔을 다쳤는지 고통을 숨기고 무시하려 애쓰는 모습이 역력했다. 더는 모른 척할 수가 없었다.

"팔을 다쳤니?"

"그렇게 심하지 않아요. 학교에서 넘어진 건데 뭐."

팔을 움직이지 못하는 아들은 병원에 가자는 그녀의 권유에도 한사코 고개를 저었다. 왼팔도 아니고 오른팔을 쓰지 못하면 어떡하느냐는 그녀의 설득에 마침내 아들이 고개를 끄덕였다. 그녀는 서둘러 카이저 병원으로 아들을 데리고 갔다. 얼마나 아픈지, 아무리 숨기려 해도 그 고통이 다 드러나 보였다. 다행히 응급실은 만원이 아니어서 금방 엑스레이를 찍을 수 있었다. 의사는 폴이 한 달 정도 깁스해야 한다고 말했다. 아들은 걱정하기보다 되레 즐거워하는 눈치였다. 학교 공부를 하지 못할까 봐 그녀가 걱정하자 친구들이 도와줄 테니 걱정하지 말라고 했다. 병원을 나오면서 폴은 그녀에게 하얀 깁스에 제일 먼저 사인할 것을 종용했다.

"마이 선, 마이 스타, 아이 러브 유!"

다음 날, 학교 교장으로부터 전화가 왔다. 그녀는 폴이 사고를 일으켰나 해서 가슴이 마구 뛰었다. 교장은 싸움이 있었지만 다 잘 해결되었으니 걱정을 말라고 하는 거였다.

"미시즈 리, 폴 혼자서 잘못한 것이 아닙니다. 같은 반 학생이 놀리니까 보복한 것이죠. 두 사람 모두 불러서 얘기를 했고 둘이 악수도 했답니다."

교장은 부드럽지만 근엄한 목소리로 말했다. 도대체 무슨 일이 있었던 거냐고 묻자, 한 백인 학생이 폴에게 눈이 길게 찢어지고 못생겼다고 놀리자 폴이 덤벼들어 싸움이 일어났다고 했다.

"학교에서 인종 싸움이 일어나는 것은 좋지 않습니다. 우리는 용납하지 않아요."

교장은 우려를 표하며 전화를 끊었다. 그날 저녁 폴이 집에 왔을 때 그녀는 왜 사실대로 말하지 않았느냐고 물었다.

"엄마가…… 걱정을 할까 봐 일부러 거짓말했어요."

그녀가 한숨을 내쉬었다. 아들이 백인 학생들과 부딪친 것은 미국에 도착했을 때부터도 있던 일이었다. 한국에서 데려왔을 때 그녀는 아들을 웨스트 LA에 있는 브렌트우드의 켄터 캐년 초등학교에 입학시켰다. 그 학교는 백인 학생 일색이었다. 2학년 때 하루는 울면서 아들이 학교에서 돌아와 이렇게 물었다.

"엄마, 나는 왜 푸른 눈에 금발 머리가 아니야? 미국 애들이 나를 놀려. 나도 블루 아이와 블론드 헤어를 갖고 싶어."

아들은 깊이 상처받은 모양이었다. 그때 그녀는 이렇게 말해 줄 수밖에 없었다.

"폴, 네가 상처받아서 엄마가 몹시 속상하구나. 하지만 내 말 잘 들어라. 블루, 블론드, 화이트 모두 예쁜 색이지. 그런데 브라운, 블랙, 옐로우도 똑같이 예쁜 색이란다. 신은 우리를 모두 아름답게 만드셨어. 그러니까 외모에 대해 불평해서는 안 되는 거란다. 누가 뭐라든 엄마는 폴이 세상에서 가장 멋지고 잘생겼어. 엄마가 이 세상에서 가장 사랑하는 사람은 바로 우리 폴이야."

다행히 그 말이 폴에게 위로가 되었는지 아들은 바로 다음 날 씩씩하게 학교로 갔다. 그해 추수감사절에 그녀는 생애 처음으로 칠면조를 구웠다. 그녀는 폴에게 언제나 한국인임을 자랑스럽게 여기라고 말해 왔지만, 동시에 미국 문화와 가치관을 심어 주는 것도 중요하다는 사실을 알고 있었다. 그녀는 아무리 해도 미국 문화에 완전히 동화될 수 없을 테지만, 폴은 그렇게 되어야만 했다. 아들은 한국에 대한 기억도 거의 없고 다시 돌아갈 일도 없을 테니까. 그녀가 할 수 있는 일은 폴이 보통의 미국 아이들처럼 자라고 덜 놀림받도록 해 주는 것이었다. 그런 의미에서 미국의 전통 명절을 지키기 위해 노력하는 모습을 보여 주려 했다.

그날 아침 일찍 일어나 칠면조 요리를 준비했다. 처음에는 잘되었는데 칠면조를 너무 얕은 팬에 넣고 구운 것이 문제였다. 기름 많은 육즙이 넘쳐흘러 오븐에서 타기 시작하

자 사방이 연기로 뒤덮였다. "미국식 엄마 노릇 하느라고 난
리도 아니구나." 혼자 속상해하고 있는데 아들이 부엌에 들
어와 요리가 다 됐느냐고 물었다. 그녀는 잘 안됐다고 했지
만, 아들은 칠면조를 보더니 괜찮아 보인다며 먹겠다고 했
다. 그녀는 접시에 칠면조 고기를 한 조각 잘라서 주었다.
그리고 다른 접시를 들고 식탁으로 가서 보니 아들이 왼손
으로 코를 쥐고 오른손으로 음식을 입에 쑤셔 넣고 있었다.

"왜 그러니, 폴?"

"칠면조에 불 난 거 같아. 불 냄새가 많이 나서."

"미안하다, 애야. 억지로 먹을 필요 없단다. 내가 좀 태웠
거든."

"하지만 엄마가 나 때문에 일찍 일어나서 아침 내내 요리
했잖아."

엄마를 무안하지 않게 하려고 탄내 나는 칠면조를 먹던
아이는 학교 다니는 내내 백인 아이들에게 놀림과 차별을 당
해야 했다. 아들이 초등학교에 다닐 때 학부모 미팅 참석차
학교에 갔을 때 우연히 복도에서 폴이 백인 아이 두 명과 이
야기하는 모습을 보게 됐다. 놀라게 해 주려고 아이들 쪽으
로 살살 걸어가던 그녀는 한 아이가 폴에게 하는 이야기를
듣고 그 자리에 멈춰 섰다.

"너희 나라로 돌아가란 말이야. 가재 눈, 너구리 코, 노란

얼굴. 너네 나라에 가면 너처럼 생긴 사람들 많을 거 아냐.”

그때 아이의 얼굴은 울상이었다. 그날 밤 저녁을 먹으면서 그 일을 이야기하자 폴은 다정한 눈으로 그녀를 바라보았다.

“나도 싫어, 엄마. 하지만 우린 이민자잖아. 이민자들의 삶은 지혜와 용기와 인내를 필요로 하는 거야.”

“너 어디서 그런 훌륭한 말을 배웠니, 폴?”

“교회에서 목사님 설교 시간에 배웠어요.”

폴은 엄마의 칭찬이 좋았는지 웃으며 말했다. 그녀는 언제나 이민자라는 그녀의 신분, 백인들의 세상에서는 눈에 보이지 않는 존재, 그들을 위해 봉사하면서도 근근이 어렵게 살아가는 존재에 대해 한탄스러울 때가 있었다. 그러나 아들의 말을 듣는 순간 아들을 괴롭힌 백인 학생들을 용서했다. 용서하되 결코 잊지 않기로 했다. 그리고 잠자리에 들기 전 스스로에게 다짐했다. 폴을 밀어붙여서라도 모든 이민자가 따르고 싶은 훌륭한 모델로 만들어야겠다고. 폴이 그녀의 꿈과 소망을 모두 이루기까지는 절대 만족하지 않으리라고. 아들인 폴을 누구보다 훌륭하고 멋진 사람으로 빚어내리라고. 그 길에 방해가 되는 건 무엇이든 가만두지 않겠노라고. 그녀의 기도는 하늘에 닿을 간절함이었다.

테넌트들과 도둑

폴이 중학생이었던 그해 겨울 그녀는 뜻밖의 소식을 전해 들었다. 경찰이라는 말에 잔뜩 긴장이 되었다.

"로렌스를 아시지요?"

"제가 관리하는 LA 아파트의 테넌트 가운데 한 분이에요. 그런데 무슨 일이죠?"

"그분께서 교통사고로 목숨을 잃었습니다."

교통사고, 사망……. 이 말에서 그녀는 기시감을 느꼈다. 남편이 교통사고로 세상을 떠났다는 사실을 겨우 잊었는데 아니 어쩌면 간신히 억누르고 있을 뿐이었는데, 로렌스의 사고 소식은 그녀를 과거의 그 순간으로 데려가고 말았다.

로렌스는 그녀가 LA 다운타운에 소유한 아파트의 작은

유닛에서 살던 쾌활한 노인이었다. LA에 있는 아파트 입주자들은 대다수가 흑인과 히스패닉들이고, 가끔 동양인이 섞여 있었지만 모두 저소득층이었다. 새로 아파트 입주를 원하는 테넌트 후보를 인터뷰할 때면, 그녀는 편견 없이 상대를 대하기 위해 노력해야 했다.

여러 명의 테넌트에게서 매달 받는 렌트비는 그녀에게 중요한 수입원이었다. 그러나 어떤 테넌트는 렌트비를 체납하거나 그녀가 찾아가면 집에 없는 척했다. 어떤 사람은 잔뜩 밀린 렌트비를 내지 않은 채 도망가기도 했고, 자기를 괴롭히지 말라며 부엌칼로 그녀를 위협하기도 했다. 그녀에게 소송을 건 사람도 적지 않았다. 한 사람은 젖은 바닥이 미끄러워서 넘어졌다고 소송을 했고, 또 다른 테넌트는 페인트 회사가 깔아 놓은 비닐 시트 때문에 넘어졌다고 소송했다. 어떤 사람은 아파트에서 바퀴벌레와 쥐가 나온다고 거짓으로 소송을 걸었고 마지막 케이스는 자기가 2차 임대를 놓은 아파트의 자물쇠를 그녀가 바꿨다는 이유로 소송을 했다. 그들의 소송은 모두 기각됐지만, 그녀는 다운타운의 법원을 수시로 드나들어야 했다. 그렇게 소송을 치르면 테넌트에 대한 불신이 커지면서 아파트를 찾아갈 때마다 신경이 곤두서곤 했다.

그래서 더 로렌스를 좋아했는지도 모른다. 그는 그녀를

보면 언제나 환하게 웃어 주었다. 유난히 도드라지는 흰 이를 드러내며 꾸밈없이 미소 짓는 그를 보면 긴장이 잦아들었고 그녀의 어두운 얼굴도 환하게 빛났다. 그는 언제나 정확한 날짜에 렌트비를 내는 테넌트이기도 했다. 그가 아파트에 살았던 지난 몇 년 동안 그녀와 그는 마주치면 매번 정답게 인사를 나눴고, 어떤 때는 마주앉아 이야기를 나누기도 했다.

로렌스는 그녀의 남편과 전혀 닮은 점이 없는데도 남편을 떠올리게 했다. 로렌스와 마주칠 때면 그는 손에 책을 들고 있는 경우가 많았다. 로렌스가 읽는 책은 그 시절에 유행하는 소설이긴 했지만 테넌트 가운데 로렌스만큼 책을 많이 읽는 사람은 드물었다. 폴의 아빠인 남편의 손에도 항상 책이 들려 있었다. 그녀는 자신이 책보다 못한 사람이냐며 투정을 부린 적이 있었다. 슬며시 웃기만 하는 남편이 얄미웠던 그녀는 그의 손에서 책을 빼앗아 비가 내리는 밖으로 던져 버렸고, 그는 그녀가 아이처럼 책을 시기한다며 크게 웃었다. 죽은 남편은 잘 웃었다. 화를 낼 수가 없었다. 웃으면 만사가 해결됐다. 어느 날인가는 그녀가 욕실에 있다가 전화벨 소리를 듣고 나오다가 발목을 접질린 적이 있었다. 전화를 받아 보니 남편이었다. 그녀는 남편의 전화 탓에 미끄러져 다쳤다며 소리쳤고 남편은 회사를 뛰쳐나와 집으로 달려왔다. 남편은 그녀를 업고 병원으로 달려갔다. 까맣게 잊었던 그 시절의 일화들이 떠오르는 건 로렌스가 남편을 떠올리게 해서였다.

　그리고 바로 어제의 일이었다. 렌트비를 받으러 갔더니, 그가 문을 활짝 열고 웃으며 말했다. "당신이 올 줄 알고 있었어요." 그는 커피 한잔 마시고 가라고 친절을 베풀었고 마침 연말의 쓸쓸한 날씨가 춥게 느껴졌던 그녀는 고맙다고 하며 그의 집으로 들어갔다. 그녀는 그와 많은 이야기를 나눴는데 말하는 쪽은 주로 로렌스였다. 평소에 그는 쾌활하긴 했어도 언제나 조용한 편이었기 때문에 그녀도 마음을 다해 귀를 기울였다. 그는 미국에서 살아온 자기 인생에 대해 죽 이야기했는데, 그중에는 가슴 아픈 이야기도 많았다. 오로지 흑인 남자라는 이유만으로 사람들이 자기를 두려워하는 것 같을 때는 얼마나 기가 막히고 모욕감을 느끼는지 모른다고 했다. 어떤 사람들은 심지어 그와 가까이 지나치는 일을 피하기 위해 일부러 길을 돌아 건너간다고도 했다. 그녀는 로렌스가 겪은 일들이 남의 일 같지 않았고 그런 로렌스에게 위로가 되는 선물을 주고 싶어서 집에 오는 길에 꽃집에 들러 다음 날 꽃바구니가 그에게 배달되도록 주문해 두었다. 그를 기쁘게 해 주려던 꽃다발이 장례식장으로 가게 되리라고는 꿈에서조차 생각해 보지 못한 일이었다.

"엄마, 울고 있어요?"

집에 돌아온 아들이 그녀를 보며 물었다.

"폴, 엄마는 로렌스 때문에 슬프단다. 알지? 다운타운 아파트 8호실 아저씨 말이야. 내가 어제 그 사람한테 장미꽃을 보냈는데 그 꽃을 보기도 전에 세상을 떠나고 말았어."

"안됐네요, 엄마. 하지만 그 아저씨는 지금 천국에서 아마 평화롭게 쉬고 있을 거야."

"그래, 나도 안다. 하지만 바로 어제 한참 동안이나 그 사람하고 얘기를 나눴거든. 그 사람이 했던 얘기 중에 절대로 잊을 수 없는 말이 뭔지 아니? '나는 미국에서 태어나고 자랐는데 한 번도 여기서 존엄성이나 품위, 혹은 진정한 민주주의를 느껴 보지 못했어요. 백인들은 언제나 흑인들을 무시하니까요. 미국은 법적으론 민주국가지만 실제 백인들의 행동으로는 그렇지 않아요'라는 말이었어. 바로 오늘 아침에 차 사고로 하늘나라로 가셨단다."

"엄마, 엄마가 그 아저씨 좋아하고 존경하는 걸 그분도 알았을 거예요. 그리고 그의 삶이 그렇게 나쁘지만은 않았다고 생각해요. 적어도 잠을 청하고 쉴 곳이 있었고, 엄마처럼 좋은 집주인이 있었으니까."

아들의 말이 그녀를 얼마간 진정시켰다. 폴은 로렌스보다 형편이 좋지 않은 홈리스들을 너무 많이 보아 온 것이다. 그러나 아들은 모른다. 그녀가 무슨 일을 겪었는지를. 그녀가 떠올리고 싶지 않은 기억 가운데 하나는 지난봄에 겪은 일이었다. 그녀는 평소처럼 렌트비를 받아 아파트를 나오던 참이었다. 그녀가 주차장으로 들어설 때 차 사이에서 불쑥 튀어나온 한 사내가 그녀에게 다가왔다. 그녀는 뒷걸음질을 치다가 주저앉고 말았다. 그녀를 겨냥한 권총 구멍이 괴물의 아가리처럼 섬뜩했다. 사내는 재빠르게 그녀 앞으로 다가와 총구를 이마에 댔다. 이마에 닿는 차갑고 단단한 쇠의 느낌이 발끝까지 단번에 내려갔다. 그녀는 꼼짝도 할 수 없었다. 죽을 수도 있다는 생각이 그녀를 단단히 옭아맸다.

그녀에게 죽음은 낯선 일도 불가능한 일도 아니었다. 그녀는 얼마나 자주 죽음을 겪어 봤던가. 사랑하는 사람을 잃기에는 너무 젊은 나이인데도 그녀는 잃고 말았다. 아들 역시 여러 차례 죽음의 고비를 넘지 않았던가. 그럴 때마다 그녀는 살고 싶지 않았지만 살지 않을 수 없었다. 권총 총구가 이마에 닿는 순간, 아니 그녀에게 총을 겨눈 사내를 보았던 순간 그녀는 이미 죽음이라는 낯익고 불쾌한 불청객을 마주하는 기분이 들었다. 사내는 그녀가 수거한 렌트비가 들어 있는 가방을 낚아챘다. 가방끈이 그녀의 어깨부터 팔뚝을 지나 손목을 친 뒤 손끝으로 빠져나가는 동안 그녀의 생애 전체도 썰물처럼 빠져나가는 기분이 들었다. 얼마나 지났을까. 그녀는 정신을 차렸지만 발가벗겨져 버려진 것처럼 수치스러웠다. 이렇게까지 살아야 하나. 이렇게 해서라도 살아야 하나. 결국 이런 게 삶이란 말인가. 그녀는 손으로 이마를 쓸어 보았다. 이마는 멀쩡했다. 그런데도 이미 총알이 그녀의 이마에서 뒤통수로 뚫고 나간 것처럼 머릿속이 텅 빈 느낌이었다. 그녀는 가방을 찾아 두리번거렸다. 저 앞에 그녀의 가방이 떨어져 있었다. 그녀는 무릎걸음으로 엉금엉금 기어갔다. 무릎이 쓰라렸다. 상처에서 배어나온 핏물이 바지에 스며들었다. 속이 함부로 뒤집혀진 가방을 쥐고 이리저리 살펴보았다. 아무것도 없었다. 그녀는 빈 가방을 가슴에 껴안고 고개를 떨구었다.

"테넌트들과 잘 지내기가 참 힘들구나. 대부분 수입이 적고, 좋은 교육을 받지 못한 사람들이야. 하지만 근본은 좋은 사람들이란다. 다들 렌트비를 제때 내려고 하루하루 힘겹게 살아가지. 나도 미국에 처음 왔을 때 그런 경험을 했기 때문에 절대로 사람들을 인종이나 수입 수준에 따라서 차별하지는 않을 거야."

그 말은 사실이기도 했고 아니기도 했다. 그렇게 생각하며 스스로를 지탱하지 않는다면 그녀부터가 오래전에 붕괴했을 테니까. 그녀가 자신의 말처럼 생각하고 실천하기 위해 얼마나 많은 노력을 해야 하는지를 아들은 아직 이해하지 못할 터이다. 어쨌든 그녀의 말에 폴은 흡족해하는 것 같았다.

계절이 바뀌자 산타모니카 해변을 따라 늘어서 있는 맹그로브 나무들이 생기를 띠기 시작했다. 누런색으로 죽어 있던 산등성이와 절벽들이 선명한 초록색으로 변해 갔다. 공기는 따뜻하고 해풍은 상쾌했다. 그녀는 거실에 혼자 앉아서 비발디의 〈사계〉 중에서 '봄'을 들었다. 그러면 잠시나마 고독과 계절병이 사라지곤 했다. 한 시간쯤 음악을 듣고 있던 그녀는 장을 보러 나섰다.

웨스턴 애비뉴에 있는 코리안 슈퍼마켓은 고기와 야채 등 한국 식품들이 잘 갖춰져 있었고, 그녀는 일주일에 한 번씩 들러 필요한 것들을 사곤 했다. 그녀는 깨끗하고 요리하기도 쉬운 캔 푸드를 자주 구입했다. 이번에도 해물과 옥수수, 콩 통조림을 여러 개 장바구니에 넣었다. 그곳은 항상 한국 여성들로 붐볐다. 소고기를 사기 위해 정육부 쪽으로 다가간 그녀는 사람들이 몰려 있는 걸 보았다. 다가가서 살피니 한 여자가 눈물을 흘리며 무릎 꿇고 앉아 있고 그 주위를 여러 명의 중년 여성들이 둘러싸고 있었다.

"더러운 년이야."

"원 세상에, 생기기도 못난 주제에."

"저런 도둑은 손을 잘라 버려야 해. 한국 사람 망신이야."

욕설을 퍼붓던 이들은 무릎 꿇은 여자의 머리채를 잡아당기고, 목덜미를 꼬집기까지 했다. 그 여자는 두 팔이 플라스틱 끈으로 묶인 탓에 저항도 하지 못했다. 이마 아래 헝클어진 머리카락 사이로 여자의 두 눈이 사납게 빛났다. 그녀는 옆 사람에게 무슨 일이냐고 물었다.

"이 여자가 소고기를 30파운드나 훔치려고 했어요."

누가 팔을 저렇게 묶어 두었냐고도 물었다.

"마켓 주인이 그랬어요. 경찰 오기 전에 도망가지 못하도록."

그곳에서는 도둑질이 쉽지 않았다. 사방에 감시의 눈초리가 있어 들킬 게 뻔한데도 그랬다면 분명히 이유가 있을 것이라고 짐작했다.

"여러분, 그만 좀 하시고 잠깐 조용히들 해 보세요. 이러시면 안 돼요."

모든 사람이 그녀를 쳐다보았다. 마켓 주인이 그녀에게 다가왔다.

"당신은 왜 저년 편을 드는 거요?"

"이 사람은…… 내 친구이고, 같은 교회 성도니까요."

그녀는 상황을 모면하기 위해 입에서 나오는 대로 거짓말을 했다.

"그럼 저 여자한테 말해 줘. 도둑은 교회에 와서는 안 된
다고."

"이 사람은 도둑이 아니에요. 좋은 여자인걸요. 고기값은
제가 낼게요. 소고기 30파운드가 얼마죠?"

"당신 돈은 필요 없어. 저 여자는 감옥에 가야 해."

"우리 모두 한국 사람이고, 한인 커뮤니티의 일원인데 제
발 저 여자를 경찰에 넘기지 말아 주세요."

"당신과는 상관없는 일이잖아요."

"네, 물론 그래요. 전 상관없는 일이에요."

그녀는 마켓 주인에게 머리를 숙이며 고분고분하게 말했
다. 마켓 주인은 잠시 말이 없더니 한숨을 내쉬었다.

"가 버려, 저 도둑질한 여자도 데리고 말이야."

주위에 있던 여자들은 너무 놀란 듯이 말도 못한 채 그 주
인을 바라보았다. 주인은 도둑질한 여자의 손에 묶인 플라
스틱 끈을 가위로 잘랐다.

"나가!"

그녀는 도둑질한 여자를 일으켜 세워 주인의 목소리를 뒤
로하고 마켓을 빠져나왔다. 그들은 근처의 한국 식당으로
갔다. 식탁에 마주 앉으니 비로소 상대의 얼굴을 제대로 볼
수 있었다. 얼굴로 봐서 그녀보다 적어도 열 살은 어린 것 같

았다.

"나는 리사 리예요. 나이는 거의 쉰이에요."

그녀는 자신이 누구인지 먼저 말했다.

"제 이름은 마리아 박이에요. 서른다섯이고요."

마리아가 갑자기 울음을 터뜨렸다. 그녀가 주문한 꼬리곰탕이 나왔다. 마리아는 머뭇거리다 숟가락을 들었다. 이윽고 마리아는 자신의 이야기를 들려주었다. 마리아는 십여 년 전 LA로 이민 왔다고 한다. 그런데 술고래였던 남편이 보험도 없이 운전하다가 사고로 한 변호사를 죽게 했고, 그 때문에 수십 년 형을 받고 감옥에 갔다. 마리아는 온갖 궂은일을 하면서 간신히 쌍둥이 아이들과 연명해 왔는데, 바로 최근 한국인 커피숍에서 해고당했다. 아파트 렌트비는 석 달치가 밀렸고, 주인은 매일 재촉해 대는데 푸드 스탬프조차 신청할 수가 없다고 했다.

"내일이 쌍둥이 아들의 생일이랍니다. 그런데 집에는 먹을 것조차 없어요."

마리아는 눈물을 흘리며 고개를 떨어뜨렸다. 그녀는 재촉하지 않고 마리아가 진정될 때까지 기다려 주었다.

"남편이 감옥에 간 뒤로는 끼니도 여러 번 걸렀답니다. 아무도 우리에게 음식이나 푸드 스탬프를 주지 않아요. 푸드 뱅크에 가도 고용주의 사인을 받아 오라고 합니다."

"세상에, 이 부유한 나라에서 끼니를 굶었다는 소리를 난 처음 들어요. 내일 낮 12시에 웰페어 사무실 앞에서 만나요. 푸드 스탬프와 렌트비 마련할 방법을 찾아서 내가 도와줄게요."

그녀는 그런 일을 할 수 있는지 잘 몰랐지만 왠지 그녀를 도와야 한다고 느꼈다. 마리아가 그녀의 손을 잡고 말했다.

"저를 위해 해 주신 모든 일에 감사드립니다, 리사."

그녀는 지갑에 있는 돈을 다 꺼냈다. 20달러짜리 다섯 장이었다. 마리아는 안 받으려고 했지만, 그녀는 마리아의 주머니에 찔러 넣어 주었다.

"절대 낙담하지 마세요. 학교에 잘 다니는 튼튼한 쌍둥이 아들이 있잖아요. 가까운 한인 교회에 가서서 도움을 받으세요. 내일은 또 다른 날, 행복한 날이 올 거예요."

처음으로 마리아의 입가에 미소가 떠올랐다.

"마리아, 당신은 캘리포니아와 한국에 대해 잘 알고 있을 거예요. 서른다섯 해를 살아오면서 양쪽 나라를 모두 경험했기 때문이죠. 당신과 나는 공통점이 많아요. 둘 다 한국인이고, 또 우린 이민자들이고, 이 타락한 세상에서 허물 많은 죄인이기도 하지요. 하지만……."

그녀는 잠시 숨을 고르고 말을 이었다.

"우리에겐 우리가 책임져야 할 아이가 있잖아요. 나도 그렇고 마리아도 쌍둥이 아들이 있잖아요. 무너져서는 안 돼요. 쌍둥이 아들을 위해서라도 견뎌야 해요."

마리아와 헤어져 돌아오는 길에 그녀는 자신이 했던 말을 곱씹어 보았다. 마리아라고 해서 왜 그렇지 않겠는가. 슈퍼마켓에서 소고기를 훔치려 마음먹었을 때 마리아의 마음속에도 갈등이 있었으리라. 아이를 위해 훔쳐야 하는지, 아이를 위해 훔쳐서는 안 되는지. 어느 쪽을 선택하든 그 선택에는 마리아조차 알 수 없는 어떤 힘이 작용했을 테고, 마리아는 그 보이지 않는 힘에 억눌려 살게 될 거였다. 누가 마리아를 비난할 수 있을까. 훔치는 것도 훔치지 않는 것도 마리아가 무얼 선택하든, 그 순간 마리아는 한 사람으로서가 아니라 쌍둥이 두 아들의 엄마로서 결정한 것일 테니. 이 세상에 알게 모르게 죄짓지 않고 사는 사람이 있을까. 들키면 교도소로 가게 되고 들키지 않으면 선량한 사람처럼 당당히 살아가게 되지.

집에 도착한 그녀는 빈손으로 돌아온 걸 새삼 깨달았다. 쓴웃음이 절로 나왔다. 폴은 친구들과 함께 바비큐를 먹고 싶어 했다. 돼지갈비를 사 오지 못했으니 어쩔 수 없는 노릇이었다. 그녀는 모두 데리고 나가서 저녁을 사 먹여야겠다고 생각했다. 산타모니카의 마리나 바비큐 레스토랑으로 가자고 하자 폴은 좋은 생각이라며 만족해했다. 친구들은 그의 방에서 체스 게임을 하고 있었다. 좋은 봄날에 아이들과 저녁 먹으러 가는 일도 좋을 것 같았다.

차를 타고 가는 동안 폴은 유머러스한 말을 던졌다.

"하늘에 계신 우리 주님은 왜 잃어버린 한 마리 양을 찾으실까?"

"몰라."

넬슨이 말했다.

"아마 하나님이 제일 좋아하던 양이었나 보지."

체스트가 대답했다.

"아니, 너희들 둘 다 틀렸어. 그 한 마리는 똑똑하고 사랑스런 양이었고, 나머지 99마리는 바보에다 못생긴 양들이었기 때문이야."

폴의 말장난에 모두 웃었다. 폴은 농담을 좋아했고, 그 때문에 그녀는 종종 옆구리가 아프도록 웃곤 했다. 그녀는 젊은이들의 활기 덕분에 자신마저 젊어지는 것 같았다.

열여섯 번의 키스

폴은 클래식 음악을 좋아했다. 피아노와 바이올린을 연주하는 같은 학교 친구 넬슨에게서 영향을 받았는지 가끔 모차르트와 멘델스존의 CD를 틀어 놓곤 했다. 그녀는 아들이 친구처럼 바이올린을 배우고 싶은지 궁금했다.

"폴, 넬슨처럼 바이올린 하고 싶지 않니? 친구의 연주 실력이 부럽지?"

"그렇지 않아요. 나는 절대로 뮤지션이 되지 않을 걸 아니까. 엄마가 나한테 억지로 피아노를 배워 주려고 했을 때 어떻게 됐는지 기억나죠?"

물론 그녀는 기억했다. 아들이 초등학교에 다닐 때 그녀는 폴에게 피아노와 바이올린 레슨을 다 받게 했다. 그녀는 그 악기들의 기초를 가르치고 싶었다. 그래서 둘 중에 한 악기라도, 둘 다면 더 좋고, 흥미를 갖게 되기를 바랐다. 혹시라도 음악에 천재적인 재능을 보일지 누가 알겠는가.

그러나 폴은 처음부터 두 악기를 모두 싫어했다. 폴의 거부감을 보고 음악 선생은 그녀에게 피아노 하나만 택하라고 말했다. 그게 바이올린보다 더 배우기 쉬웠기 때문이다.

폴은 피아노 개인 레슨을 받으러 음악 학원에 갈 때마다 짜증을 냈다. 자기에게는 고문과 같다고 불평했으며, 집에 돌아올 때면 잔뜩 부어서 부루퉁해 있었다. 그녀는 온갖 방법을 다 써 보았다. 용돈을 더 많이 주기도 하고, 친구와 함께 디즈니랜드에 데려가기도 했다. 그래도 폴은 관심이 없었다. 석 달이 됐을 때 그녀는 매를 들었고, 폴은 감정적으로 반항하기 시작했다. 6개월이 됐을 때는 둘 다 의지력의 전쟁에 말려들었다.

"나는 피아니스트가 안 될 건데, 왜 이렇게 괴롭히는 거예요?"

"네가 콘서트 피아니스트가 되기를 바라는 게 아니야. 하지만 악기를 하나 배워 놓으면 나중에 취미로 즐길 수 있으니 너한테 좋지 않겠니."

"피아노는 쳐다보기도 싫어요. 보기만 해도 밥맛이 없어지는걸."

그날 밤 집에 들어온 아들은 가재처럼 뒷걸음치며 거실을 지나갔다.

"왜 그렇게 이상하게 걷니?"

"괴물 때문에."

폴은 피아노를 가리켰다.

"저게 너무 무서워서 그래요."

그녀는 아들과 싸울 만큼 싸웠다는 결론을 내렸다. 다음 날 아침 그녀는 친구에게 전화를 걸어 아이들을 위해 피아노를 가져가겠냐고 물었다. 친구는 피아노 놓을 장소를 찾으려면 시간이 좀 필요하다고 했지만 그녀는 오늘 중으로 가져가라고 말했다.

"왜 그렇게 급하니? 알았어, 인부 구해서 두 시간 안에 갈게."

멕시칸 삯꾼 두 명이 오더니 친구 집으로 피아노를 가져갔다. 아들이 6개월 동안 두드렸지만 아무 소용이 없었던 피아노, 그게 사라져 버리자 그녀는 차라리 안도감을 느꼈다. 피아노가 있던 빈자리가 휑하니 눈에 띄었다. 그걸 보고 폴은 어땠을까?

학교에서 아들이 집에 돌아왔다.

"엄마, 피아노 어디 갔어?"

폴은 아무렇지도 않은 척하며 물었다. 그러나 얼굴에는

너무 좋아 죽겠는 웃음이 만연했다.

"네가 너무 싫어해서 없애 버렸다. 피아노를 좋아하는 사람에게 줘 버렸어."

"고마워요, 엄마. 난 정말 싫었거든."

아들은 그녀의 뺨에 키스했다.

폴이 열여섯 살이 되던 생일날이었다. 아들은 부엌에 걸려 있는 달력을 쳐다보고 있었다. 그녀는 중요한 날은 동그라미를 그려 넣고, 잊지 말고 해야 할 일들을 빈칸에 적어 넣곤 했다. 아들은 풀이 죽어 보였다.

"왜 그러니, 폴?"

"엄마, 난 엄마가 달력에 중요한 날은 표시해 두는 걸 알고 있어요. 그런데 오늘은 잊어 버렸나 봐."

"그래?"

"엄마 달력에 아무 표시도 없어. 오늘이 무슨 날인지 정말 몰라요?"

"글쎄다, 무슨 날일까?"

그녀는 일부러 모른 체했다.

"엄마, 정말 잊어버렸어?"

"폴의 생일 말이니?"

"그냥 생일이 아니잖아요."

폴은 여전히 못마땅하다는 말투였다.

"아니지, 열여섯 살 생일이지. 그래 기분이 어때?"

그녀는 환하게 웃으며 물었다.

"엄마, 오늘부터 나는 어디든지 운전하고 다닐 수 있어. 운전면허증을 가졌단 말이야."

아들은 친구들과 운전 시험을 쳐서 패스했고, 임시 면허증을 발급받은 상태였다.

"물론이지, 애야."

"와우, 이건 내 인생에 최고로 멋진 선물이야, 운전면허!"

"하지만 폴, 운전할 때는 조심해야 한다. 절대 술 마시면 안 되고, 친구들과 장난쳐도 안 되고, 언제나 주위를 살피고 운전에 집중해야 한다."

아들은 고개를 끄덕였다. 아들이 바라는 게 무엇인지 그녀는 잘 알았다.

"오늘은 엄마가 아침에 차를 써야 하니까 너는 오후에야 운전할 수 있단다."

"고마워요, 엄마. 운전을 허락해 주서서."

아들은 기쁨에 넘쳐서 아이처럼 춤을 추며 돌아다녔다.

"그렇게 좋으니?"

"그럼요. 엄마가 세상에서 최고예요."

폴은 그녀 주위를 빙빙 돌며 춤을 추었다. 그날 그녀가 오후 1시쯤 집에 왔을 때 폴은 좀 부루퉁해 있었다.

"엄마, 12시에 온다고 해 놓고 약속을 안 지켰어."

"미안하다, 손님 좀 만나고 오는데 시간이 많이 걸렸어."

"엄마 비즈니스가 중요한 건 알아요. 하지만 오늘은 내 생일이잖아."

그녀의 표정을 살피던 아들이 어깨를 으쓱했다.

"그래도 평소보다 일찍 와 주서서 감사해요."

아들은 원래 쉽게 용서하고 쉽게 잊는 아이였다. 그 사실이 가끔은 위태롭게 느껴지기도 했다.

"열여섯 살 생일 파티를 위해 너와 함께 좋은 식당에 가고 싶은데, 어떠니?"

"괜찮아요. 나는 운전만 하고 싶은걸."

그녀는 처음으로 아들이 운전대를 잡은 차에 올라탔다. 아들은 긴장했지만 부드럽고 안전하게 운전했다. 첫 운전이라 설레기도 했겠지만, 엄마인 그녀를 옆에 태우고 있어서 그렇다는 걸 그녀 역시 잘 알았다. 그들은 말리부까지 갔다가 돌아왔다. 아들은 신호도 잘 지켰고 과속을 하지 않았다. 그녀는 안심이 되었다. 한편으로는 이렇게 아들이 운전하는 차를 타고 가니 세월이 얼마나 빠른지 실감하게 되었다. 집에 돌아오니 저녁 무렵이었다.

"엄마, 나 혼자 어디 좀 가고 싶은데."

"어디에, 누구랑 같이 가니?"

"생일은 특별한 날이잖아. 그리고 나만의 프라이빗한 날이기도 하고. 그렇지?"

그녀는 걱정이 되긴 했지만 고개를 끄덕였다.

"엄마, 내 생일에는 나의 자존심, 존엄성, 그리고 프라이버시를 다치게 하거나 침해해서는 안 돼요."

"운전 조심해야 돼. 너무 늦지 말고! 산타모니카에서 너무 멀리 가지 마라. 알겠지?"

"땡큐, 엄마."

그녀는 아들이 운전하는 차가 시야에서 사라질 때까지 지켜보았다. 그녀의 얼굴에는 수심이 가득했다. 이날을 아들이 얼마나 손꼽아 기다렸는지, 임시 면허로 운전이 가능한 미국 법이 허가한 열여섯 살 생일을 얼마나 열망했는지 그녀도 잘 알았지만 까닭 없이, 아니 너무나 당연하게도 불안했다. 운전하게 되면 학교 다니는 일에 더 흥미를 붙이고 도서관에도 자주 가게 되지 않을까, 하는 것은 그녀가 품은 소망이었다. 아들은 학교 공부를 지루하고 재미없어 했으니까.

아마 운전하게 된 것을 자랑하러 친구 마이클 집에 갔을지도 모른다. 아니면 어떤 여자아이의 집에 갔을지도. 으스대며 산타바바라까지 아니면 산타애나까지 간 것은 아닐까?

"무엇을 하든, 법규만 어기지 않고 사고만 안 나면 나는 괜</p>

찮아." 그녀는 별 소용도 없는 불안과 걱정을 하며 중얼거렸
다.

홀로 남은 그녀는 브람스의 〈대학 축전 서곡〉을 들었
다. 도입부의 경쾌한 바이올린 리듬과 즐거운 분위기는 그
녀의 기분을 한결 부드럽게 만들어 주었고, 엄숙한 알레그
로 템포에 도취될 것 같았다. 그녀는 폴이 학교에서 공부를
잘하고 좋은 대학에 진학하여 성공적인 커리어를 쌓아 가는
모습을 상상했다. 그리고 머릿속으로 폴이 졸업 가운을 입
고 머리에는 술 달린 학사모를 쓴 모습을 그려 보았다.

음악을 들으면서 꽃병에 장미꽃을 꽂았다. 오는 길에 꽃
집에 들러 사 온 꽃이었다. 색깔이 모두 다른 일곱 개의 파티
벌룬에 헬륨 가스를 채워 넣고 천장으로 올라가지 않도록
의자 뒤에 한데 묶어 두었다. 그리고 생일 카드와 미리 교환
해 둔 빳빳한 100달러짜리 지폐를 꺼낸 다음 생일 카드를 썼
다.

나의 사랑하는 아들 폴 리
엄마의 사랑은 로키산맥처럼 높고 태평양만큼이나 넓단다.
너의 열여섯 살 생일 선물로 새 차를 사 주고 싶지만 엄마의
경제 상황을 이해해다오. 졸업할 때는 꼭 새 차를 사 준다고
약속하지. 지금은 중고차를 사 줄 테니 학교에 타고 다니렴.

절대로 너의 꿈을 포기하지 마라.

엄마의 절대적인 사랑을 보내며

그녀는 열여섯 개의 색색가지 작은 초를 생일 케이크 위에 꽂았다. 이렇게 차린 다음 폴이 돌아오기를 기다렸다. 그러나 밤 12시가 되도록 아들이 돌아오지 않자 그녀는 조바심이 났다. 10시까지는 오겠다고 약속했던 것이다. 그녀는 마음을 다스리기 위해 와인을 한 잔 마시고 조용한 클래식 음악을 들으면서 책을 읽었다.

벌써 자정이 지나고 있었다. 말 안 듣는 아들을 경찰에 신고하지 않기 위해서는 엄청난 의지와 신뢰가 필요하다는 걸 실감했다. 인내심이 다 떨어져 갈 때 폴이 들어왔다. 그녀는 기가 막혔다. 아들의 얼굴에는 전에 볼 수 없었던 굉장히 특별하고 인상적인 표정이 깃들어 있었다. 그녀가 전전긍긍했던 시간들이 한순간에 무효가 되어 버렸다.

"도대체 어디 갔었니?"

그녀는 복잡한 마음을 드러내지 않으려고 애쓰면서 물었다.

"엉클 존스 레스토랑에요. 숲과 협곡을 건너서 말이죠."

아들은 그녀와 함께 자주 가는 밸리의 식당에 대해 농담을 섞어 이야기했다.

“걱정 많이 했잖니.”

“엄만 너무 걱정이 많다고 내가 말했죠. 한국 엄마들의 쓸데없는 걱정이에요.”

아들은 이따금 한국 엄마들의 걱정 많은 성격에 대해 특유의 문화적, 여성적 특성이라고 놀리곤 했다.

“누구랑 같이 간 게 아니고?”

“혼자 갔어요.”

“두 시간 안에 돌아온다고 네가 약속했잖니.”

“미안해요. 하지만 엄마, 깊은 숲속 원더랜드에 너무나 많은 온갖 요소들이 있던걸요. 예쁜 여자들, 한 번도 겪어 본 적 없는 친절, 천사처럼 매력적인 미소…….”

그녀는 폴이 어릴 때 함께 읽은 동화와 모험 이야기에 빗대어 너스레를 떨고 있다는 걸 알았다.

“협곡과 숲이 있는 밸리를 지나서 어떻게 거기까지 갈 수가 있었니? 나는 네 걱정으로 혼이 났는데.”

“음식도 맛있게 먹고 나를 서브해 준 멋진 웨이트리스에게 팁도 줬어요.”

“아무튼 무사히 집에 와 줘서 고맙다.”

자신의 열여섯 살 생일날, 폴은 혼자 차를 몰고 나가 자신만의 작은 모험을 즐겼다. 엄마의 걱정은 아랑곳없이. 그녀는 아들이 자기 인생의 새로운 장이 시작되는 걸 경험한 셈

치기로 했다. 그들은 식탁에 앉았다. 그녀는 케이크의 초에 불을 붙였고 〈해피 버스데이〉 노래를 불러 주었다. 그러고는 이마부터 시작해 양 볼, 코, 턱, 귓불, 목에 이르기까지 아들의 얼굴에 열여섯 번의 키스를 해 주었다. 아들은 멋쩍어하고 쑥스러워하면서 얌전히 그녀의 키스를 즐기며 받아들였다.

"열여섯 번의 키스 고마워요, 엄마. 우리 엄마는 세상에서 최고야. 관대하고, 아름답고, 동정심도 많고⋯⋯. 덧붙여 말하면 잔소리를 많이 하고 걱정을 너무 많이 한다는 단점이 있긴 하지만!"

아들은 미소를 지었다. 엄마의 생일 카드를 받아 들고 읽는 아들의 눈에 눈물이 얼핏 비쳤다.

홈리스와 크리스마스 선물

아들은 자기 차를 갖고 싶어 했다.

"너만 괜찮다면 중고차는 금방 사 줄 수가 있단다. 자동차 정비사 찰리 김 씨가 가진 79년형 쉐보레 봤니? 김 씨는 그 차를 새 차보다 더 좋아하더라."

"자기가 뭐든지 다 고칠 수 있으니까 그렇죠."

"그 사람이 200달러에 차를 줄 수 있다고 했어. 네가 좋으면 오늘이라도 사 줄게."

"우리 반 친구들은 전부 새 차를 가졌어요."

아들이 다니는 크로스로즈는 산타모니카의 사립 명문이어서 학생들 대부분이 부유층 자녀들이고 좋은 차를 타고 등하교를 했다.

“재정 형편이 나아지면 새 차를 사 줄게.”

“알았어요. 그런데 이해 안 가는 게 있어요.”

“뭔데?”

“엄마는 나를 사립학교에 보내느라 돈을 많이 쓰면서, 왜 새 차를 사는 일에는 인색해요?”

아들의 말을 듣는 동안 그녀의 마음 구석에서 익숙한 불안이 고개를 쳐들었다. 새 차를 사는 데 인색한 게 아니라 어쩌면 그녀는 아들에게 차를 사 주는 일 자체를 두려워하는 것인지도 몰랐다. 그녀는 저 깊은 곳에서 울려 나오는 목소리를 들었다. 네 아빠가 교통사고로 돌아가셨다는 걸 잊었니? 그 목소리는 자신의 것 같기도 했고 아닌 것 같기도 했다. 그녀는 속으로 고개를 저었다. 자신의 오래된 불안감을 아들에게 심어 줄 필요는 없었으니까.

“차만 있으면 아침에 늦게 일어나도 되고, 산타모니카 도서관이나 LA 도서관 어디든 내가 운전해서 갈 수 있는데. 홈리스 셸터에 라면과 옷을 가져가는 일도 내가 원할 때 언제든 갈 수 있잖아요.”

아들은 순순히 현실을 받아들이기로 마음먹은 듯했다.

“아무튼 새 차든 중고차든 내 차가 생기면 친구 형의 밴을 빌리지 않고 라면 상자를 실을 수 있으니 됐지, 뭐.”

크리스마스 시즌에 사명처럼 홈리스들에게 선물 전달하

는 일을 여전히 열심히 한다니 기특하긴 했지만 위험한 일이기도 했다. 친구들이 모두 새 차를 타고 다니는데 굳이 새 차를 사 달라고 조르지 않고 중고차 제의를 받아들이는 폴의 자족감과 의지력에 그녀는 아들이 새삼스럽게 여겨졌다.

"내 차를 가지면 나 하고 싶은 대로 할 거야. 파트타임 잡을 가져서 돈을 모아야지."

폴의 눈은 어떤 결단력으로 빛났다. 그 표정은 그가 뭔가를 성취하려고 마음먹을 때 나타나는 모습이었다.

"뭘 하려고? 넌 이제 열여섯 살이잖니?"

그녀는 웃으며 물었다. 아들도 따라 웃었다.

"엄마, 나 오래된 세비 수리하는 법을 배울 거야. 필요하면 김 씨 아저씨한테 가르쳐 달라고 하지 뭐. 그 차는 너무 구형이라 고장 나기 쉬워요."

"그래, 한동안은 차에 무슨 일이 있으면 수리를 도와주겠다고 했단다."

많은 젊은이들이 스스로 차 수리법을 배워서 자기 가족의 차를 관리하곤 했다. 고등학교에서도 자동차 정비와 관리에 관해 가르칠 정도였으니까.

그날 오후 그들은 김 씨네 정비소에 가서 79년형 쉐보레를 싼 가격에 구매했다. 그 차는 작았지만 그만큼 수리하기도 쉬웠다. 물론 그녀는 훗날 그 차가 많은 문제를 일으켜 아들을 힘들게 하리라고는 꿈에도 짐작하지 못했지만. 아들은 툭하면 길에서 서 버리는 그 차를 수도 없이 길옆으로 밀어 놓고 견인차를 기다려야 했다. 그러나 그날 하루만큼은 그 차가 아무리 늙고 못생겼어도, 아들은 세상을 다 가진 것처럼 좋아했다. 처음으로 자기 차를 갖게 된 것이다. 삶에서 처음으로 선물 받은 차가 고물 차여서 아들은 그 차를 고물 차 혹은 똥차라고 불렀다. 다정한 목소리로.

크리스마스 시즌이 며칠 지난 화요일 아침, 전화벨이 울렸다. 굉장히 흥분된 목소리가 그녀의 귓전을 때렸다.

"헤이, 리사! LA에 사는 모든 한인을 위해 축하 파티라도 열어야 되겠어요."

학교 선생인 메리였다. 그녀는 이게 무슨 말인가 싶어 아무 대꾸도 하지 못했다.

"리사, 폴이 신문에 났단 말이에요."

"신문이라니, 무슨 말을 하는 거예요?"

"그럼, 우리 집에 와 보라고요. 오케이? 신문이 지금 막 배달됐거든."

"가판대에서 사 볼 수도 있잖아요."

"그러네요. 아무튼 당신과 당신 아들 축하해요."

그녀는 뭐가 뭔지 모른 채 새로 산 캐딜락을 운전해서 막

내리기 시작한 빗속을 달렸다. 산타모니카의 겨울은 한국의 겨울보다 온화하고 따뜻했다. 폴이 미국 신문에 났다니. 그녀는 크리스마스이브에 램파트 경찰서에서 있었던 일을 떠올렸다. 폴이 라면 상자 나르는 일을 그녀가 돕고 있는데 한 한국 남자가 다가와 몇 가지 질문을 했다. 그 사람이 기자였던가. 그녀는 LA에서 발행되는 한국어 신문을 사 들고 집에 돌아와 카펫 위에다 펼쳤다.

선물의 계절

용돈을 모아 다운타운 홈리스들에게 음식을 전달하는 학생

크로스로즈 고등학교에 다니는 폴 리 군은 크리스마스 선물을 위해 연중 계획을 세우는 많은 사람들 중 하나다. 그러나 폴이 사는 선물은 언제나 똑같다. 홈리스를 위한 담요라든가 인스턴트 라면이 그것이다. 산타모니카에 사는 이 십 대는 지난 여러 해 동안 주급 30달러에서 얼마를 떼어 낸 돈을 모아서 램파트 경찰서가 연례적으로 벌이는 크리스마스 선물 행사에 내놓을 라면을 구입했다. 폴은 한 달에 100달러어치 정도의 라면을 슈퍼마켓에서 사다가 자기 집 차고에 쌓아 두고 있다. 올해 그가 경찰서에 전달한 라면은 120상자나 된다. 그는 이 일에 대해 말하기를 별로 좋아하지 않는다. 친

구들이 물어보면 이야기하지만, 보통은 일체 말하지 않는다. 폴은 엄마로부터 이 아이디어를 얻었다고 말한다. 처음 미국에 이민 왔을 때 두 사람은 너무 가난했고 갈 곳조차 없었다고 한다. 그분의 은혜와 행운이 따르지 않았다면, 그들 자신이 노숙자가 될 수도 있었다는 것이다. 폴은, 어머니가 가난한 이웃을 위해 봉사하는 것을 보고 자라서 엄마를 본받은 것이다. 몇 년 전 폴은 자기 저금을 모두 사용해 홈리스들을 위한 담요를 사기도 했다. 그는 인류애를 구현하는 좋은 모범이며 미주한인 커뮤니티의 꽃이다.

폴 리의 어머니, 리사 리는 70년대 초 부산에서 LA로 이민 왔고, 꽤 오랫동안 노동일을 하면서 고생했다고 한다. "현대는 자기들만 걱정하는 이기적인 시대죠. 나는 우리 아들이 그렇게 자라기를 원치 않습니다. 그보다 훌륭한 삶이 있음을 알 필요가 있어요." 산타모니카에서 부동산 중개업을 하는 리사 리 씨는 말을 덧붙였다. "이웃과 커뮤니티를 위해 함께 나누는 삶이 더 중요합니다." 그녀는 열여섯 살 아들 폴이 UCLA로 진학해 컴퓨터 사이언스를 전공하기를 원하고 있다. 폴은 롤러스케이팅, 스케이트보드, 농구, 스키, 카약, 테니스 등 모든 종류의 스포츠를 즐기는 소년이다.

기사를 읽으면서 그녀는 오른손으로 왼손에 차고 있는

은팔찌를 만졌다. 그것은 작년 크리스마스 때 폴이 준 선물이었다. 그보다 좋은 장신구가 있었지만, 그녀는 어디를 가든 이 은팔찌를 차고 다녔다.

그녀는 아들에게 이렇게 갑작스런 관심이 쏟아지는 것은 달갑지 않았지만, 엄마로서 기쁨과 자부심을 느끼지 않을 수 없었다. 바로 몇 달 전에 그녀는 아들에게 한인 비즈니스 커뮤니티로부터 도네이션을 받아 보라고 제안한 적이 있었다.

"다른 사람들을 참여시키면 후원금을 더 많이 모아서 홈리스 선물도 더 많이 살 수 있지 않겠니."

아들은 그녀의 말에 좀 화가 난 듯이 보였다.

"조언은 고마운데, 엄마. 나는 다른 사람들한테 내가 하는 일을 도와달라고 구걸하지 않겠어요. 작은 선물이어도 마음이 담기면 진정한 선물이 되는 거잖아요. 내가 하는 일을 남들도 똑같이 해 주기를 원하지는 않아요. 그들은 각자의 마음대로 하겠죠."

아들의 말에 좀 무안하긴 했지만 달리 할 말이 없었다. 그녀가 걱정하는 건 아들의 태도가 지나치게 순수해 보인다는 점이었다. 이 연중행사를 지키기 위해 폴은 돈을 마련하느라 점심을 거르고, 파트타임 잡도 마다하지 않았다. 그녀는 또한 아들과의 관계에 대해 걱정하고 있었다. 그녀는 아들이 그러는 이유를 잘 알고 지지해 왔다. 홈리스 같은 불우 이웃을 돕는 것이 크리스천의 기본적인 의무라고 폴에게 말해 준 사람이 바로 그녀였으니까. 그러나 폴이 해마다 크리스마스이브에 홈리스를 도우러 나갔던 이후 그녀와 함께 파티에 가거나 비즈니스 미팅에 동행하는 일이 거의 없었다. 아들의 홈리스 돕기가 그녀와의 사이를 갈라놓는다는 생각이 들 때도 있었다. 폴이 생각이나 행동에서 점점 더 독립적이 되어 감에 따라 그녀는 아들이 언제나 자신하고만 함께 있고 싶어 했던 시절이 그리워졌다.

아들이 학교에서 돌아오자 그녀는 미국 신문과 한국어 신문을 동시에 들어 보였다.

"네가 매년 크리스마스 때 한 이야기를 읽어 봐라."

"학교 카페테리아에서 점심 먹으면서 읽었어요."

아들의 말투는 차분하기 이를 데 없었다. 자기가 하는 일이 사람들의 관심을 끄는 것을 싫어했지만, 아들은 그다음 해에도 LA 한인 커뮤니티에서 화제의 주인공이 됐다. 폴은 그녀가 기자들에게 자신의 선행을 알린 데 대해 굉장히 화를 냈지만, 그녀는 아들이 하는 일을 더 많은 사람이 알게 되면 더 많은 도움을 받게 돼 결과적으로 홈리스들에게 좋은 일이 되리라고 생각했다. 크리스마스가 지난 어느 날 오후, 소파에 누워서 신문을 읽다가 한 기사가 눈에 들어왔다. 「다운타운 LA의 틴 산타클로스」란 제목의 기사였다. 첫 문장에서 아들의 이름을 보자 그녀는 "원 세상에, 또?" 하고 중얼거리며 일어나 앉았다. 아들은 선행이 알려진 이후 여러 신문에 기사가 나왔었다. 그는 그렇게 알려지는 것을 무척 싫어했지만, 계속해서 용돈을 절약하고 파트타임 잡을 해서 돈을 모았다. 그리고 그해에도 컵라면을 150상자나 사서 경찰서에 가져다주었던 것이다. 그녀는 한숨을 쉬며 식탁 위에 신문을 펼쳐 놓고 똑바로 앉아 기사를 읽어 나갔다.

한인 십 대 소년, 폴 리 군은 4년 동안이나 남모르게 노숙자들을 위해 칭찬받을 만한 선행을 해 왔다. 그는 자신이 하는 일을 사람들에게 알리지 않았지만, 좋은 소식은 이미 한인 커뮤니티뿐 아니라 백인과 흑인 커뮤니티에도 알려졌다. 폴의 마음씨 고운 기부 행위는 램파트 경찰서만이 알고 있었다. 그는 한인 노인회관과 크로스로즈 학교에서 청소하거나 로컬 교회에서 파트타임으로 일하면서 남을 도와 왔다. 그의 결단력과 동기부여는 우리 사회를 더한층 밝게 만들어 주고 있다. 바로 지난 크리스마스 시즌에 램파트 경찰서의 아비주 경사는 전화 한 통을 받자마자 밴을 몰고 폴의 집 차고로 갔다.

"경관님, 홈리스와 굶는 사람들을 위해 컵라면 150상자를 샀습니다." 폴의 섬세한 마음과 겸손한 태도를 보고 여러 명의 경찰이 감동받고 눈물을 글썽이기도 했다. "너는 훌륭한 코리안 아메리칸 청소년의 본보기구나. 경찰도 너한테서 배울 것이 많다." 아비주 경사가 말했다. "전 한 게 아무것도 없어요. 제가 아니라 기독교 신앙이 한 겁니다." 너무 겸손하고 착한 폴을 보고 경찰들이 칭찬해 마지않았다. 아비주 경사는 폴을 포옹했고, 여경 린다 카데나스는 그의 뺨에 키스를 보냈다.

언제나 그렇듯 기사는 아들과 그녀에 대한 좀 더 자세한 이야기들을 담고 있었다. 폴과 마찬가지로 그녀도 주목받는 것을 좋아하지 않았다. 특히나 많은 사람들이 읽는 신문에 자기 이야기가 실리는 것은 더욱 싫었다. 그녀는 혹시라도 폴이 읽고 싶어 할지도 몰라서 기사가 보이도록 신문을 접은 다음 탁자 위에 얹어 놓았다. 아들은 여전히 기사 자체에는 무덤덤했다. 그 기사가 나온 뒤 일주일쯤 지나서였다. 한 홈리스 남자가 집으로 전화를 걸어서 폴에게 감사 인사를 전했다. 그 사람은 아비주 경사에게서 집 전화번호를 받았다고 했다.

"추운 날 따뜻한 수프를 먹게 해 줘서 고마워요."

전화를 받는 동안 아들은 더할 나위 없이 행복해 보였다. 통화를 마친 뒤 아들은 미소를 지으면서 말했다.

"엄마, 나는 죽을 때까지 이런 일을 계속 하고 싶어요. 나는 아마도 지저스의 피를 닮았나 봐요. 불쌍한 사람을 돕는 게 좋거든요. 아버지라고 부르게 해 주신 하나님도 좋고요."

그녀는 아들의 들뜬 목소리에서 희미하게나마 아들 스스로 구한 게 무엇인지를 감지할 수 있었다. 아빠가 없는 아들은 아빠를 대신할 수 있는 누군가가 필요했고 마침내 찾아낸 거였다.

"엄마, 난 해마다 산타클로스 할아버지 하고 싶어요."

"이유가 뭐지?"

그녀는 폴에게 머리를 기울이며 물었다.

"사람들이 모두 산타클로스 할아버지한테서 선물 받는 걸 좋아하니까."

"얘야, 너는 선물을 받는 거보다 주는 걸 더 좋아하니?"

"나도 크리스마스 선물 받는 거 좋아해요. 하지만 주는 걸 더 좋아하죠. 사람들이 내 선물을 받고 좋아하는 모습을 보면 행복해요."

"인생의 위대한 가치를 배운 모양이구나."

"나는 모든 걸 사랑해요. 우리 엄마를 사랑하고, 여자애들과 친구들을 사랑하죠. 나는 돈도 사랑하고, 우리 집, 학교,

우리나라, 그리고 심지어 고물 자동차 셰비도 사랑해요. 가장 사랑하는 건 지저스와 우리 교회고요.”

“너는 좋은 크리스천이니까 너의 마음과 물질을 거기에 바치거라.”

“어릴 때 주일학교 선생님이 그랬는데 사랑은 재지 않는 거래요.”

그녀는 감탄의 눈으로 폴을 바라보았다.

“그래, 맞아. 그분의 사랑은 끝이 없고 점보 사이즈의 담요처럼 모든 것을 감싼단다.”

“엄마의 사랑은 어떤데?”

“글쎄다, 내 사랑은 겨자씨에 비유할 수 있지. 아주 작은 씨 말이야.”

“하지만 나는 엄마의 사랑이 굉장히 넓고 긴 담요 같다고 생각해요. 나를 이렇게 많이 사랑하고 이렇게 많이 후원해 주니까요……. 그런데 엄마 잔소리가 너무 많기는 하죠.”

“그래? 그럼 오늘부터 너를 사랑하지 말까? 엄마의 잔소리는 사랑이란다.”

그녀는 웃으며 말했다.

“아니, 그냥 농담한 거예요. 하나님께 엄마가 나를 많이 사랑한다고 기도해요. 로키산맥처럼 굳건하게 태평양처럼 넓게 말이에요.”

"진실한 기도와 생각이 고맙구나. 하지만 나를 놀리는 것 같은걸."

"아니, 진짜라니까. 나는 기도에 대해서는 농담 안 해요."

아들이 하도 농담을 잘해서 그녀는 긴가민가할 때가 있었다.

"폴, 엄마를 위해 진실한 기도를 한 적이 있니?"

"그럼, 때때로 기도하죠."

"나도 너를 위해 매일 기도한단다. 너의 건강과 미래의 풍요를 위해, 또한 불굴의 영웅이 되기를 기도하고 있지. 착하고 유머가 많고 충실한 남자가 되는 것도 기도 제목이란다."

"그건…… 걱정할 필요가 없어요. 난 이미 미국의 사회와 일터에 대해 확실하게 자각하고 있는 헌신적인 틴에이저거든요."

폴은 이상주의적이고 정직하며 검소한 아이였다.

"폴, 네가 머잖아 대학에 가니까 함께 보낼 시간이 많지 않을 거야. 우리 쇼핑센터에 가서 아주 큰 크리스마스트리와 카드, 선물들을 사 오자꾸나. 엄마와 아들이 처음으로 호사스럽고 은밀한 크리스마스이브를 보내는 거야. 네가, 대학으로 떠나기 전에 말이다."

폴은 그녀의 말을 잠시 생각해 보더니 말했다.

"그럴 필요는 없어요. 지나친 낭비예요. 난 실용적인 크리스마스가 좋은걸. 그렇게 쓸 돈이 있으면 홈리스에게 선물을 더 갖다 줄 수 있을 거예요."

"훌륭하고, 건전하고, 인정 많고, 완전히 실용적인 우리 아들의 아주 좋은 아이디어로구나."

"엄마, 크리스마스트리와 장식, 카드, 원치 않는 선물들은 모두 쓸데없는 낭비와 사치예요. 이렇게 호사스런 크리스마스를 우리 크리스천들이 그만둔다면 수백만 달러를 굶주린 이웃과 홈리스들을 위해 쓸 수 있을 거예요."

"그래, 알겠다. 네 말대로 하자꾸나."

폴의 말은 곧 산타모니카와 LA의 홈리스들에게 도네이션 하는 것이었다.

"고마워요, 엄마. 그리고 올해는 제발, 기자들에게 알리지 마세요. 난 인터뷰하기 싫어요. 모든 일을 공개적이 아니라 개인적으로 하고 싶어요."

폴은 좋은 일을 할 때 엄마가 언론을 불러서 알리는 것을 싫어했다.

"내 말 잘 들어 봐. 내가 한인 커뮤니티에 알린 것은 너의 선행을 듣고 다른 사람들이 동참하도록 하기 위해서란다. 사업가들이나 기업들이 동참하면 기부금이 훨씬 많아지거든. 어쩌면 홈리스 돕기에 백만 달러가 나올지도 모르잖니. 폴, 너는 개인적인 비즈니스의 영역을 넓고 크게 확장해야 해. 엄마가 비즈니스에 투자하는 것처럼……."

"쉿, 나의 기부는 겸손하고 조용하게 행해져야 해요."

아들과 엄마의 의견은 극과 극이었다. 그녀는 폴의 생각을 존중했다. 그래서 앞으로는 아무도 몰래 조용히 좋은 일을 하기로 약속했다. 왼손이 하는 일을 오른손이 모르게.

방황하는 아이들

예배가 끝난 오후, 폴 또래의 아들이 있는 한 여인이 그녀에게 다가와 혹시 점심 식사를 함께 할 시간이 있는지 물었다. 그녀는 집에 빨랫감이 밀린 데다 할 일이 많았으나 차마 거절하지 못했다. 그 여인의 이름은 루나였다. 머리를 단정하게 뒤로 넘겨 묶고, 화장도 연하게 한 루나는 몸이 작고 아이처럼 가냘파서 도무지 사춘기 아들을 둔 여자라고는 믿어지지 않았다.

루나가 그녀를 찾아온 이유는 문제아인 아들 때문이었다. 그 아이는 학교 성적도 형편없었고, 집에는 늦게 들어왔다. 루나는 아들이 마약을 하고 심지어 마약 밀매까지 하는 것 같다고 걱정했다. 아이는 집에 들어오면 방에 들어가 문을 잠그고, 아침에는 말 한마디 없이 나가 버린다고 했다.

"아들을 이해하려고 애를 쓰고 있답니다."

루나의 목소리는 갈라져 있었다.

"열여섯 살짜리 아이는 가족의 사랑과 헌신을 필요로 하지요."

그녀가 입을 열었다.

"그런데 당신은 아들이 마치 낯선 사람인 것처럼 이야기하고 있어요. 아들에게 다가가기 위해 새로운 방법을 시도해 볼 생각이 있나요?"

"뭐든지 해 보겠어요."

"아무것도 요구하지 말고, 그냥 아이와 시간을 함께 보내세요. 함께 드라이브도 하고, 함께 등산도 하세요. 남편하고 같이 말이에요. 주중에도 일부러 시간을 내서 아들과 함께 있는 시간을 만드세요. 당신 아들은 당신 책임입니다. 아들에게 마음을 다해 헌신하는 것은 엄마의 의무지요."

그녀는 잠시 숨을 고른 뒤 계속해서 말했다.

"미국 속담에 '쇠가 달았을 때 때려라. 기회는 오직 한 번만 온다'는 말이 있습니다. 사랑을 보여 주면 아들은 반드시 반응을 보일 겁니다."

루나는 고맙다며 그렇게 해 보겠다고 말했다. 루나의 뒷모습이 쓸쓸해 보였다. 한인 커뮤니티에서 십 대 탈선 문제가 심각해지고 있었다. 한국어 신문과 미국 신문에도 청소년 문제에 관한 기사들이 종종 등장하곤 했다. 청소년 문제는 대부분 부모의 무관심에서 비롯되었다. 미국으로 이민 온 부모들은 하루 종일 부부가 나가서 일을 해야 하기 때문에 자녀들과 함께할 시간이 거의 없었다. 자녀 교육을 위해 이민 왔다고들 말하지만 아이들이 학교에서 어떻게 지내는지, 부모 없는 집에서 뭘 하는지 전혀 모른다고 해도 과언이 아니었다. 결과적으로 많은 한인 학생들이 곁길로 새게 되고 가출이나 마약, 갱 등 탈선에 이르는 것은 외로움 때문이었다.

그날 저녁 그녀는 루나와 같은 한인 부모들에게 들었던 하소연들을 간략하게 정리해 보았다.

1. 우리 아이가 공부를 전혀 안 해서 속상하다.
2. 우리 아이가 비싸고 낭비벽 심한 라이프 스타일을 가져서 속상하다.
3. 우리 아이가 비싼 외제 차를 사 달라고 해서 마음이 너무 상했다.
4. 우리 아이가 학교에 가지 않으려고 해서 괴롭다.
5. 우리 아이가 매주 용돈을 더 달라고 해서 걱정이다.
6. 우리 아이가 도둑질 때문에 소년원에 들어가 있어 속상

하다.

7. 중학교에 다니는 내 딸이, 임신해서 미쳐 버릴 것 같다.

8. 우리 아이가 자동차 사고로 식물인간이 됐으니, 아이와
   같이 죽고 싶다.

9. 우리 아이가 마약을 하고 있어서 돌아 버릴 것 같다.

10. 우리 아이가 알코올중독이 됐기 때문에 살고 싶지 않다.

11. 우리 아들이 중국 갱들의 살인 사건에 휘말려 소년원에
    가 있다.

정리하고 보니 남의 일 같지만은 않았다. 그녀는 아들에게도 물어보고 싶은 것이 생겼다.

"엄마, 오늘 밤은 또 뭘 갖고 잔소리할 거죠?"

그녀가 무슨 말을 하려는지 안다는 듯이 아들이 농담을 던졌다.

"오늘 밤 애기할 시간 좀 있니?"

"그럼요, 뭐든지 말씀하세요."

"내가 애기하자고 할 때마다 잘 받아 주어서 고맙구나."

그들은 마주 보고 웃었다.

"그래, 네 차는 어떠니?"

"고물 세비는 잘 달리고 있어요."

아들이 웃으며 대꾸했다.

"차 수리하면서 자립심도 생겼지. 안 그러니?"

"엄마가 왜 고물 차를 사 줬는지 알아요. 그러니까 불평 안 해요. 엄마는 나에게 사회에서의 생활을 준비시키고 싶었던 거죠?"

"그렇게 말해 주니 고맙구나."

그녀는 아들이 자신의 의도를 정확히 짚어 낸 것이 기뻤다.

"한인 부모들 말이다. 전부 다 그런 건 아니지만 많은 사람들이 자녀 문제로 힘들어 하는 거 알고 있니?"

"네, 알아요. 언어 장벽 때문에 어려운 공부를 따라가지 못해서 미국에 적응하지 못하는 아이들이 있어요."

"내가 하고 싶은 이야기는 두 가지뿐이다."

"네, 듣고 있어요."

폴은 식사를 마치고 냅킨으로 손과 입을 훔쳤다.

"너한테 여자 친구가 있는지, 밤에 나가면 뭘 하는지 알고 싶구나. 네가 무척 성숙하고 똑똑하고 예민한 아이인 줄은 알고 있단다. 아주 어렸을 때부터 엄마가 말했지? 소박하게 살지만 생각은 높게 하라고."

"학교 공부하고 여자 친구 만나는 일 모두 다 스케줄을 잘 관리할 수 있어요."

"아까 오후에 네 차 유리창 와이퍼에 편지가 꽂혀 있는 걸

봤단다."

그날 밤 애기하자고 한 이유가 바로 그것이었다. 그 편지를 읽지는 않았지만 여자아이 글씨체로 폴의 이름이 쓰여 있고 키스로 봉해져 있었다.

"한심한 여자애가 자기가 예쁘다고 나한테 데이트를 신청한 편지예요."

아들은 편지를 펼쳐서 보여 주었다.

"사적인 편지 아니니?"

"아니, 사적인 거 하나도 없어. 엄마가 읽어도 돼요."

아들은 구석에 하트 모양이 그려진 그 핑크색 종이를 건네주었다.

디어 폴

나는 너의 존재로 인해 깨어나고, 태양을 사랑하듯 너를 사랑해. 오늘 밤은 잊을 수 없는 밤이 될 거야. 왜냐하면 우리가 서로 잘 알게 된 지 한 달이 되는 날이니까. 우리 언니가 운영하는 산타바바라 카페에서 너와 이야기를 나누고 싶어. 저녁 식사와 함께 달콤한 사랑도 나눠 줄게. 캐주얼한 옷과 운동화를 신고 토요일 오후 3시에 만나.

사랑과 친절을 담아서 너의 걸프렌드, 에이미

엄마는 편지를 아들에게 돌려주었다.

"너 이 여자애 사랑하니?"

"아니, 그냥 친구일 뿐이에요."

"그럼 잘해 주려무나. 하지만 오해하게 해서는 안 된다. 알았지?"

그게 전부였다. 그녀는 아들이 여자 친구를 친절하게 대할 거라고, 섹스 상대나 개인적인 욕심으로 이용하지는 않을 거라고 믿고 싶었다. 여자 친구와의 관계를 숨기지 않는 아들의 태도를 보면서 앞으로도 그녀에게 털어놓고 말할 수 있을 것이라는 생각이 들었다.

아들의 고등학교 졸업이 몇 달 남지 않은 어느 날 밤이었다. 그녀는 화가 나 있었다. 방과 후 파트타임 잡을 하러 간 아들이 밤 10시 반이 넘도록 전화 한번 걸지 않은 것이다. 그녀는 아들이 학교 끝나고 풀타임으로 일하지 못하도록 해 왔다. 그래도 폴은 모른 척하며 일했다. 어떤 때는 너무 지치고 힘이 없어 보였다. 그녀는 폴의 건강이 걱정돼서 일을 그만두기를 바랐다. 게다가 학교 성적이 떨어질까 봐 걱정이었다. 학교에서 최우수 학생은 아니었지만, 항상 A와 B를 받아 왔다. 그때 전화벨이 울렸다.

"안녕하세요, 저는 제니예요. 폴과 얘기할 수 있을까요?"

낮선 목소리였다. 그녀는 지금 폴이 집에 없으니 나중에 전화가 왔노라 전해 주겠다고 답했다.

"감사합니다. 폴이 제 전화번호를 알고 있어요."

목소리만으론 국적이나 나이를 가늠할 수가 없었다. 아들에게 한 번도 들어 본 적이 없는 이름이고 왠지 느낌이 좋지 않은 아이였다. 아무리 '친구'라 해도 이렇게 늦은 밤에 전화를 하다니, 아들이 그녀에게 뭔가 감추고 있는 것 같았다. 아들은 11시가 돼서야 돌아왔다. 피곤해 보였다.

"너 일을 너무 많이 하는 것 같구나."

그녀는 먹을 것을 차려 주고 나서 말했다.

"괜찮아요, 엄마."

말로는 괜찮다지만 괜찮아 보이지가 않았다.

"너 제니라는 애 아니?"

"네, 제니 알아요."

그렇게 말하는 아들은 얼굴이 약간 붉어졌다. 당황한 눈치였다.

"걔가 전화했다. 전화해 줘?"

"아니, 전화 안 할 거예요."

"왜? 걔가 네 걸프렌드니?"

"엄마가 알 필요 없는 일이에요."

"난 네 엄마다. 알고 싶구나."

"엄마 일이 아니잖아요. 그리고 이 일은 체스트가 처리할 거예요."

"뭐라고?"

"제니와 나의 문제 말이에요."

아들은 단호하게 말했다. 그녀가 무슨 말을 하든 상관하지 않겠다는 듯이. 여느 날과는 딴판인 아들 탓에 그녀는 혼란스러웠다. 보통 학교나 일이 끝나고 집에 돌아오면 아들은 그날 있었던 일에 대해 이야기를 하곤 했다. 그런데 그날 밤은 달랐다. 더 이상 앉아서 이야기하려 하지 않고 곧장 자기 방으로 들어갔다. 뭔가 잘못되어 가고 있다는 사실을 알았지만, 그녀가 무슨 말을 해도 그뿐이었다.

다음 날에도 제니에게서 전화가 왔다. 왜 하필이면 아들이 없을 때를 골라 전화를 하는지 모를 일이었다. 그녀는 제니에게 물었다.

"제니, 무슨 일로 폴과 이야기하고 싶은 건지 말해 줄 수 있겠니?"

"아뇨, 그건 별로 좋은 생각이 아닌 거 같은데요. 저는 폴과 이야기해야 해요."

"알았다."

"오늘 밤 돌아오면 꼭 전화해 달라고 말해 주세요."

전화를 끊자 그녀의 눈앞에 낙태 수술을 받기 위해 수술대에 누운 소녀의 모습이 떠올랐다. 그러자 공포와 슬픔으로 피가 차갑게 굳는 것 같았다. 근거가 없는 걱정이었지만 그런 일이 벌어지지 않게 해 달라고 빌 수밖에 없었다. 기도도 소용이 없었다. 그녀의 상상은 멈추지 않았다. 게스트룸에 아기 방을 만들고, 손주를 위해 아기 양말과 담요를 뜨개질하는 자신이 보였다. 오, 이럴 수가! 그녀의 머릿속에선 앞으로 겪게 될지도 모를 전혀 다른 상황들이 마구잡이로 펼쳐졌다. 한인 커뮤니티에서는 수치스러운 일이지만, 그녀는 다시 어린아이를 키울 수 있게 된다면 그것도 마다하지 않을 생각이었다.

아들에게 제니의 전화 이야기를 하자, 다시 친구 체스트가 알아서 할 거라고 대답했다. 도무지 제니에 대해서는 신경 쓰지 않는 눈치였다.

"그 아이에게 너무 차갑게 대하는 거 같구나. 도움이 필요해서 그러는 거면 네가 도와줘야지. 폴, 나한테 무슨 말을 해도 좋다. 엄마가 이럴 때 필요한 거야."

그러나 아들은 이야기하지 않았다. 체스트, 그래 체스트. 그녀는 체스트에게 전화해 물어보았다. 하지만 체스트도 말하려 하지 않았다. 단지 사적인 문제이므로 그녀가 걱정할 일이 아니라고만 했다. 하지만 폴이 불쌍한 여자애를 건드려 임신시켰다는 생각이 한번 들자 그녀는 견딜 수가 없어

체스트를 직접 찾아갔다. 체스트는 비밀을 지키기로 맹세했다며 입을 열지 않았다. 그녀는 더 이상 어떤 내막도 알아낼 수가 없었다. 제니에게 전화하라고 다그쳐도 아들은 그녀의 말을 듣지 않았다.

이번에도 제니의 전화를 그녀가 받았다. 초초해하는 제니의 목소리였다.

"미시즈 리, 폴이 저한테 리턴 콜을 안 하는데요. 저한테 했던 약속을 지키라고 말해 주세요."

"얘야, 무슨 일인지 솔직하게 말해 줄 수 없니?"

"아뇨, 아직은 안 돼요."

며칠이 지나갔다. 그녀는 다시 체스트를 찾아갔다. 그러고는 절대로 누구한테 들었는지 말을 안 할 테니 사정 얘기를 해 달라고 눈물로 호소했다. 망설이던 체스트는 마침내 사실을 털어놓았다. 제니퍼가 폴에게 돈을 요구한다고 했다.

그날 저녁 그녀는 아들을 앉히고 무슨 일인지 얘기하라고 했다.

"폴, 제니가 돈을 얼마나 달라고 하는지 말해다오."

"누가 그런 소릴 했어요? 걱정하지 마세요. 해결할 돈을 내가 며칠 내로 마련할 수 있어요."

"뭘 해결한단 말이냐?"

“제니한테 빚진 거요.”

“그게 얼만테?”

제니가 돈을 원한다는 말을 체스트로부터 듣고 나서 그녀는 은행에 가서 1,000달러를 찾아왔다. 그녀는 돈을 가져다 탁자 한가운데에 놓았다.

“이걸 써라. 필요하면 더 줄 수 있어. 하지만 한 가지만 약속해다오. 제니가 수술을 받도록 놔 둬서는 안 된다.”

그녀는 차마 ‘낙태’라는 말을 꺼낼 수가 없었다.

“걔가 엄마한테 수술해야 한다고 그래요?”

아들이 손으로 탁자를 내리쳤고, 그 바람에 돈이 흩어졌다.

“아니야, 그 아이는 나한테 아무 말도 안 했단다. 나는 단지 네가 인생을 망치도록 놔두지는 않을 생각이야.”

“그딴 일로 내 인생이 망가지진 않아요. 단지 거래할 일이 있을 뿐이에요.”

“무슨 거래?”

“엄마, 저 말하고 싶지 않아요.”

그녀의 두 눈에서 눈물이 흘러내렸다.

“나는 다 알고 있단다.”

“엄마, 알아요? 가벼운 접촉 사고였어요.”

“뭐라고?”

"걔가 빨간불에 섰는데 내 차 브레이크가 말을 듣지 않았어요. 그래서 제니의 펜더를 범퍼로 받았고 내가 수리비를 현금으로 주겠다고 했어요. 보험료가 올라가지 않도록 하려고요. 걔가 괜찮다고 했는데, 이제 와서 수술해야 한다니 어처구니가 없네요."

"오, 폴! 차 사고가 났었니? 왜 엄마한테 말하지 않았니? 그건 아무것도 아니란다. 아주 간단한 문제야."

아들은 차 사고에 대해 모두 털어놓았다. 정비소에서는 제니 차를 고치는 데 750달러를 내라고 하는데 폴은 홈리스들의 선물 문제로 예금이 바닥난 상태라 갚지 못하고 있었다.

"모두 내 잘못이다. 애야, 정말 미안하구나. 나는 새 캐딜락을 타면서 너한테는 고물 자동차를 운전하라고 줬으니. 친구들이 놀리는 걸 알면서 말이다."

그때까지 그녀는 중고 세비를 사 준 것이 아들을 위해 잘한 일이라고 생각하고 있었다. 그러나 이제 그녀는 갑자기 창피하고 미안한 생각이 들었다. 고물 자동차를 준 것은 잘못된 판단이었다. 만일 사고로 제니나 혹은 다른 사람이 다치기라도 했으면 어쩔 뻔했을까. 아니, 그 차 때문에 아들에게 무슨 일이 일어났더라면 그건 모두 자신의 책임이었던 것이다.

"내가 모두 갚아 주마."

"아니에요, 엄마 잘못이 아니라 내 잘못인데요. 빨리 브레이크를 고쳤어야 하는데 내가 부주의해서 그랬어요."

그 후 그녀는 폴로부터 사인을 한 계약서를 받았다. 훗날 꼭 갚는다는 조건의 계약서였다. 그녀가 강요한 게 아닌 폴이 원해서 만들어진 거였다.

졸업을 몇 주 앞둔 때였다. 학교 카운슬러에게서 전화가 왔다. 폴이 졸업 시험을 치르지 않아서 예정대로 졸업할 수 없을지도 모른다는 말을 들었을 때, 그녀는 아무 말도 할 수 없었다. 그건 제니와의 차 사고에서 비롯된 일이 분명했다. 폴은 갚을 돈이 필요해서 일을 많이 해야 했고, 그 때문에 학교생활도 어려워졌을 터이다. 하지만 시험을 치르지 않았다는 건 짐작조차 하지 못한 일이었다. 그녀는 학교로 달려갔다.

"폴에 대해 설명드릴 것이 있어서 왔습니다."

그녀는 카운슬러에게 말했다. 그리고 자동차 문제와 파트타임 잡, 피곤할 수밖에 없었던 사정에 대해 이야기했다. 선생과 카운슬러는 폴이 일하면서 학교에 다녔다는 사실에 놀라는 눈치였다. 그리고 그의 성적이 갑자기 내려간 이유가 공부를 게을리 하거나 놀러 다녀서가 아니라, 자기 행동에 책임지려고 애쓰다가 그렇게 됐다는 사실을 수긍했다. 카운슬러는 친절한 목소리로 그녀에게 말했다.

"폴은 모범적인 학생입니다. 언제나 교사와 학생, 누구든지 도움이 필요할 때 가장 먼저 손을 내밀어 주는 학생이지요. 하지만 학교 공부에 좀 더 집중해야 한다는 점을 폴에게 말해 주셔야 합니다."

그녀는 집에 돌아와서 아들에게 학교에서 있었던 일을 말해 주었다.

"죄송해요, 엄마. 속상하죠?"

"엄마가 미안하다, 폴. 내가 고물 셰비를 사 줬잖니. 너에게 책임감을 가르치고 싶어서 한 일이었는데, 그렇게 너를 힘들게 해서 정말 미안하구나. 이제 너는 학교 공부에만 전념해야 한다. 비디오 가게에서 일하는 걸 그만둬라."

"엄마, 오늘 당장 그만두겠다고 주인에게 말할 수는 없어요. 공부 더 열심히 할 테니, 가게에서 다른 사람을 찾을 때까지만 일하도록 해 주세요."

"그래, 좋은 생각이구나."

그녀는 아들이 측은했으나 책임감 있는 청년으로 자라 준 게 고맙고 자랑스러웠다.

아들과 자동차

그녀는 아들과 함께 아파트 정원에 앉아 있었다. 화창한 날씨였으나 바닷바람이 조금은 차가웠다. 폴의 대학 진학과 미래의 직업에 대해 진지하게 의논하고 싶었다.

"너는 한국에서 태어났지만 언제나 미국 시민으로서의 자부심과 야망을 가져야 한단다."

그녀의 목소리는 평소보다 무거웠다.

"나는 아메리칸드림을 이룰 거예요."

"그래, 너는 무슨 직업을 갖기를 원하니?"

"글쎄요, 대답하기 어렵네요. 의사, 변호사, 혹은 엔지니어가 될 수도 있겠죠. 하지만 목사는 되고 싶지 않아요."

"왜? 교회 목사는 좋은 직업이잖아. 영혼도 구원하고."

"나도 알아요. 하지만 내가 이상적인 삶을 살지 못하면 오히려 사람들을 실망시킬 수 있잖아요. 의사가 되면 좋을 거 같아요. 그러면 힘없고, 돈 없고, 가족 없는 사람들을 도울 수 있을 테니까. 다운타운 홈리스도 진짜로 도울 수 있어요. 거기 가면 수천 명이 있는데, 그 사람들이 얼마나 많은 병에 시달리는지 몰라요."

"그래서 의학 공부를 하고 싶니?"

"네, 그럴 생각이에요."

"너는 의사가 되면 앨버트 슈바이처 박사처럼 훌륭한 사람이 될 거야. 그분은 아프리카의 나환자들을 위해 병원도 세우셨지."

"그래요. 나도 그분처럼 하겠다고 엄마에게 약속하죠."

"그분이 쓴 책들을 네가 읽었으면 좋겠다. 『예수 생애 연구사』, 『나의 생애와 사상』, 『나의 아프리카 노트북』 등이 있지. 그분은 1949년 콜로라도 아스펜에서 열린 괴테 200주년 기념집회에 와서 방사능 낙진의 위험 때문에 원자력 무기 실험을 그만둬야 한다고 연설했단다."

"알았어요. 산타모니카 도서관에서 그분의 책을 찾아다 모두 읽을게요."

사실 그녀는 아들이 건강하고 행복한 젊은이로 살면서 좋은 사람을 만나 결혼하고 아이를 낳고 행복한 가정을 이

루기를 바랐다. 그렇게 평범하게 살기를 바라는 한편 이 나
라에서는 바라는 게 무엇이든 이룰 수 있고, 무엇이든 될 수
있다는 사실을 잊지 않기를 바랐다. 아들이 남을 돕기 위해
의사가 되고 싶어 한다는 사실과 그 대상이 불우한 사람들
이라는 사실은 언제나처럼 그녀를 기쁘게도 했고 슬프게도
했다.

베버리 힐스에서 친구 맥스웰의 BMW가 고장 났을 때, 폴
은 낡은 세비로 그 차를 견인했다. 작은 고물 차가 큰 BMW
를 견인하기란 만만치 않은 일이었다. 그런데 BMW에 앉아
있던 맥스가 급브레이크를 밟는 바람에 세비의 와이퍼가 부
러지고 전조등과 펜더 역시 손상을 입었다. 아들은 그런 상
태로 차를 몰고 다녔으나 이내 그녀의 눈에 띄고 말았다. 차
가 어떻게 부서졌느냐고 묻자 아들은 사실대로 털어놓았다.
  그녀는 아들을 야단치지 않았지만, 맥스웰의 부모에게 이
사실을 알려야 한다고 여겼다. 그들은 타운에서 몇 개의 스
몰 비즈니스를 운영하며 잘사는 가족이었다. 폴의 세비가
망가졌으니 맥스의 부모가 수리해 줄 책임이 있었다. 하지만
아들은 그렇게 생각하지 않는 듯했다.
  "맥스한테 79년형 세비를 수리해 달라고 할 수는 없어요."
  "이유가 충분하잖니. 걔 아버지에게 말하렴."

"엄마, 홈리스를 돕고 부모 없는 사람들을 사랑해 주어야 한다고 말한 사람은 바로 엄마예요."

"맥스는 홈리스도 아니고 부모가 없는 것도 아니야."

"엄마는 위선자처럼 말하네. 나한테는 언제나 사람들에게 친절하고 관대하라고 해 놓고, 내가 실제로 친절하고 관대하니까 안 좋아하네요."

"그런 말 하지 마라."

그녀는 참지 못하고 목소리를 높였다.

"하지만, 나는 세비를 고쳐 달라고 요구 못하겠어요."

"맥스는 캘리포니아에서 잘나가는 중국 사업가의 아들이야. 그리고 그 애와 가족은 어떤 일이 일어났는지 알아야 하고."

"맥스와의 우정을 망칠 수는 없어요."

아들은 입을 굳게 다물었다. 그렇게 입을 다물면 아들의 마음을 바꿀 수 없다는 사실을 그녀는 알고 있었다. 물론 맥스의 부모에게 전화해서 폴이 변상받도록 할 수도 있었지만, 그게 최선일 수는 없었다. 아들은 세상일에 대해서는 순진하고 단순하며 세련되지 못한 게 사실이었다. 그녀는 아들의 미래가 걱정됐다. 그녀가 죽고 나면 어떻게 인생을 살아갈 것인가? 아들은 늘 자기가 먼저 사람들을 도와주고 싶어 했다. 도대체 그러다가 어떻게 자기 자신과 가족을 돌볼 수 있을 것인가?

크로스로즈 졸업을 앞두고, 그녀는 폴이 진학할 만한 대학을 찾기 위한 여행길에 올랐다. 아들과 둘이 캘리포니아를 여행할 수 있는 한 주일이었다. 여행은 멋진 모험이 될 것이었다. 그러나 바로 그 첫날 퍼시픽 코스트 하이웨이는 안개가 자욱하게 끼어 있었다. 그녀는 겁이 났고, 안개 속에 나선 것이 후회됐다. 한 치 앞도 볼 수가 없었다. 마침내 그녀는 차를 갓길에 세웠다.

폴은 안개가 너무 짙으니 돌아가자고 했다. 그녀는 고개를 저었다. 아들과 도시를 벗어날 시간이 정말로 필요했다. 마음을 가다듬은 그녀는 아들이 좋아하는 토토의 〈아프리카〉를 틀고는 다시 길을 떠났다. 그녀와 폴은 어느새 음악의 비트에 맞춰 몸을 흔들고 있었다.

"엄마는 이런 음악 안 좋아하잖아요."

"우리 폴이 좋아하니까 나도 좋기만 한걸."

솔뱅을 향해 가고 있을 때 갑자기 안개를 뚫고 해가 나왔다. 새벽녘에 떠나온 탓인지 배가 고팠다. 그녀는 연료도 넣을 겸 산타마리아에서 차를 세웠다. 그들은 커피숍을 찾아 들어갔다. 그녀는 계란과 해시브라운과 커피를, 아들은 프렌치토스트와 오렌지 주스를 주문했다. 그녀는 바뀐 풍경을 바라보니 기분이 한결 나아졌는데 아들은 웬일인지 침울해 보였다. 그녀는 아들에게 운전을 하겠느냐고 물었다.

"엄마, 내가 운전대를 잡으면 나는 차를 돌려서 집으로 돌아갈 거예요. 왜냐하면 오늘 아침부터 불길한 느낌이 들거든요."

"폴, 그런 말 하지 마라."

"진짜 그런 느낌이에요."

"칼리지 쇼핑은 너를 위한 거야."

"나를 위한 거라면 그냥 집으로 가요."

지난여름만 해도 그녀와 폴은 함께 여행 계획을 세웠고 고대하고 있었기에 놀라지 않을 수 없었다.

"왜냐하면 나는 집에서 먼 대학에는 안 갈 거니까요."

"그럼 이 여행은 인생 경험이라고 생각하자꾸나."

그녀는 더 이상 캐묻지 않기로 했다. 다시 차에 올랐다. 팔로 알토의 부촌에 자리 잡은 스탠퍼드 대학교에 도착한 것은 해 질 녘이었다. 그들은 호텔에 체크인하기 전에 학교를 둘러보기로 했다. 캠퍼스는 넓은 지역에 퍼져 있었다. 울창한 숲 사이로 수놓은 듯 보이는 벽돌 건물들은 이 학교만의 독특한 전통을 느낄 수 있게 해 주었다. 폴은 이 학교를 매우 좋아했지만, 자기 성적과 비싼 등록금을 걱정하는 눈치였다. 그들은 캠퍼스 스토어에서 폴의 친구들에게 줄 기념

품으로 스탠퍼드 상징이 새겨진 볼펜을 샀다.

그들은 다음 날 아침 일찍 그곳을 떠났다. 아들은 여전히 운전하려고 하지 않았다. 먼저 샌프란시스코로 갔다가 오클랜드로 향해 UC버클리 캠퍼스를 찾아갔다. 경사 심한 언덕들을 오르내리며 걸었고 학교 카페테리아에서 점심을 먹었다. 그들은 모자와 메모지, 볼펜 같은 것들을 산 후 이내 버클리를 빠져나왔다.

UC데이비스를 향해 가는 길에는 농촌 지대를 지나쳤다. 시골이라 말똥 냄새가 많이 났다. 대학 캠퍼스에서도 썩은 분뇨 냄새가 진동을 했다. 말똥이 가는 곳곳마다 쌓여 있어 모기가 들끓었다. 지저분한 판자 건물, 온실에 제멋대로 뻗은 잡초들은 UC데이비스가 농업 실험대학이라는 명성을 확인시켜 주었다. 바람이 불어올 때마다 그녀는 코를 막고 냄새를 피하려 애썼다. 이 학교에는 다니고 싶지 않다고 폴이 말했을 때 그녀는 감상적이 되어 대답했다.

"아들, 아름다운 핑크빛 연꽃도 더러운 흙탕 연못에서 피어나는 거 알지? 싱싱한 시금치 잎도 냄새나는 축사의 분뇨에 의해 자란단다."

"엄마는 시인이 됐어야 해. 연꽃이라니, 악취 나는 풀이 더 어울리는걸."

그들은 함께 웃었다. 그리고 새크라멘토 근교에 있는 아메리칸 리버 인근의 호텔을 찾아 들어갔다.

"지난해 학교 친구들과 아메리칸 리버에서 카약 경기 했던 때가 생각나. 이번에는 카약을 할 수 없어서 아쉬워."

"폴, 우리 내일 레이크 타호에 가서 재미있게 놀자꾸나. 거기엔 카약은 없겠지만 폴이 좋아하는 배도 탈 수 있을 거야. 엄마는 호수의 아름다운 풍경을 보고 싶어. 보름달이 하늘에도 있고 호수 위에도 뜨고, 밤이 되면 정말 로맨틱하겠지."

"엄마 혼자 가세요. 나는 내일 비행기 타고 집으로 갈게요. 레이크 타호에 가서 재미있게 놀고 로맨스도 찾으시죠."

LA를 벗어나 단둘이 시간을 보내려던 열망에 대한 아들의 비웃음에 그녀는 화가 났다.

"너는 엄마가 불쌍하지도 않니? 나 혼자가 아니라 너와 함께 놀기 위해 여기 온 거야. 너 혼자 비행기 타고 돌아가 버리면 엄마는 밤하늘에 길 잃은 기러기 신세가 되겠구나."

아들은 옷을 입은 채로 침대에 눕더니 담요를 머리끝까지 뒤집어썼다. 말싸움을 그만두고 서로 굿나잇 인사를 한 다음 잠자리에 들 준비를 했다. 호텔 방 한쪽에 누운 폴은 그녀가 침대에 들어가기 전에 벌써 잠이 들었다. 그녀도 갑자기 피곤이 몰려왔다. 장거리 운전과 아들과의 감정 대립에서 온 피로였다. 뜨거운 물로 샤워를 한 뒤 꿈도 꾸지 않은 채 깊이 잠이 들었다.

아침이 되어 그녀는 아들을 깨웠다. "굿모닝, 폴." 아무런 대답이 없었다. 그녀는 침대에 걸터앉아 아들이 말을 걸어올 때까지 기다렸다. 집에서라면 매일 아침 아들은 언제나 부드러운 목소리로 '엄마' 하며 그녀를 부르곤 했던 것이다. 이 여행에서 오히려 아들과 더 멀어진 듯한 기분이 들었다. 한편으로 그녀는 아들이 불쌍해졌다. 아들은 홀로 태어나 혼자 자랐다. 형제나 자매는커녕 엄마 외엔 아무 가족이 없었다. 얼마나 외로웠을까. 이 여행에 화가 난 것도 어쩌면 당연했다. 자기를 이해해 주고 존중해 주는 유일한 사람들인 친구들로부터 떼어 놓았으니 말이다.

"우리 내려가서 호텔 커피숍에 가자. 맛있는 아침 먹고 나면 공항에 데려다줄게. 먼저 집에 가거라."

"왜 그런 말을 하세요? 엄마가 억지로 칼리지 쇼핑을 가자고 했잖아요. 엄마는 내가 야외 사진 촬영 대회에 나가려는 약속도 어기게 했어요. 그래서 지금 여기 있으니 그냥 계속 가요."

"이 여행은 잊지 못할 좋은 추억이 될 거야."

"추억이 그렇게 중요해요?"

아들의 말투에는 신랄함과 호기심이 모두 담겨 있었다.

"그럼, 늙어 가는 여자는 언제나 과거의 추억들을 회상하며 살기 마련이지."

"엄마는 절대 늙지 않았으면 좋겠어."

"나도 그랬으면 좋겠지. 하지만 모든 것은 늙고 죽는 것이 자연의 이치란다."

그들은 레이크 타호의 시내까지 들어가 호숫가 선착장에 붙어 있는 호텔에 체크인했다. 커튼을 모두 여니 호수의 푸른 물결이 한눈에 들어왔다. 마치 바다를 바라보고 있는 것 같았다. 배를 타기에는 너무 늦었으므로 그들은 선착장 주변을 걸어 다녔다. 지나가던 한 사람에게 사진을 부탁했다. 맑고 푸른 호수와 그림 같은 선착장, 나지막한 산 주변에 조성된 평화로운 마을을 배경으로 사진을 찍었다. 그녀가 들뜬 표정인 데 비해 폴은 여전히 침울한 표정이었다.

"나한테는, 산타모니카가 훨씬 더 좋은 곳이에요. 깨끗한 해변, 파도치는 바다, 고기잡이배들, 바다 위로 펼쳐지는 푸른 하늘, 그리고 엄마와 내가 사는 우리 집이 있는 곳이니까요."

"그래, 세상에서 가장 아름다운 곳은 가족과 친구들이 있는 곳이지. 나도 안단다."

다음 날 아침 리노를 향해 떠날 때는 비가 내렸다. 사막지대를 건너 그곳에 도착한 후 그들은 '토니 로마'에서 늦은 아침을 먹었다. 그녀는 스트레스도 풀 겸 재미 삼아 카지노에서 잠깐 동안 슬롯머신을 하고 싶었다.

"폴, 우리 잠깐만 놀다 가자. 스트레스도 풀고 만약에 돈 따면 폴 좋아하는 것 해 줄게."

"안 돼요. 노 앤 노. 엄마는 라스베이거스에서도 돈을 잃었잖아요. 슬롯머신 게임은 하나님이 싫어해요."

폴의 반대에 그녀는 다시 운전대를 잡았다. 아들은 엄마의 스승이었다. 아들은 엄마의 리더이기도 했다. 폴이 워낙 집에 갈 채비가 돼 있었는지라 결국 그렇게 할 수밖에 없었다. 하긴 자식 앞에서 도박하는 모습을 보인다는 게 스스로 생각해도 용서될 일이 아니었다. 그녀는 반성하는 마음으로 차분히 운전하면서 캘리포니아 고속도로를 달렸다.

헤븐리 리조트

고등학교 졸업 전 추수감사절 날이었다.

"폴, 스티브네 집에 가야겠다. 스티브 엄마가 전화로 우릴 초대했거든."

"싫어, 나는 안 갈래요. 엄마 혼자 가세요."

스티브 권과 아들은 다른 학교에 다녔지만 초등학교 때부터 보이스카우트 모임에 함께 다녔다. 스티브는 섬세하고 곱상한 소년으로 강제로 시키지 않는 한 터프한 운동은 피하는 아이였다. 스티브가 왜 스포츠를 좋아하지 않는지 아들에게 물어본 적이 있었다. 그때 폴은 간단하게 답했다. 스티브는 쉬운 운동만 좋아하고 어렵거나 위험한 건 하지 않으려 한다고. 스포츠에 열심을 내지 않는 반면 스티브는 물리와 화학 같은 분야에서 탁월한 실력으로 두각을 나타냈다.

"오늘이 아마 스티브와 컴퓨터 게임을 할 수 있는 마지막 날이 될 거야. 함께 가자꾸나."

아들은 마지못해 그 집의 초대를 받아들였다.

"스티브는 MIT에 전액 장학금으로 합격했단다."

운전하면서 그녀가 아들에게 말했다. 아들은 언짢은 것 같았다. 스티브가 고등학교 내내 올 A를 받은 것을 아들도 알고 있었다.

"폴, 미안하다. 스티브의 성적 이야기를 해서 마음을 상하게 했구나. 하지만 사실을 인정하고, 우리 꽃이라도 들고 가서 축하해 주면 어떻겠니? 엄마가 너한테 학교 공부를 너무 강요하고, 너는 스티브 성적 때문에 스트레스를 받았다면 미안하다."

"그래서 내가 스티브를 좋아하지 않는 거예요. 난 정말로 걔를 보고 싶지 않아요."

"폴, 잘 생각해 봐라. 사실은 스티브가 아니잖아. 전부 엄마 잘못이란다."

"아니요, 엄마. 전부 보통 성적만 받아 온 내 잘못이죠."

"아냐, 엄마가 바보였다. 맨날 공부 잘하는 아이들만 비교했으니 네가 얼마나 마음이 상했겠니. 엄마가 너를 얼마나 자랑스러워하는지 알지? 스티브가 학교 공부는 조금 더 잘할지 몰라도 도덕성과 성격에 있어서는 네가 훨씬 낫단다. 너 치아 교정하러 갔을 때 생각나니? 스티브 아빠네 치과에 갔을 때 말이야. 그때 닥터 권이 너한테 하이스쿨에서 농땡이 치는 건 정상이라고 말해 줘서 네가 좋아했잖아. 닥터 권은 아들이 너무 계집애 같다고 화를 냈단다. 엄마가 그렇게 만들었다면서."

그 말이 아들에게 위로가 되었던 모양인지 폴의 얼굴에서 수심이 사라졌다.

"엄마, 스티브 아버지 닥터 권은 유명해요?"

"그럼, 닥터 권은 LA에서 유명한 한인 박사란다."

"나도 유명한 아버지를 갖고 싶어요."

"그럼, 내가 유명한 남자와 결혼할까? 그럼 넌 좋은 아버지를 갖게 될 테니."

"그래요, 엄마. 좋은 남자와 결혼하면 좋겠어요."

"오케이, 한번 생각해 보자꾸나."

아들은 잠깐 조용하게 있더니 갑자기 생각난 듯 말했다.

"엄마, 우리 아버지에 대해서 좀 말해 주세요."

그녀는 아들에게 아버지는 아주 훌륭한 남자였으며, 폴처럼 다른 사람들을 많이 도와주었다고 말했다. 그 이상 많은 이야기를 하지는 않았다. 오랜 시간이 지났지만 아직도 그 사람에 대해 이야기하는 것이 괴로웠다.

"엄마, 내가 예쁜 한국 여자하고 결혼하면 우리 함께 공원에도 가고 해변에도 가고 그래요. 수영도 하고 테니스도 함께 칠 거야. 나는 아이를 많이 갖고 싶어. 너무 외롭거든요. 아들 셋에 딸 둘이면 좋겠어요."

스티브는 현관에서 그들을 기다리고 있었다. 두 아이는 서로 쿨하게 인사를 나눴다. 스티브의 어머니인 샐리도 나와서 환영했다. 샐리와 그녀는 두 아이의 컵스카우트 시절부터 친구가 됐다. 이혼하고 아들과 둘이 사는 샐리는 닥터 권이 주는 위자료와 자녀 양육비로 상당히 잘사는 편이었다. 샐리와 전 남편은 성격이 달라도 너무 달랐다. 미국에서 자란 닥터 권은 굉장히 개방적이었는 데 반해 한국에서 대학까지 마치고 미국에 온 샐리는 사고방식이 보수적이고 한국식이었다. 둘 다 싱글 마더였기에 특별한 유대감으로 금방 친구가 되었다.

샐리는 크리스마스 장식용 포인세티아로 화려하게 꾸며진 거실로 그들을 안내했다. 고급 스테레오에서는 헨리크 입센의 〈페르 귄트〉 음악이 흘러나오고 있었다. 페르 귄트의 귀향을 오랫동안 기다리는 여주인공 솔베이그의 삶을 그린 노래였다. 그들은 다 같이 마호가니 식탁에 둘러앉았다. 식탁 위에는 샐리가 준비한 음식이 풍성하게 차려져 있었다.

샐리는 요리를 잘했다. 칠면조 구이, 크랜베리 소스, 야채샐
러드를 보자 모두의 입에 침이 고였다. 그레이비는 끓고 있
는 중이었다.

"폴, 마음껏 먹어라. 그리고 리사, 이번 크리스마스 휴가
에는 뭘 하세요?"

"아직요, 하지만 뭐든지 폴이 원하는 걸 하고 싶어요."

그 말에 폴은 스키를 타러 가고 싶다고 말했다. 그녀는
샐리의 계획을 물었다.

"스키라니, 그게 그렇게나 재미있는 건 아니죠. 톨스토이
같은 고전을 읽으라고 할까 봐요."

"아, 네. 그래 폴, 우린 어디로 스키 타러 가지?"

"맘모스요."

"스티브, 우리와 함께 가지 않을래?"

그녀가 스티브를 돌아보며 물었다.

"아뇨, 저는 가고 싶지 않아요."

두 아이의 성격은 정말 달랐다. 폴은 모험을 좋아하는데
스티브는 다칠까 봐 걱정한다. 폴은 인생을 즐기는 것 같은
데 스티브는 위험한 운동은 두려워하는 것 같았다. 샐리는
스티브에게 지금은 열심히 공부하고 어른이 된 다음에 놀라
고 말하곤 했다. MIT 전액 장학금이란 어마어마한 것이 틀
림없었다. 그녀도 부러운 일이었다. 하지만 그녀는 폴이 남

자답고, 인간미가 있고, 책임감과 타인에 대한 배려심이 있
는 청년으로 성장하기를 바랄 뿐이었다.

"엄마, 리조트의 첫인상이 어때요?"

크리스마스 휴가 때 떠난 스키 여행의 첫날, 숙소에 짐을
풀면서 아들이 물었다.

"너무 좋구나. 마치 이상한 나라의 앨리스가 된 기분이야.
이런 백설의 세계로 데려와 줘서 너무 고맙다."

아들은 눈에 반사된 햇빛이 눈부신지 눈을 가늘게 떴다.
그녀는 일출과 함께 하얗게 펼쳐진 눈밭을 바라보았다. LA
곳곳에 산재해 있는 인공적인 장식보다 자연의 멋진 경관과
이국적인 아름다움에 절로 마음이 이끌렸다.

"엄마, 나 컵라면 먹어도 되죠?"

"배고프면 카페테리아에 가지 그러니?"

"나는 간단한 라면이 좋은걸. 게다가 식당은 너무 비싸잖
아요."

이렇게 말할 때의 아들은 그녀 못지않은 구두쇠로 보였
다. 그녀는 짐을 풀고 찻주전자와 컵라면을 꺼냈다. 물이 끓
기를 기다리는 동안 읽다 만 책을 다시 손에 들었다.

"엄마, 책 읽지 말고 스키 강사한테 강습을 받아 보세요."

"잘 모르겠구나. 난 운동이라면 워낙 둔하고 느려서 말이

야."

"조금만 배우면 할 수 있어요. 엄마가 할 수 있다는 걸 난 알아요."

그녀는 텔레비전에서 보던 가파른 계곡을 쏜살같이 내려오는 스키 챔피언의 모습을 그려 보았다. 과연 탈 수 있을지 확신이 서지 않았다. 아들은 라면 하나를 단숨에 먹어치우더니 차 트렁크에서 빌려 온 스키 장비를 꺼냈다. 그녀도 사이즈에 맞춰 대여해 온 스키복을 입었다. 모자, 장갑, 재킷, 바지, 그리고 스키 부츠까지 갖춰 입었지만 추워서 몸이 떨렸다. 쌓인 눈을 밟으며 터벅터벅 걸어서 학생들을 모으고 있는 스키 강사의 플랫폼으로 향했다. 스키를 타기 시작하자 그녀는 언덕을 옆으로 오르내리면서 넘어졌다. 하지만 주변에 있는 사람들이 모두 스키를 즐기며 경사진 산등성을 쉽게 타고 내려오는 모습을 보자 그녀도 오기가 생겼다. 그리고 삼십 분도 안 돼서 어디든 마음대로 미끄러져 내려갈 수가 있었다. 그녀는 자신감을 갖게 됐다. 하려고 하는 열망과 인내만 있으면 무엇이든 가능하니까.

몇 시간도 안 돼서 그녀는 꽤 능숙하게 활강할 수 있었다. 그러니 피곤하지도 춥지도 않았고 숙소로 돌아가 쉬고 싶지도 않았다. 그녀는 금메달을 딴 스키 챔피언이라도 된 듯한 기분이었다. 결국 아들이 그녀를 붙들고 그만하지 않으면

다음 날 너무 아파서 움직이지 못할 거라며 숙소로 돌아가
자고 설득했다.

"산에는 숨은 위험이 많아요, 엄마. 제발 조심하세요."

"오, 그럼. 조심하고말고. 엄마 속에는 겁쟁이(scary cat)가
잔뜩 들어 있단다."

"겁쟁이(scaredy cat) 말이죠."

"스케어리, 스케어디, 뭔지 네가 더 잘 알잖니."

폴은 그녀의 영어를 교정해 주며 놀리곤 했지만, 그녀는
그것을 좋아했다.

"엄마, 난 무서워해 본 적이 한 번도 없어. 새크라멘토 근
처의 아메리칸 리버 생각나요? 급류에 카약 타러 갔잖아요.
나는 도무지 겁이 나지 않았어요."

지난해 서머캠프 때였다. 아들은 YMCA에서 만난 친구
들과 캠핑 여행을 갔다. 카약은 쉽게 뒤집어지는데도 아들
은 전혀 걱정을 하지 않았다. 언젠가 아들은 와일드 액션이
자신을 용감하게 만들고 꿈꾸는 에너지를 준다고 말한 적이
있었다.

그들은 숙소로 돌아왔다. 방은 따뜻하고 아늑했다. 티셔
츠를 입은 아들의 넓은 어깨가 불빛을 가리고 있었다.

"아래층 오락실에 가서 좀 놀다 올게요."

그녀는 지쳐서 침대에 쓰러질 참인데 아들은 언제나처럼

활기가 넘쳐흘렀다. 그녀는 책을 대충 넘기며 보고 있었다. 이미 까마득한 옛일이지만, 생전의 남편이 읽으라고 했던 소설이었다. 표도르 도스토옙스키의 서간체 소설인 『가난한 사람들』이었다. 어린 소녀와 나이 많은 작가의 러브 스토리를 다룬 책이었다. 아들은 이 책을 두고도 그녀를 놀렸다. 삼 년 동안이나 읽었는데 아직도 끝내지 못한 탓이었다.

"엄마는 이 책을 오래전부터 갖고 있었어요."

"쉿, 놀리지 마라. 엄마는 영어를 못하기 때문에 반복해서 읽어야 하는 줄 알잖니. 잘 모르는 단어나 구절이 나오면 찾아봐야 하고."

"내 친구 엄마는 하룻밤에 소설 한 권을 다 읽어요."

"명작 소설은 그렇게 읽을 수가 없단다. 입안에 들어 있는 고기도 천천히 많이 씹지 않으면 맛이 없다는 말이 있지. 소설은 거기에서 들려오는 목소리에 귀를 기울이지 않으면 읽는 의미가 없단다."

"그렇군요. 엄마는 대학에서 문학을 전공하지 않았어요?"

"아니, 비즈니스를 공부했지."

"엄마, 내가 좋은 직업을 갖게 되면 엄마 인생을 훨씬 편하게 만들어 줄 거야."

아들의 말에 그녀는 언제나처럼 복잡한 심정이 되었다. 그녀는 아들이 자신의 일을 찾아 어엿한 성인으로 살아가기

를 바랐지만, 동시에 그렇게 빨리 곁에서 떠나보낼 준비는
돼 있지 않아서였다. 그녀는 그 휴가에서 마침내 그 책을 다
읽었다. 집으로 돌아와 책장의 가장 잘 보이는 곳에 꽂아 두
었다. 맘모스 마운틴에서의 겨울 여행을 언제나 기억하고 싶
어서였다.

가족 그리고 사랑

아침에 일어나 보니 보슬비가 내리고 있었다. 아들은 고등학교 졸업 전이었다. 날씨가 포근한 어느 날, 그녀는 아들의 도움으로 심은 레몬, 무화과, 아몬드 나무와 각종 꽃들, 특히 흰색과 노란색의 백합꽃이 풍성하게 피어난 정원을 감상하라며 폴을 깨웠다. 그러나 폴은 정원을 무심히 바라보더니 다시 침대로 돌아가 곧바로 잠들어 버렸다. 잠이 모자란 것 같았다. 학교 수업에다 한인 비디오 가게에서 40시간씩 일을 하니 그럴 만도 했다. 아들은 한 시간을 더 자고 일어나더니 거실로 나와 소파에 앉았다.

"첫봄에 비가 오면 그해 풍년이 든다고들 한단다."

그녀는 창문을 통해 화려한 색깔의 정원과 회색빛의 태평양을 내다보며 말했다.

"망할 놈의 이 봄비 때문에 엄청 걱정이 되네요."

아들이 투덜거리는 말이 창유리를 타고 흘러내리는 빗물처럼 단번에 그녀의 기분을 망쳐 놓았다. 그녀는 아들의 태도가 불만스러워 절로 얼굴이 찌푸려졌다.

"엄마, 내 말에 화내지 마세요. 난 그냥 비가 하루 종일 더 많이 오면 지붕이 샐까 봐 걱정돼서 그래요. 올해 초에 어떤 일이 있었는지 기억하잖아요."

아들은 아파트 문제에 대해 예민하고 조심스러웠다. 아파트 테넌트들의 불평, 물이 새는 지붕, 배관 수리, 렌트비 체납, 정전 등 그녀가 걱정할 만한 문제는 아들 역시 신경을 썼다.

두 달 전의 일이었다. 그녀는 지붕 수리공에게 많은 돈을 지불하고 지붕을 고쳤지만, 수리공은 비가 오는 와중에 수리한 것이라 보증할 수가 없다고 했다. 수리한 지붕이 잘 버텨 주기를 바랐지만, 수리공은 지붕을 새것으로 교체해야 한다고 말했다. 그녀는 가격이 싸고 일을 쉽게 할 수 있는 여름에 수리하고 싶었다. 다행히 지금까지는 비가 오지 않았던 것이다.

"엄마가 지붕 수리 회사에 전화할게. 너는 씻고 아침 먹고 학교 갈 준비를 해라."

아들은 계란프라이 두 개, 베이컨, 토스트, 우유를 눈 깜짝할 새 먹어치웠다. 어느새 그녀보다 키가 머리 하나는 더 커 버린 아들이었다.

"폴, 우산을 가져가거라."

"엄마, 난 청년이에요. 이런 비 정도는 문제없어요."

"찬비 맞으면 독감 걸릴 텐데."

폴은 맨머리에 비옷도 입지 않고 비를 맞으며 걸어갔다. 아들은 알지 못하겠지만 꼭 제 아빠가 그랬던 것처럼. 그녀는 빗속을 걸어가는 폴을 창문으로 바라보았다.

동료들이 아침에 일하고 그녀는 오후에 잠시 일을 했으므로 아침나절을 편안하게 휴식을 취하며 보냈다. 그날 아침, 잠시 마음을 달래고 싶었던 그녀는 CD를 골라서 새로 산 스테레오가 있는 곳으로 방을 가로질러 천천히 걸어갔다. 그녀는 베토벤의 로맨틱 음악을 좋아했다. 〈피델리오 서곡〉은 자유의 이상, 개인의 존엄성, 그리고 영웅적 행위가 독재를 누르고 올라서는 프랑스 혁명의 이념을 찬양하고 있다. 그의 세 번째 심포니 '영웅'에서 베토벤은 나폴레옹이 상징한다고 믿었던 영웅주의의 이상을 그려 냈다. 그 음악을 들을 때마다 그녀는 하고 싶은 모든 일을 할 수 있는 용감한 여성이 된 기분이었다.

보슬비는 어느덧 장대비로 변했고, 그녀는 오늘 하루를

미끄러운 현관에서부터 비가 새는 창문에 이르기까지 온갖 문제를 불평하는 테넌트들의 전화를 응대하면서 보내게 될 것임을 알 수 있었다. 그녀는 파손된 지붕이 걱정이었다. 지붕 수리를 생각만 해도 불규칙한 심장 박동으로 마음이 무거워졌다. 전화벨이 울렸고, 에스더의 목소리를 들었을 때 놀라지 않았다. 에스더는 그녀와 다른 테넌트들이 함께 살고 있는 산타모니카의 아파트 5호에 살고 있었다.

"리사, 천장이 새고 방이 완전히 젖었어요. 제발 와서 좀 보세요."

에스더는 애원하듯 말했다. 그녀는 아파트 통로를 가로질러 에스더의 방으로 갔다.

"우선 비가 새는 것에 대해 너무 미안합니다. 지붕 수리 회사만 믿고 있었어요. 지난달에 수리한 내역서를 보여 드릴 수도 있어요."

"당신이 지붕을 고친 것은 알고 있지만 그걸론 충분하지 않아요. 빗물이 한번 지붕 아래로 스며들면 전체를 갈아야 하거든요."

"다시 말하지만 에스더, 비가 새서 미안합니다. 최선을 다할게요."

그녀는 여러 장의 큰 타월을 가져다가 아파트의 바닥을 닦았다. 그리고 지붕 수리 회사에 전화를 걸었지만 그들은 수리 요청 전화가 너무 많이 와서 며칠 내로는 올 수가 없다고 했다.

비는 밤새도록 왔다. 그리고 건물은 완전히 젖어 버렸다. 에스더는 다시 전화를 걸어와 투덜거렸다.

"에스더, 내가 지붕에 올라가서 살펴볼게요."

"당신이 올라가 본들 지붕에 대해서는 아는 게 없잖아요."

"에스더, 나도 아파트 문제라면 경력이 수십 년이에요. 한국 속담에 이런 말이 있답니다. 늙은 수탉이 우는 대로 젊은 수탉이 배운다. 무슨 말인지 아시겠어요?"

"고마워요, 리사. 지붕에 올라갈 때 내 플래시를 빌려 줄게요."

"아니, 괜찮아요. 그냥 거기에 계세요. 도움이 필요하면 폴을 부르지요."

도움이 필요하긴 했지만 이렇게 위험한 상황에서 나이 든 에스더에게 의존할 수는 없는 일이었다. 아들은 일하는 시간에 그녀의 갑작스런 전화를 받아서인지 머뭇거렸다.

"폴, 지금 당장 와 줄 수 있니? 네가 필요하구나."

"왜 엄마 목소리가 우는 거 같죠?"

"아파트 지붕이 또 샌단다."

"아무리 위급해도 가게 문을 닫고 집에 갈 수 없어요."

"이건 비상사태야. 사장한테 지금 보내 달라고 부탁하면 안 되겠니?”

“사장이 지금 없어요. 나 혼자란 말이야.”

“에스더 할머니 알지? 그 아파트가 수영장이 됐단다.”

“급한 상황은 알겠는데요. 그렇다고 해서 내가 맡은 일을 팽개치고 갈 수는 없어요.”

아들은 숨을 깊이 들이마시고 잠시 말을 멈추더니 흥분했거나 당황했을 때 내던 그 목소리로 말했다.

“엄마, 좋은 아이디어가 있어요. 내 말대로 하세요. 우선, 플래시를 줄에 묶어서 목에 거세요. 왼손에 우산을 들고, 오른손으로는 지붕 표면을 점검할 작은 갈퀴를 드세요. 그렇게 할 수 있죠?”

“그래, 조언 고맙다.”

그녀는 벽장을 열고 오랫동안 사용하지 않았던 플래시를 꺼냈다. 당연히 배터리는 방전되어 있었다. 새 배터리를 사러 슈퍼마켓으로 달려가면서 그녀는 행동 계획을 세웠다. 사다리를 타고 지붕에 올라가면서 그녀 대신 지붕에 올라갈 좋은 남편을 가져야겠다고 생각했다. 비는 계속해서 내렸다. 그녀는 무거운 밀폐제 한 통을 지붕으로 들고 올라갔다. 목에는 플래시를 걸고 한 손에는 갈퀴를 치켜들었다. 차갑고 굵은 빗방울이 그녀의 몸을 두드렸다.

“아무짝에도 쓸모없는 남편이라도 비오는 어두운 밤에

무거운 양동이를 들어다 줄 수는 있겠지.”

지붕은 생각했던 것보다 훨씬 높고 위험했다. 밀폐제 통은 너무나 무거웠다. 뚜껑마저 열기가 힘들었다.

그녀는 에스더 아파트 위의 지붕에서 크게 갈라진 틈을 찾아냈다. 그곳을 잘 긁어낸 다음 밀폐제를 고르게 바르는데 제대로 되지가 않았다. 문제는 다시 올라올 필요가 없도록 일을 얼마나 완벽하게 마무리하느냐 하는 것이었다. 그녀는 서두르지 않고 꼼꼼하게 살피다가 몸을 바로 세웠다. 아들의 머리가 지붕 끝에서 올라오는 것이 보였다.

“늦어서 미안해요.”

“너 어떻게 여기 왔니? 아직 끝날 시간이 아니잖아.”

“사장한테 전화해서 상황 설명을 했더니 가서 엄마를 도와주라고 했어요.”

“꼭 필요한 순간에 왔구나. 다음에 어찌해야 할지, 가장 안전한 방법이 뭔지 걱정하고 있었지 뭐냐. 밀폐제가 생각했던 것보다 훨씬 진득거리고 끈적인단다.”

“엄마, 이제 아무것도 걱정을 마세요. 내가 다 할 수 있어요.”

아들은 자신 있게 말했다. 지난번 지붕 수리공들이 왔을 때 어떻게 하는지 잘 보아 둔 모양이었다. 그녀는 안도의 숨을 크게 내쉬었다. 폴이 일하는 동안 그녀는 아들의 머리 위로 우산을 받쳐 주었다.

"엄마, 내가 대학을 졸업하면 이 아파트 임대 사업은 제발 하지 마세요. 알았죠?"

아들은 빗속에서도 능숙하게 일했다. 그녀가 기대한 것보다 정확하고 빠르게 지붕의 갈라진 틈을 수리했다.

"일을 잘해 줘서 고맙다, 마이 선."

비가 엄청나게 쏟아지고 있었다. 그들은 조심해서 계단을 내려왔다.

"엄마, 엄마는 나를 키우느라 너무 열심히 일했어요. 내가 직장을 가지면 엄마는 평생 일하지 말고 집에서 쉬세요. 내가 무슨 수를 써서라도 산타 카탈리나 섬에 별장을 사서 엄마가 사진 찍고, 그림 그리고, 글을 쓰면서 행복하게 살도록 해 줄 거예요. 주말이면 나는 서핑하고, 승마하고, 저녁에 먹을 물고기를 낚시해야지. 그렇게 되도록 모든 노력을 다할 거예요."

그녀는 아들의 목소리를 어디에서나 들었다. 아마도 자식을 키우는 엄마의 마음은 비슷할 거였다. 아이들이 다짐하고 약속하고 행복한 미래를 꿈꿀 때, 그런 꿈을 꿀 수 있다는 사실만으로도 이미 모든 걸 이룬 것처럼 느낄 테니. 기분이 좋으면 세상이 환하고 새 생명의 전조를 곳곳에서 느낄 수 있었다. 정원의 꽃들도 만개했다. 상아야자 나무는 반짝이는 햇살 속에 우아한 자태를 드러냈다. 음악을 줄이자 마침 도어벨 울리는 소리가 들렸다. 가까운 이웃인 영희였다. 영희 역시 싱글이라 적절한 결혼 상대를 찾는 중이었다.

"웬 젊은 아가씨야."

"요즘 유행하는 옷을 입어서 그래 보일 거예요."

그들은 한국식의 인사치레를 하지 않고 격식 없이 농담을 주고받는 사이였다. 그녀가 보기에 영희는 언제나 매력적이고 쾌활했다. 영희는 그녀에게 산책을 나가자고 했다.

"이런 봄날 외출할 때는 무슨 옷을 입어야 되죠?"

"색깔이 있는 좀 좋은 옷을 입으세요. 그래야 남자들 시선도 끌죠."

"나는 내 인격보다 옷을 보고 평가하는 남자는 싫은데."

"리사는 다 좋은데, 옷 입는 센스는 제로예요."

그녀가 웃음을 터뜨렸다.

"오케이, 그럼 당신의 옷 입는 취향을 따르지요."

그녀는 핑크색 스포츠 의상으로 차려입었다. 그리고 흰색 테니스화와 흰색 모자를 쓰고 장밋빛 렌즈의 선글라스를 썼다. 그들은 시시덕거리고 팔짱을 끼기도 하며 걸었다. 밖에 나와 깨끗하고 맑은 공기를 마시며 친구와 이야기를 나눌 수 있어 즐거웠다. 봄비가 내린 뒤라 나무와 숲, 꽃들과 잔디가 선명했고, 대기는 비가 오던 지난주보다 활기차게 느껴졌다. 얼마나 오래, 얼마나 멀리까지 걸어왔는지 둘 다 알지 못했다. 그들은 해변까지 갔지만 아직 바다 가까이에는 가지 못하고 있었다. 사람이 많지 않았고 해변은 활짝 열려 있었으며 수평선 위로 요트 몇 대가 떠 있었다. 그녀는 해변으로 걸어가 태평양 바다의 시원한 물에 발을 적시고 싶었다.

"며칠 전에 폴하고 여기 왔었어요."

"폴은 어느 대학을 가기로 했어요?"

"이 못난 엄마 때문에 서부에 남아 있겠다지 뭐예요. UCLA나 UC산타바바라에 갈 거예요. 아직 확실히 정하지는 않았고."

"폴은 엄마에 대한 효심이 지극해요. 정말 착한 아이예요. 아주 밝고 유망해요."

그들은 계속 걸어서 해변에 다다랐다. 모래사장에서 한 중년 백인 남자가 그들에게 다정하게 인사를 걸어왔다.

"헬로, 아가씨들. 안녕하세요?"

"네, 안녕하세요. 감사합니다."

그들은 합창하듯이 동시에 대답하고 지나쳤다. 그녀가 뒤를 돌아보니 영희는 그와 이야기를 나누고 있었다. 이윽고 영희가 그녀에게 다가왔다.

"헤이, 리사. 저 사람 영화배우 스티븐 콜린스예요. 영화

<스텔라>에 나온 거 기억나죠? 스티븐이 핸섬하고 똑똑한 의사로 나왔잖아요."

영희는 무척 들뜬 듯이 보였고 얼굴이 약간 붉어져 있었다.

"아니, 난 그 영화 안 봐서 저 사람을 알아보지 못했어요. 하지만 자기가 가서 얘기를 나누세요. 난 여기서 기다릴게요."

영희가 그 남자와 이야기를 하는 동안 그녀는 아들이 갖고 싶어 하는 새 차에 대해 생각했다. 아들은 자기가 원하는 차는 자동 기어에 4도어여야 하며 친구들과 그들의 여자 친구들까지 태울 수 있어야 한다고 말했다. 그녀는 윈도쇼핑을 하면서 새 차의 가격을 알아보고 있었다. 영희가 그녀 옆에 나타나 팔꿈치로 쿡 찔렀다.

"리사, 스티븐은 나보다 자기한테 더 관심이 있어요."

"아니, 난 관심 없는데요."

"하지만 리사, 톱스타예요. 정말 인사도 하고 싶지 않아요?"

"저 사람한테 미안하다고 전해 줘요. 난 뭔가를 새로 시작할 준비가 안 돼 있거든요."

"자기 미쳤나 봐."

영화배우가 가고 나서 그들은 계속 산책을 했다. 그녀는

이내 그 사람과 악수조차 나누지 않고 거절한 것을 후회했
다. 유명한 할리우드 톱스타는 잘못한 게 하나도 없었다. 돌
아오는 길에 다시 스티븐 콜린스와 마주쳤을 때 그는 다정
하게 손을 흔들며 그들을 지나쳐 갔다. 그는 모래사장 위에
멈추었고 팜 트리에 기대서서 잔잔한 태평양의 파도를 바라
다보고 있었다. 큰 키와 심플한 의상으로 그의 실루엣은 해
가 내리쬐는 바다 풍경을 배경으로 예술 작품처럼 보였다.

"헤이, 리사. 스티븐이 자기를 기다리고 있어요."

영희가 놀리더니 이내 목소리를 낮추었다.

"내 말 좀 들어 봐요. 자기가 저 사람하고 친구가 되면 저
사람이 자기를 쇼핑도 데려가고, 파티에도 데려갈 거 아녜
요. 그럼 내가 같이해 줄게. 그리고 파티장에서 오페라도 불
러 주고, 어쩌면 나도 톱 무비 스타를 만날 수 있을 거야. 운
이 좋으면 돈 많은 배우와 결혼할 수도 있을 테고. 미국 영
화배우들은 대부분 부자고, 똑똑한 사람도 많잖아요."

"제발 꿈을 너무 많이 꾸지 마세요. 때론 선한 것이 아름
다움보다 더 매력적인 거 알죠?"

"꿈이 없는 여자는 생각 없는 인형과 같아요. 나는 인형이
아니고 한국 여자라고요."

영희는 어떻게든 남자를 만나겠다는 결심이 확고했다.
그녀는 오페라 가수인 영희의 마음과 비밀을 모두 공유하

고 있었다. 영희는 개방적이고 자유로운 마음을 가진 여자였다. 가능하면 빨리 좋은 남편을 만나기를 그녀 역시 바랐다. 영희도 그녀의 아들이 대학으로 떠나고 나면 그녀가 어찌할지 걱정이 되었을 것이다. 영희는 평등하고 친밀하며 늘 함께하는 미국식 관계를 갖고 싶다고 평소에도 귀띔했었다. 산타모니카 시립 오페라단의 탑 솔로이스트인 영희는 파워풀한 소프라노 목소리를 갖고 있어서 노래를 듣는 사람은 누구라도 기분이 좋아지곤 했다. 주위의 모든 사람을 행복하게 만드는 재주가 있었으며 어디서나 무대에 올라 노래하는 체질인 것 같았다.

그들은 해 질 녘에야 집에 돌아왔다. 영희는 자기 부모와 저녁을 먹기로 했다며 곧 떠났다. 다행히 바로 그때 아들이 학교에서 돌아왔다. 그녀는 해변을 산책한 이야기며, 영희와 무비 스타에 관한 이야기를 들려주었다.

"엄마는 미국 영화배우가 싫어요?"

"물론 좋아하지. 어떤 배우들은 아주 사람이 좋잖니. 하지만 나는 특별히 그 사람한테 관심이 없었는걸. 그 사람이 영희에게 영화 이야기를 하는 동안 나는 너한테 사 줄 새 차의 색깔과 결제 방법에 대해 생각하고 있었단다."

"쯧쯧, 엄마. 미국 속담에 이런 말도 있잖아요. 기회는 스스로 온다고. 두 여자와 무비 스타라. 삼각관계네요. 엄마와 영희 아줌마가 라이벌이 되겠어.”

“영희와 내가 라이벌이라고? 말도 안 돼.”

“그럴 수도 있죠. 하지만 나보고 선택하라면 엄마를 택할 거야.”

아들은 웃으며 말하더니 화제를 바꿨다.

“영화 한 편 보실래요? 〈스텔라〉요. 스티븐 콜린스가 의사로 나왔잖아. 지금 가져올 수 있어요.”

“영희가 그 영화 이야기를 하더라. 사실은 나도 미스터 콜린스가 멋있어서 가 버리고 나니 후회가 되더구나. 이제 내가 그를 다시 만나고 싶어 해도 그 사람이 나를 안 볼 거야. 내가 알지. 그 사람과 좋은 대화를 나누지 않은 것이 지금은 속상하네.”

“인생에서 좋은 기회는 딱 한 번 오는 거예요. 두 번이 아니랍니다. 오늘 우리가 한 얘기 잊지 마세요.”

그날 밤에 그녀는 아들과 함께 〈스텔라〉를 보았다. 스티븐 콜린스는 영화 속에서 훨씬 잘생기고, 더 품위 있고, 멋져 보였다. 그 남자 배우는 웨이트리스에게 겸손하게 청혼하는 의사 역을 맡았다. 그의 선량한 마음과 위트는 많은 가정의 문제들을 해결하고 영화는 해피엔딩으로 끝났다. 아들은 굿나잇 인사를 나눌 때 스티븐 콜린스에 관한 멋진 꿈을 꾸라고 농담을 던졌다.

“만일 저 의사처럼 너그러운 사람을 만나면 엄마가 결혼
하마. 하지만 불행히도 그런 타입의 남자는 거의 영화나 소
설 속에만 존재하는 거지.”

그녀가 텔레비전 채널을 돌리자 폴은 별빛 같은 미소를
지으며 자기 방으로 건너갔다.

엄마의 블루스

1992년 4월은 LA의 한인 커뮤니티에 비통한 달이었다. 그 한 달 동안 그녀의 차도 타이어가 두 번이나 펑크가 났다. 두 번 다 날카로운 물체에 찔린 것이었다. 두 번째 사건이 일어났을 때, 그녀는 경찰에 반달리즘으로 신고했다. 그러나 경찰은 "안됐지만 운이 나빴다"고만 했다. 속상해하는 그녀에게 아들이 위로의 말을 건넸다.

"엄마, 이번에는 내가 새 타이어 값을 낼게요. 그동안 모은 돈이 320달러 있는데 다 엄마가 쓰세요. 그리고 지금까지는 경찰에 대해 존경심을 가져 왔지만, 그들은 미국 태생의 이 지역 사람들만을 도와주고 싶어 하네요. 이민자들은 모른 척하고요."

"우리도 법의 보호를 받아야 하는 거잖니."

"그건 백일몽일 뿐이고, 현실은 다르죠."

그녀도 아들의 말이 맞다는 사실을 알고 있었다. 이민자들이 언어 문제를 갖고 있는 게 사실이지만 인종차별은 엄연히 존재했다. 그다음 날 그녀는 아들과 함께 차를 찾기 위해 타이어 상점으로 갔다. 아들의 셰비도 수리점에 있었기 때문에 자기 친구의 새 차 밴을 빌려서 타고 갔다. 오는 길에 그들은 상점에 들러 옷들을 넣은 플라스틱 상자 두 개를 내려놓았다. 그 옷들은 나중에 필요한 사람들에게 나눠 줄 것이었다. 그들이 떠나는데 갑자기 경찰차가 그들 뒤에 따라붙더니 길가에 세우도록 명령했다.

"저 중국 상점에 내려놓은 것이 뭐죠?"

경찰의 질문에 아들이 답했다.

"한국 상점입니다."

그리고 아들은 옷에 대해 설명을 했다. 아들이 밴의 차량등록증과 보험증명서를 갖고 있지 않았기 때문에 경찰은 티켓을 발부했다. 경찰은 밴과 아들의 운전면허를 조회하느라 그들을 오랫동안 기다리게 했다. 그러더니 경찰이 아들에게 여긴 한국이 아니니까 조심하라고 말했다. 그녀는 경찰의 태도에 모욕감을 느꼈다. 아들은 그녀를 쳐다보며 어깨만 으쓱할 뿐이었다. '봤지? 내가 하는 말 이제 알겠죠'라고 하는 것 같았다. 그날 밤 그녀는 잠을 이루지 못했다.

그다음 주 1992년 4월 29일, LA에서 큰 폭동이 일어났다. 한인이 특별히 피해를 입었다. 폭도들은 한인들의 상점만 표적으로 삼아 약탈하고, 방화하고, 살인을 저질렀다. LA는 불타는 지옥으로 변했다. 부시 대통령이 라디오 코리아를 방문해서 이장희 사장을 만나 피해를 입은 한인타운 이주민을 위무했다. 하지만 미국 사회의 전반이 그렇듯이 경찰 역시 경악한 채 보고만 있었다.

LA 폭동이 끝났을 때 폐허가 된 한인타운의 비즈니스맨들은 조용히 일어섰다. 그들은 경찰이나 지역 백인 커뮤니티로부터 어떤 도움도 받지 못했다. 난동의 여파 속에서 죽은 사람들에 대한 추모가 있었다. 그녀는 한인 업소를 지키기 위해 나섰다가 총에 맞아 사망한 소년의 장례식에 참석했다. 그 소년도 아들이 다니던 학교에 재학 중이었다.

업소들은 문을 닫고 사람들은 이주해 갔다. 많은 아파트가 비었고 그녀의 LA 아파트도 30퍼센트나 비었다. 그녀는 폭동 피해자를 위한 보상금이나 정부 보조금을 신청할 자격이 되지 않았다. 은행 대출 외에는 다른 방법이 없었다. 어떤 테넌트들은 부도수표를 냈고, 다른 이들은 수리할 명목을 만들고 지어냈다. 그녀가 돈을 주면 그들은 아주 싸게 수리해 치웠다. 그녀는 진짜 수리가 필요한 것인지 돈을 갈취하기 위해 꾸며 낸 이야기인지를 가려내야 했다.

5월에 테넌트인 제이크 니콜슨이 전화를 걸어 변기가 역류한다고 했다. 제이크는 삼십 대 중반의 백인으로 실업자였다. 집에 들어앉아 위스키를 마시면서 웰페어 수표에 의존해 살고 있었다. 그녀는 제이크의 말을 믿고 당장 그의 집으로 갔다. 제이크는 화장실을 보여 주려 하지 않은 채 계속 수리공을 불러 달라고만 요구했다. 하지만 배관 수리공을 부르기엔 너무 늦은 저녁이었다. 제이크는 자기에게 돈을 주면 자기 친구가 수리할 것이라고 말했다. 그녀는 그 자리에서 100달러를 꺼내서 줬다. 문제를 만들기 싫었고, 제이크의 말을 진짜로 믿었다. 다음 날 제이크는 전화를 걸어와 수리가 다 됐다고 말했다.

그로부터 꼭 이틀 후, 제이크는 똑같은 문제로 다시 전화를 걸었다. 몹시 거칠게 요구했다. 그녀가 건물을 소유하고 있으니 자기를 편안하게 하는 것이 그녀의 의무라는 것이었다. 제이크는 술에 취한 목소리로 그녀의 집에 와서 돈을 가져가겠다고 했다.

아들이 집에 왔을 때 그녀는 제이크의 문제에 관해 이야기했다. 아들은 그녀와 함께 가겠다고 했다. 운전하며 가는 동안 그녀는 아들에게 테넌트와 정면 대결하지 말라고 타일렀다. 어떤 테넌트와도 큰 문제를 만들고 싶지는 않았다.

그들이 도착했을 때 제이크는 반쯤 마신 위스키 병과 치즈 조각을 손에 들고 복도에 나와 서 있었다. 제이크는 아파트 안이 너무 냄새가 나서 들어갈 수가 없다고 했다. 아들은 그녀 뒤에 서서 사태를 주시하고 있었다. 셔츠도 입지 않은 제이크의 가슴팍은 땀과 털로 뒤범벅이 돼 있었다. 그녀가 아파트 안으로 들어가려 하자 제이크는 뚱뚱한 팔을 벌려 막았다. 아들이 그녀 곁으로 바싹 다가왔다.

"내게도 테넌트의 권리가 있는데, 나는 당신을 내 아파트에 들이기 싫소."

그녀는 들어가서 화장실 상태를 봐야 한다고 설명했다. 제이크는 마침내 동의하더니 그들을 소파에 앉혀 놓고는 변기를 점검하겠다고 들어갔다. 제이크는 거친 숨을 쉬면서 욕실에서 나오더니 그녀가 들어가서 봐도 좋다고 했다.

"그 안에서 뭘 했어요? 왜 나를 금방 들여보내지 않았죠?"

제이크는 수리를 더 해야겠으니 100달러를 더 달라고 했다. 그녀는 거절했다. 임대주 협회에서 테넌트들이 어떤 식으로 주인을 갈취하는지 들은 바가 있었다. 때로는 변기 속에 자기 손으로 물걸레를 막아 넣고는 자기가 고치겠노라고 수시로 돈을 요구하기도 했다.

"나한테 거짓말하고 있죠?"

"암캐 같은 년, 말조심해! 나를 모욕한 죄로 소비자보호국에 신고할 거야."

"암캐 같은 넌이라고?"

그녀는 제이크에게 가까이 다가서면서 말했다. 아들이 그녀와 제이크 사이에 끼어들더니 진정하라고 말했다.

"넌 암캐의 자식이야."

제이크가 폴을 노려보았다.

"당신 지금 나한테 개자식이라고 했어?"

아들이 선글라스를 벗었다.

"입 닥쳐, 망할 놈의 개새끼."

제이크가 폴의 손목을 움켜잡았다.

"이 손 놓으시지."

아들이 손을 빼내려 했다. 제이크가 몸을 돌려 폴을 마주 보더니 오른뺨을 철썩 때렸다.

"헤이, 뚱보. 내 왼뺨도 치고 싶어?"

"그래, 왜 아니겠어?"

그때쯤엔 복도에 구경꾼들이 많이 몰려들었다. 아들은 제이크의 다른 손을 낚아채며 잡아당겼다. 중심을 잃은 제이크가 쓰러졌다. 초인종 소리가 들리더니 두 명의 경찰이 나타났다. 그녀가 상황을 설명하는 동안 경찰은 쓰러진 제이크를 부축해 소파에 앉혔다. 제이크는 한마디도 하지 않았다. 아들은 침착하게 경찰을 응대했다.

"우리 엄마는 과부입니다. 그러니까 누구든지 엄마에게 욕을 하면 내가 무척 화가 나죠. 저 사람은 내 엄마를 '망할 년'이라고 욕하고 나한테는 '개자식'이라고 했습니다. 그가 나를 먼저 붙잡고 때렸어요. 내가 울분을 삼킨 거죠. 아프게 한 건 미안하지만 그가 자초한 겁니다."

"이보게, 청년. 이 문제는 모두 없었던 일로 하지. 하지만 싸움은 법에 저촉된다는 걸 분명히 알아야 해."

"다시는 이런 일 없을 겁니다."

경찰은 제이크에게 엄중한 경고를 내렸다. 제이크 역시 더 이상 어떤 문제도 만들지 않겠다고 약속했다.

그들은 산타모니카 집으로 돌아왔다. 아들이 손목을 감추려 하기에 살펴보니 상처가 나 있었다.

"경찰이 안 왔으면 무슨 일이 벌어졌을지 몰라요. 테넌트 중에서 누군가 경찰을 부른 것 같아요. 세상에, 엄마한테 한 말을 듣고는 정말 참을 수가 없었다니까요. 엄마, 결혼하는 게 좋겠어요. 남편이 있으면 질이 나쁜 테넌트들로부터 보호해 줄 수 있잖아요."

"그래 아들아, 고맙다. 좋은 남자를 만나면 결혼하게 되겠지."

물론 좋은 남편을 만난다고 해서 아들 없이 그녀가 인생을 즐길 수 있을지는 알 수 없는 일이었다.

"엄마가 결혼하지 않으면 나는 대학 다니면서도 여기에 남아서 엄마의 보디가드 역할을 할 거예요, 알겠죠?"

"글쎄, 제이크 니콜슨은 네가 없는 줄 알면 또다시 나한테 수작을 부릴걸."

"그 사람이 한 번 더 그런 짓을 하면 가만두지 않겠어요."

"안 돼, 그런 말을 하는 건 좋지 않아."

"나는 정당방위를 위해서만 태권도를 사용할 거예요. 그건 합법적이니까."

"성경 말씀을 기억해라. 마태복음은 오른뺨을 친 사람에게 왼뺨도 내밀라고 가르치고 있으니까."

"엄마, 좀 현실적이 돼 보세요. 제이크는 내 양쪽 뺨을 다 때렸어요. 그다음엔 뭘 했을 거 같아요?"

"턱을 쳤겠지."

그녀의 농담에도 아들은 웃지 않았다.

"아니요, 자기방어만이 남았죠."

"성경 말씀을 거슬러서는 안 된다."

"성경은 관습적인 지혜이고, 현대에는 맞지 않아요. 사람들이 관습적인 지혜에 의존한다면 미국 문명은 얼마 못 가 소멸할 거예요."

"아니, 절대로 그렇지 않아. 결국은 지는 자가 이기는 그런 세상이 반드시 온단다."

얼마 후 폭동의 피해로 비었던 LA 아파트는 거의 다 임대
가 되었다. 입주자들은 대부분 조용하고 협조적이었다. 많
은 문제들이 아들의 도움과 이해로 해결되곤 했다. 아들이
다른 도시의 대학으로 떠나고 나면 그녀는 어떻게 할 것인
지, 아무런 대책이 없었다. 폴은 엄마가 결혼을 해서 남편의
보호를 받고 살면 자기가 마음을 놓고 대학에 갈 수 있겠다
고 했다.

아들의 졸업이 다가오자 아들이 없는 생활에 대해 생각
하는 시간이 많아졌다. 아들은 LA 한인타운과 산타모니카
에 있는 그녀의 아파트를 관리하는 데 많은 도움을 주었다.
몇 년 전 권총 강도를 당할 때까지만 해도 렌트비는 매달 그
녀가 걷으러 다녔지만, 그 사건 이후 아들은 그녀가 렌트비
를 걷으러 다닐 때마다 함께 갔다. 폴은 입주자들의 요구를
거의 다 해결해 주었고, 페인팅과 플러밍을 비롯한 기본적인
수리 기술도 점차 배워 나갔다. 아들은 또한 그녀를 도와서
집안일과 정원 손질을 함께했다. 그녀가 고맙다고 하면 아
들은 이제 자신도 성인이니 당연한 일이라고 대답했다.
그들은 정원에 각종 야채를 심었다. 상추, 양파, 양배추,
시금치, 파 등이었다. 그들은 정원에서 일하는 것이 취미가
되다시피 했다. 비료와 살충제를 사용하지 않고 가꾸어서

손이 많이 갔다. 아들은 학교에서 돌아오면 물을 주었고 그녀는 잡초를 뽑았다. 정원에는 아들이 심은 라임과 레몬 그리고 귤 나무도 있었다.

"너서리 아저씨가 그러는데 내년에 열매를 맺는대요. 나는 라임 주스를 만들고 엄마는 레몬 주스를 만들어 와인과 함께 드세요."

만약 아들이 떠나면 그 정원을 그녀 홀로 보살펴야 한다는 생각이 들었다. 그녀에게 아들은 친구이자 매니저 그리고 남편의 그림자였다. 그런 아들이 없다면 어떻게 해야 할지 알 수 없었다. 지난번 밸런타인데이에는 아들이 튤립 꽃다발을 그녀에게 건네주었다.

"엄마가 늘 사 오던 장미 다발 대신 튤립을 사 왔어요. 이 꽃은 화분 속에 뿌리를 두고 있으니 오래갈 거예요."

진홍색 봉오리가 막 열리고 있는 꽃이었다.

"장미꽃은 일주일도 안 돼서 시들잖아요. 그런데 이 꽃은 거의 한 달이나 갈 거예요. 엄마, 날 믿으세요. 나는 엄마를 닮았어요."

"너는 정말이지 나를 겸손하고 자랑스럽게 만드는구나."

"내가 하는 모든 일은 엄마가 베풀어 준 사랑과 보살핌을 갚는 것뿐이에요."

아들은 웃음 띤 얼굴로, 그러나 진지하게 말했다. 아들은 때때로 그녀의 선생님이라도 된 것처럼 무례한 말이나 부적절한 행동, 그녀만의 특이한 점들 이를테면 공공장소에서 킬킬거리고 쓸데없이 쇼핑하는 일 등을 부드럽게 지적해 주었다.

"엄마는 감정을 컨트롤하는 법을 배워야겠어요."

폴은 근엄하고 엄숙한 어조로 그녀를 놀리곤 했다. 이제 얼마 안 있으면, 아들은 자신의 길을 가게 될 것이다. 그것은 폴에게는 중요한 진일보가 되겠지만 그녀에게는 큰 타격이 될 터였다.

아들은 졸업과 대학 진학, 공부 그리고 동창회를 위한 마지막 자선 행사 등을 계획하고 실행하느라 눈코 뜰 새 없이 바빴다. 졸업식에 입을 검은 턱시도와 새 구두, 그리고 셔츠도 사야 했다. 학급 친구들은 폴과 함께 턱시도와 셔츠, 보타이 등 졸업식에 필요한 모든 것을 사기 위해 전문 한인 양복점을 찾아갔다.

"네가 가장 좋아하는 것들로 골라야 한다. 이건 일생에 단 한 번 있는 너의 고등학교 졸업식을 위한 옷이다. 그동안 공부도 열심히 하고 대학과 장래 목표도 세웠잖니. 비용은 내가 다 낼 테니 제발 싸구려는 사지 마라."

"고마워요, 엄마. 도와주시니 감사합니다. 하지만 나는 잡을 가질 거예요. 페인트도 할 수 있고 플러밍이며 자동차 엔진 수리도 할 수 있어요. 또 보조금이나 융자금으로 학비를 낼 수도 있어요."

아들은 무엇이든 당연하게 받는 법이 없었다. 그녀는 전문 부동산 에이전트였지만, 때때로 재정 형편이 어려웠다. 폭동 후에는 부동산이 침체기에 빠져 판매할 건물을 주문받기가 아주 힘들었고 매매도 거의 없었다.

"제발 돈 걱정은 하지 마세요. 내가 대학을 졸업하고 좋은 직업을 갖게 되면 엄마를 죽을 때까지 집에서 놀게 해 드릴 거예요. 엄마는 그동안 나를 위해 너무 열심히 일했고, 너무 많은 에너지를 쏟았고, 엄마의 젊음과 아름다움을 다 소진했어요. 순전히 나를 위해서요."

아들은 이렇게 위로하곤 했다. 졸업이 가까워지니 아들은 또 재혼이란 단어도 입에 올리곤 했다.

"엄마, 내가 대학 가면 엄마하고 시간을 많이 보낼 수가 없어요. 엄마는 혼자 있어선 안 돼요. 엄마는 분명히 외롭고 친구가 필요할 거야. 그러니 엄마 나이 대의 좋은 남자와 결혼해야 해요. 혼자 사는 한국 남자들도 많아요."

"오, 폴. 그런 얘기 말거라. 내겐 일이 있잖니."

"알아요. 난 그저 내가 대학 간 후에 엄마가 혼자 있는 것이 걱정돼서 그런 것뿐이에요."

아들은 서부와 동부 쪽의 대학들에 원서를 냈다. 동부 지역의 몇몇 대학들이 합격 통지를 보냈으나 결국 집에서 두 시간이 채 안 걸리는 UC산타바바라를 택했다.

"사람 일은 어떻게 될지 모르잖아요. 엄마는 내가 언제 죽을 거 같아요?"

그녀는 아들의 질문에서 기시감을 느꼈다. 어린 시절 이후로는 이런 식의 질문을 들어 본 적이 없는 것 같았다. 그러니까 어쩌면 아들은 이 질문을 입 밖으로 내뱉지만 않았을 뿐 여태껏 가슴에 품고 살아온 것인지도 몰랐다. 그녀는 폴이 처음 그 질문을 했던 때가 기억났다. 그리고 전에 느껴 보지 못한 두려움에 몸을 떨었다.

"네 입에서 그런 이야기가 나오다니 정말 놀랍구나."

"엄마, 울어요? 정말 미안해요. 하지만 나는 하늘이 필요로 하는 사람은 일찍 죽는다고 믿고 있어요."

아들의 말이 그녀의 귓가에 맴돌았다. 신은 착하고 상냥하고 정직한 사람을 먼저 데려간다는 게 사실일까? 그녀는 여러 이유로 일찍 세상을 떠난 사람들을 떠올려 보았다. 누군가는 자동차 사고로 죽기도 하고 갱 폭력에 의해 숨지기도 한다. 무분별한 드라이브 바이 총격 역시 매 주말 뉴스로 나오지 않던가.

그녀는 아들이 행복하게 잘 살아서 아이도 많이 낳고, 손주와 증손주가 많은 노인으로 늙어 가기를 바랐다. 그런데

도 아들의 말은 그녀의 마음속 깊은 곳으로 들어와 그녀를
뒤흔들었다. 사람 일은 어떻게 될지 모른다는 말, 자신이 언
제 죽을 것 같냐던 그 말을 할 때 아들의 목소리는 꾸밈이
없어 천진하기까지 했다. 무슨 일을 겪게 되더라도 담담하게
받아들여야 한다는 스스로에 대한 다짐처럼 들리기도 했다.
대체 폴은 왜 그런 다짐이 필요하다고 느낀 걸까. 그게 그녀
를 사로잡고 놓아 주지 않는 질문이었다.

졸업식

1992년, 고등학교 졸업 몇 주 전에 아들이 물었다.

"엄마, 나 서울대학교에서 하는 언어 훈련 코스에 가도 돼요? 닉 넬슨이 간다는데."

"좋은 생각이구나. 당연히 가는 게 좋지. 엄마 나라의 문화와 언어도 배우고."

"나 지금 넬슨네 집에 가서 숙제 마치고 올게요. 자세한 내용을 알아 오겠어요."

넬슨의 집에 다녀온 아들이 안내서를 내밀었다. 그 안내서에는 한국어와 영어로 다음과 같이 쓰여 있었다.

UC리버사이드 익스텐션과 서울대학교가 제공하는 집중 한

국어 공부

1992년 6월 23일부터 8월 10일까지 한국에서 가장 유명한 서울대학교가 제공하는 한국어 읽기, 쓰기, 말하기 코스

대상: 한국에 대한 관심과 커리어 플랜을 가진 학생, 한국인과 비즈니스하기를 원하는 고급반, 특별하고 의미 있는 여름을 경험하고 싶은 일반인, 짧은 기간 동안 대학교 1학년 수준의 언어 공부를 끝내고 싶은 사람

내용: 6주의 언어 집중 훈련 프로그램, 하루 6시간 수업, 15명 정원의 소규모 클래스, 학부 혹은 대학원이 인정하는 12학점, 국립박물관·비원·민속촌 방문

장소: 서울대학교 어학연구소, 캠퍼스 내 기숙사 숙소

비용: 학비, LA-서울 왕복 비행기 티켓, 기숙사 숙박비(식비 제외), 교재, 공항 이동, 필드 트립 포함 2,830달러

"엄마, 솔직히 말하면 넬슨이 안 가면 나도 안 갈 거예요."

그녀는 관심이 생겼는데 오히려 아들은 관심이 사라진 듯해 보였다. 친구와 함께 간다는 사실이 중요할 뿐이었다. 고교 졸업반이 되고부터 아들은 심심하면 넬슨의 집에 가서 공부를 하곤 했으니 말이다.

"폴, 네 인생에 대해 분명한 방향을 가져야겠다. '넬슨이

가면 나도 간다'는 게 무슨 말이니?"

"엄마, 화내지 마세요. 엄마도 가기 싫은 곳인데 친구들이 가면 함께 갈 때가 있잖아요."

"그래, 어떤 경우에 그러기도 하지. 하지만 솔직히 말하면 친구가 간다고 해서 따라가는 것보다는 좀 더 큰 동기를 가져야 된다는 말이야. 내 결정은 이렇다. 가고 싶으면 지금 말하고, 그러면 내가 여행 비용을 대 주고 모든 수속을 도와주마. 그리고 친구가 가든 안 가든 간에 너는 꼭 가야 해. 그러나 네가 지금 망설이면 나는 여행 비용도 안 대 주고 여행을 허락하지도 않겠다."

그녀의 말투가 단호해서인지 아들도 진지하게 고민해 보는 듯했다. 이윽고 아들이 입을 열었다.

"한국의 대학에 가겠어요. 지금 넬슨한테 다시 가서 나랑 같이 가도록 설득할게요. 다 잘될 테니 두고 보세요."

다음 날, 그녀는 아들의 등록을 위해 UC리버사이드에 갔다. 그날 아들은 피곤하고 허기진 채로 학교에서 돌아왔다. 그녀가 차려 준 음식을 순식간에 먹어치웠다.

"매운 김치국까지 먹었네."

보통 매운 국에는 손도 안 대기 때문에 그녀가 놀랐다.

"맵고 짜고 질긴 음식 먹는 것을 조금씩 연습하고 있어요. 그러면 한국에 가서도 아무 문제 없을 거야."

"잘하는 일이다. 오늘 그 프로그램에 너를 등록했으니 말이다."

"넬슨은 아직 등록 안 했어요. 걔가 안 가면 나도 안 갈 거야."

"안 돼, 폴. 너는 가야 해. 그게 어제 우리가 합의한 거잖아."

아들에게 어떤 규칙을 강요하는 일은 아주 드문 일이었지만 그녀는 그렇게 했다. 그리고 뭔가 좀 불안한 느낌에도 불구하고 그것을 지켜야만 했다. 그 느낌을 가라앉히기 위해 그녀도 와인을 한 잔 마셨다. 약간 취기가 돌자 그녀는 형제자매 없이 홀로 자란 아들이 한국에 간다는 게 어떤 의미일지에 대해 생각했다. 아들에게도 한국은 고향이며 고국이지만 어린 시절 떠나왔기에 낯선 타향이며 타국이기도 했다. 가고 싶은 마음과 두려운 마음이 교차하리라는 걸 짐작할 수 있었다. 그녀는 아들이 왜 넬슨을 그렇게 좋아하는지도 이해했다. 아들에게는 무엇보다 우정이 필요했다.

"한 가지 일러 줄 게 있단다. 서울에 엄마 친구가 있는데 아주 예쁜 딸이 있어. 이름이 경아라고, 네 또래란다. 내가 주소와 전화번호를 줄 테니 연락해서 인사 나눠 보렴."

아들은 기뻐했다. 며칠이 지난 후 묵묵히 정원을 돌보던 중 아들은 무언가 결심했다는 듯 말을 꺼냈다.

"내가 서울에 가면 엄마 나한테 새 차 사 줘야 해."

제니와의 사건 이후 셰비의 브레이크는 고쳤고 차는 잘 달리고 있었다.

"엄마가 지금 새 차를 사 주면 내가 서울에 가서도 새 차가 나를 기다리고 있다고 생각하며 기분이 더 좋을 거고 공부도 더 잘할 거야."

"그건 별로 좋은 생각이 아닌 것 같구나. 네가 지금 새 차를 사면 넌 맨날 그 생각하느라 공부를 오히려 덜 할 거야. 그리고 지금 차를 사면 타고 다니지도 않으면서 어쨌든 보험을 들어야 하는데 그건 낭비잖니."

아들은 마지못한 듯 고개를 끄덕였다.

"중형차 중에서 너무 싸지도, 너무 비싸지도 않은 것으로 사 주마."

"200달러짜리 셰비 때문에 언제나 놀림을 당했어요. 나도 친구들 같은 새 차를 갖고 싶어요."

부잣집 아이들 사이에 있는 아들의 입장을 헤아리지 않을 수 없었다. 아들은 이 년이나 고물 셰비를 몰고 다녔다. 한번은 그 모든 수리 비용을 합해 본 적이 있는데 거의 새 차 한 대의 가격과 맞먹었다. 얻은 것도 있었다. 아들은 그 차를 통해 자동차 수리와 관련된 지식을 갖게 되었으니까. 그동안 별 불만 없이, 오히려 셰비를 아끼고 정성 들여 관리하

던 아들이 새 차를 갖고 싶다는 말을 직접 했다는 건, 그만
큼 새 차를 갖고 싶은 마음이 크다는 뜻이기도 했다.

그녀는 1만 달러짜리 수표를 써서 아들에게 주었다.

"이거, 네 차 살 때 보증금이야. 서울에서 돌아올 때까지
네 계좌에 넣어 두어라."

아들은 춤을 추며 뛰어다니더니 그 즉시 예치하고 싶어
했다. 폴은 은행에 간다고 나가면서 휘파람으로 테리 깁스
의 〈리치 맨〉을 노래하기 시작했다. 마치 자기 자신이 부자
가 된 것처럼 의기양양하고 멋지게 휘파람을 불었다. 그렇게
좋아하는 아들을 보는 그녀도 행복했다.

"오늘이 네 졸업식 날이다."

그녀는 아들의 방문 앞에 서서 말했다.

"알아요."

아들은 일어나서 하품을 하고 눈을 비비며 잠에서 덜 깬
목소리로 말했다. 그녀는 여느 날과 다름없이 아침 식사를
준비하려고 부엌에 다시 들어갔다. 아침 햇살이 졸업을 축하
하듯 열린 창문을 통해 쏟아져 들어왔다. 아들은 웃음 띤 얼
굴로 다가와 그녀를 안았다. 아이는 아주 행복해 보였다. 그
녀는 문득 자신의 고등학교 졸업식을 떠올렸다. 곧 헤어질
선생님들과 친구들 생각에 슬펐던 기억이 났다. 아들은 그

녀의 주장대로 사립학교에 다녀야 했을 때 한국인 친구들은 모두 공립학교에 다닌다며 슬퍼했다. 때로는 상류사회에 대한 엄마의 자부심과 욕심이 자기를 친구가 하나도 없는 학교로 떠다밀었다고 비난했다. 그러나 그동안 아들은 친구들을 몇 명 사귀게 되었다.

학교에 도착했을 때 그녀는 멋지게 꾸며진 운동장과 깨끗하게 정리된 꽃밭을 보았다. 야외 운동장에 세워진 졸업식 단상 뒤로 주홍색 부겐빌레아가 배경을 이루고 있었다. 학교 밴드가 〈위풍당당 행진곡〉을 연주했다. 하늘도 순결하게 맑았다. 학생들이 입은 졸업 가운은 사각모와 함께 밝은 보랏빛으로 빛났다. 아들이 그녀 앞을 지나가자 아들의 친구들이 호각을 불고 큰 소리로 환호를 보냈다. 아들은 환하게 웃으며 손을 흔들었다. 졸업식 맨 마지막에 모든 졸업생들이 모자를 하늘 높이 던져 올렸다. 밴드가 〈셀러브레이션〉을 연주하자 학생들이 춤을 추었다. 그녀도 함께 춤을 추고 싶을 만큼 흥겨웠다.

"졸업을 진심으로 축하한다."

그녀는 아들의 손을 잡고 말했다. 아들은 고맙다고 말하며 그녀를 안았다. 그녀는 아들에게 꽃다발을 건넸다. 아들의 친구들도 꽃다발을 건넸다. 그들 중에는 해나도 있었다. 오랫동안 아들의 걸프렌드로 지내 온 아이였다. 아들은 처음에 그녀가 사진을 찍는 것을 반대했으나 대학에 가 버리면 남겨진 것은 사진들뿐이라는 그녀의 말을 듣고는 찍게 해 주었다. 그녀는 아들과 친구들에게 점심을 사겠다고 제안하고, 산타모니카에 있는 멕시칸 레스토랑을 골랐다. 그녀가 좋아하는 식당 가운데 하나로 바다 풍경이 한눈에 들어오는 곳이었다. 졸업식장에서 걸어 나오면서 그녀는 아들의 목덜미에 입맞춤의 흔적이 남아 있는 것을 보았다. 아들은 숨기려 했지만 그녀는 해나가 그렇게 한 것임을 짐작했다. 평소라면 그냥 넘어갈 그녀가 아니었지만 아들이 그 아이에게 끌리는 마음은 이해하기로 했다. 아들보다 한 살이 어린 해나는 한인 가정의 딸이었다. 화장도 하지 않았지만 예쁜 아이였다. 놀기 좋아하고 방탕한 여느 한국 여자애들과는 달랐다. 그녀는 해나를 오랫동안 보아 왔다. 예의바른 아이였다. 그녀는 해나와 아들 사이에서 느낄 수 있는 평온함과 성실함에 대해 만족하고 있었다. 해나는 지금 이 시기의 아들에게 좋은 여자 친구가 되어 줄 것이라 생각했다. 그녀는 그 아이가 아들의 졸업 카드에 쓴 편지를 나중에 보았다.

사랑하는 폴에게

너의 애무하는 따뜻한 팔을 알게 돼서 너무 기뻐. 너는 여자

들이 섹스 상대인 것만이 아니라 세계를 움직이는 힘의 한
부분이라고 말했지. 바닷가 우리 집 별장에서 너와 하룻밤
을 보냈지만 너는 나의 은밀한 부분을 건드리지도 않았어.
전혀 그러지 않았지. 나는 너의 명예와 순결을 믿어. 나도 너
를 그림자처럼 따라갈게. 나의 아주 단호한 결심이야. 네가
대학을 가느라 산타모니카를 떠나게 돼서 슬퍼. 나를 더 이
상 사랑하지 않게 될까 봐 두렵기도 하고. 네가 나보다 학교
를 더 중요하게 여겨야 한다는 걸 알고 있어. 너의 성공을 위
해 기도할게. 전화 자주 해 줘. 나도 전화할게.

너의 사랑, 해나

추신: 이 편지 버리지 마. 이 종이에 백 번도 넘게 키스했으니
까.

"와, 스패니시 스테이크는 코리안 바비큐보다 더 질긴데."
한 친구가 말했다.

"헤이, 체스트, 마이클, 넬슨. 양질의 음식을 원하면 한국
식당에 가. 좀 세련된 음식을 찾으려면 캘리포니아 고급 식
당에 가고, 영양가를 생각한다면 중국 식당, 예쁜 음식은 일
본 식당, 피자를 먹으려면 할리우드에 있는 이탈리안 피자
가게를 가야지."

아들의 말에 친구들이 모두 웃었다.

"헤이, 애들아. 점심은 여기서 먹었지만 오늘 저녁은 일식당에 데려갈까? 새우 튀김, 얇게 썬 청새치 어때?"

아이들은 그녀의 제안에 열광적으로 반응했지만 그들은 그들끼리의 계획이 따로 있으리라는 걸 그녀는 알았다. 그녀는 곁눈으로 아들의 기색을 살폈다. 졸업식을 치른 아들은 훨씬 자유롭고 편안해진 것을 느꼈다. 폴은 졸업 전에 제니의 차 수리비를 버느라 일을 많이 해서 성적이 좋지 않았고, 그녀는 은근히 아들의 장래 교육에 대해 걱정하고 있었다. 그러나 적어도 지금은 아들의 미래도 행복하고 안전하게 느껴졌다.

아들과 친구들은 그날 하루 리무진을 빌렸다. 그녀는 아이들이 탄 리무진이 롱비치 프리웨이 쪽으로 달리는 것을 지켜보았다. 아이들은 바닷가에 가서 밤새 파티를 벌일 것이다. 그녀는 그들의 안전을 위해 기도한 다음 차를 몰고 집으로 돌아왔다. 집에 오는 길에 그녀의 눈에서 기다렸다는 듯 눈물이 흘러내렸다. 그녀의 작은 꼬마 폴이 자라서 머지않아 엄마 품을 떠날 테니.

다시 한국으로

아들은 서머스쿨에 참가하기 위해 서울로 가야 했다. 1992년 6월 23일 오전 10시, 32명의 한인 학생들이 마리나 델 레이의 메리어트 호텔에 모였다. 거기에는 UC리버사이드 교수들과 부모들, 그리고 학생들을 캠퍼스로 데려갈 투어 안내자들도 있었다. 학생들은 모두 미국에서 태어났거나 어릴 때 미국에 와서 부모의 나라에 대해 배우러 가는 길이었다. 그녀는 아들과 함께 호텔 카페테리아로 갔다. 그들이 자리에 앉자마자 한 한국인 부부가 다가왔다.

"서울대학교에 가는 학생이죠?"

"네, 우리 아들 폴이에요."

"멋지네요. 어머니와 아들. 우린 서울로 가는 그룹의 가이드랍니다. 저는 미시즈 남이고 여긴 제 남편이에요."

"그러시군요. 여행에서 우리 아들 잘 부탁드려요."

"아드님이 어느 고등학교를 졸업했나요?"

"크로스로즈요."

"아, 우리 아들도 크로스로즈를 나왔어요. 정말 좋은 학교죠. 지금은 버클리에 다닌답니다. 저희 딸은 스탠퍼드에서 공부하고 있어요. 그 아이들도 서머스쿨에 참가할 거예요."

모임에 가기 전까지 그 부부는 자기 아이들에 대해서만 이야기했다. 그녀는 오믈렛을 주문했다. 아들은 오렌지 주스와 시리얼만을 주문했다. 언제나 그렇듯 아들은 아침에 식욕이 별로 없었다. 그들이 식사를 끝낼 즈음에 한 학생이 투어 미팅이 곧 시작된다고 알려 줬다.

미팅은 간단했다. UC리버사이드 교수들은 프로그램과 필드 트립에 관해 이야기했다. 학생 가이드는 부부가 아닌 미시즈 남 한 사람뿐이었다. 한 사람이 어떻게 32명의 학생들을 돌볼 수 있는지 의아했지만 UC리버사이드 행정 직원들을 믿기로 했다. 명성을 지닌 대학들이 주관하는 행사이니 별다른 의심은 하지 않았다.

서머스쿨 한국어 프로그램의 기간은 6주였으며 학생들이 한국의 전통 문화를 체험하도록 짜여 있었다. 그녀는 아들이 이 여행에서 잊지 못할 추억을 갖게 되길 바랐다. 그러나 아들은 서울에서 돌아와 갖게 될 새 차에 더 관심을 갖고 있는 것 같았다.

"엄마, 내가 공부를 잘 마치고 돌아오면 어떤 차를 사 줄 거야?"

"글쎄, 돌아오면 자동차 쇼룸에 가 보자꾸나. 새 차 사는 게 그렇게 좋니?"

"그럼요, 이 년을 기다렸는데요. 내 세비가 갑자기 멈춰 섰을 때 얼마나 당황했는지 몰라요. 한번은 하필 우리 학교 앞에서 섰지 뭐예요. 반 친구들이 어떻게 볼지 그 생각만 했다니까요."

"인격이 있는 사람은 가진 것 때문에 당황하지 않는단다. 너 가서 자리 잡고 나면 경아에게 전화해야 한다, 알았지?"

"내가 왜 한 번도 본 적이 없는 여자애한테 전화해야 되죠?"

"그 아이는 미스코리아의 딸이란다. 엄마를 닮아서 개도 뛰어난 미인이지. 네 맘대로 해라. 난 그저 제안하는 것뿐이야. 하지만 우리끼리 말인데, 너 그 아이의 매력에 빠지게 될 걸."

"엄마, 난 여자 만나는 일에는 정말 관심이 없어요. 난 단지 가능한 한 빨리 돌아오고 싶을 뿐이에요."

"새 차 때문에 말이니?"

아들은 엄지손가락을 세워 보였다. 그러고는 씩 웃으면서 "물론 엄마도 빨리 보고요" 하고 말했다.

미팅이 끝나고 나자 부모들은 아이들을 LA 국제공항으로 데려갔다. 차들이 하나씩 행렬을 만들어 움직였다. 그녀도 조심스럽게 따라갔다. 옆에 앉은 아들은 라디오를 틀고 음악에 따라 휘파람을 불었다. 기분이 좋다는 뜻이었다.

"엄마, 나 서울에 가지 말까?"

"새 차 때문에?"

"엄마는 언제나 내 마음을 읽어요."

아들이 웃었다.

"아무리 멋있어 보여도 새 차는 고물 세비보다 별로 나을 게 없을 거야. 하지만 서울대학교 프로그램은, 너한테 새롭고 신나는 도전을 선사해 줄 거다. 6주 후에 우리 함께 새 차를 사러 가자꾸나. 엄마로서 나는 네가 가는 게 기쁘다. 너는 많은 걸 배워 올 테고, 네 인생에서 뜻깊은 시간들이 될 거야."

"오케이, 엄마. 엄마가 무슨 말을 할지 알아요."

그녀의 차는 로욜라 메리마운트 대학을 지나고 있었다. 그 언덕은 미풍에 흔들리는 황금색 파피꽃으로 온통 뒤덮여 있었다. 캘리포니아주의 꽃인 파피꽃은 좋은 징조로 여겨지곤 했다. 그녀는 아들이 곧 돌아올 거라는 뜻으로 받아들였다. 마침내 공항에 도착했다.

"공항을 기억나게 해 줄 사진 한 장 찍을까?"

"아니, 난 사진 찍기 싫어요. 억지로 찍게 하면 도망갈 거야."

아들이 왜 그러는지 그녀는 이해했다. 아들이 초등학교에 다닐 때 그녀는 LA 시티 칼리지에서 사진을 공부하고 있었다. 아들은 실습 촬영의 모델이 되어 수많은 사진을 찍혀야 했다. 적어도 3만 장은 찍은 것 같았다. 그 경험 때문에 아들은 사진 찍히기를 좋아하지 않았다. 그럼에도 불구하고 그녀는 지나가는 사람에게 모자가 손잡고 서 있는 사진을 찍어 달라고 부탁했다.

대부분의 부모들은 아이가 비행기 티켓을 발권하는 것을 보고는 집으로 돌아갔다. 그녀는 아들에게 함께 식당에 가자고 말했다.

"엄마, 나한테 좋은 점심 사 주려고 그러는 거 알아요."

호텔 카페테리아에서와는 달리 이제는 배가 많이 고팠는지 아들은 베이컨과 계란 요리, 볶음밥과 우유 한 잔을 게 눈 감추듯 먹어치웠다. 그러고도 그녀의 치킨 샌드위치를 절반이나 먹었다.

"엄마, 이제 돌아가세요. 새로 만난 친구들 좀 사귀고 싶어요."

아들은 모두 영어로 이야기하는 학생들 틈에 끼고 싶어 했다. 그녀와 함께 있을 때는 한국말을 써야 했기 때문이었다.

"폴, 네가 꿈꾸던 새 차를 잊지 말아라."

갑자기 학생들을 탑승구로 소집하는 소리가 들려왔다. 그녀는 본능적으로 아들을 껴안았다. 주위의 세상이 까마득히 멀어지고 오직 아들과 그녀 둘뿐인 것만 같았다.

"잘 다녀와라. 엄마는 너를 너무너무 사랑한단다. 안전하게 돌아와야 한다. 오케이?"

"네, 잘 다녀올게요. 너무 걱정하지 마세요."

아들은 부드럽게 속삭였다. 폴이 손을 흔들며 떠나자 텅 빈 공간에 혼자 남은 그녀는 눈을 감고 아들이 아무 사고 없이 돌아올 수 있기를 기도했다. 언제가 되었든 한국은 아들에게도 존재의 시원과 같은 곳이니 반드시 가야 하는 곳이었다. 반드시 가야 한다는 그 생각이 왠지 그녀를 불안하게 했다. 비행기가 이륙한 뒤 그녀는 공항을 뒤로하고 돌아섰다.

그녀는 아들이 없는 집에서 홀로 지내는 일에 조금씩 적응했다. 와인을 마시고 때때로 휴식을 취하면서 좋아하는 음악을 듣곤 했다. 일부러 정원에 나가 일함으로써 스스로를 피곤하게 만들었고 음악을 평소보다 더 많이 들었다. 브람스의 음악은 그녀의 마음을 부드럽게 달래 주었다.

그녀는 그동안 아들이 해 왔던 일들까지 맡아서 했다. 정원의 손질과 집 안팎의 청소, 세차, 자동차 엔진 오일 점검 등. 아들은 그녀를 위해 해야 할 일들의 목록을 작성해 주고 갔다. 아들이 없으니 모든 일이 울적하고 적적했다. 그녀는 늦도록 잠을 잤으며 어느 때는 한낮까지 침대에서 나오지 않았다.

권태로움을 달래기 위해 전보다 자주 친구들을 만났다. 한 친구가 그녀에게 캔디나 스낵을 사 서울로 보내 주라고 제안했다. 그녀는 먹을 것을 잔뜩 사 들고 집에 와 서울로 보낼 상자에 채워 넣었다. 보낼 것을 응접실에 전부 다 펼쳐 놓고 추려서 싸기 시작했다. 그녀는 노래를 부르며 폴이 무척이나 좋아하는 비프 저키와 피넛버터 쿠키를 천천히 꾸려 넣었다.

그녀가 알기로 아들이 머무는 기숙사에서는 요리가 가능했다. 학생들은 음식을 사 먹거나 스스로 만들어 먹었다. 아들에게 식비를 넉넉히 주고 별도로 용돈까지 주었지만 그래도 어떻게 밥을 먹고 지내는지 걱정이 되었다.

그의 목소리를 들은 지 두 주가 지난 토요일 밤이었다. 자정이 되기 정확히 오 분 전에 콜렉트 콜이 걸려 왔다. 아들의 목소리였다. 서로 안부를 주고받은 후에 그녀는 새로운 모험이 어떤지 전부 말해 달라고 했다.

"서울대학교는 후진 교외에 있어요. 거의 시골이라 할 수 있는 곳이에요. 어디나 모기가 들끓고 에어컨이 없어서 밤이면 찌는 것처럼 더워요. 우린 단체로 지하철 타고 나가 디스코텍이나 맥줏집에 가곤 해요. '바자'라는 아주 멋진 디스코텍에도 간 적이 있어요. 경아와 그 애 친구들이 우릴 데려 갔거든요. 경아는 서울에 도착하고 며칠 뒤에 만났어요. 그 애가 먼저 나를 찾아왔어요. 경아가 나를 식당이며 영화관이며 야외 카페에도 데려갔어요."

"그 아이를 만났다니 아주 좋은 소식이구나. 어떠니?"

"아주 예쁘고 마음씨도 착해요."

이때다 싶어 아들의 연애 문제에 관해 이야기를 꺼냈다.

"폴, 해나와 함께 있을 때는 행실 조심해라. 걔가 너를 얼마나 좋아하는지 알지? 널 그림자처럼 따라다니잖니."

"엄마, 제발 걱정 좀 그만 하세요. 걱정의 수레바퀴를 돌리고 있네."

"너 떠나고 난 다음부터 걱정이다. 해나는 너 하나만을 원하고 있어. 네가 걔의 결혼 타깃이다."

"걱정 마세요. 해나는 친구니까. 내가 사랑놀이에 바본 줄 아세요? 그리고 엄마, 서울에 대한 내 첫인상을 말해 줄까요? 엄마도 알겠지만, 서울은 너무 덥고 습도가 높아서 굉장히 스트레스가 심해요. 도시 전체가 거대한 사우나 같아요."

그러면서 폴은 화제를 음식으로 바꿨다.

"엄마, 비프 저키 좀 보내 줄 수 있어요? 매일 먹고 싶어 죽겠어. 심지어 꿈도 꾼다니까요."

"내가 얼마 전에 음식 소포를 보냈단다. 금방 받을 거야."

"고마워요. 나 정말 공부 열심히 하고 있어요. 엄마한테 좋은 성적 보여 주려고."

"아들아, 항상 건강과 행동 조심하고. 맥주와 담배는 좋지 않단다. 쓸데없는 돈 낭비야. 외국에서 사는 동안 돈 아껴 쓰는 법을 배워야지. 먹을 게 모자라면 부산에 있는 삼촌이나 사촌 누나 경애한테 부탁하렴."

"걱정 그만 하세요. 경애 누나는 여기 기숙사에 자주 와서 내 빨래도 해 주고 밖에 나가 식사도 사 줬어요. 맛있는 수박, 복숭아, 포도, 토마토를 한 바구니 사다 줘서 친구들하고 나눠 먹었어요."

경애는 언니의 딸이었다. 서울에 살고 있는 조카인 경애에게 그녀가 미리 부탁을 해 둔 터라 친동생과 다름없는 폴을 챙겨 주고 있었다.

"하루는 국회의원 집에 가서 통역도 해 줬어요."

"네가 한국말을 잘 알아듣고 통역까지 할 수 있다니 정말 좋구나."

자정이 훨씬 넘었고 통화한 지 삼십 분도 더 됐다.

"이제 그만 끊어야겠어요. 전화비가 꽤 많이 나올 거야. 사랑해요, 엄마."

그날 밤 그녀는 오랜만에 깊이 잠들 수 있었다. 그다음 주말에 폴이 다시 콜렉트 콜을 했다. 그녀의 안부를 묻더니 아들은 소포가 어찌되었는지를 궁금해했다.

"엄마, 비프 저키는 언제 와요?"

"익스프레스로 부쳤다고 말했잖니. 경비원한테 물어봤니?"

"거의 열흘이나 됐잖아요. 뭐가 잘못된 게 틀림없어요. 경비원한테 소포 온 거 없는지 물었더니 아무것도 안 왔다고 했어요. 나 정말 먹고 싶어 죽겠는데."

아들의 낙담한 목소리를 들으니 그녀도 마음이 흔들렸지만 티를 낼 수는 없었다.

"강해야 한다. 넌 미국 교포 청년이니까 인내심을 기르고 품위를 지켜야 해."

그녀는 조금만 참고 견디면 소포가 곧 도착할 거라고 달랬다.

"서울에 있는 동안 잊지 못할 추억들을 많이 만들 수 있을 거야."

"오케이, 엄마. 서머스쿨 졸업할 때 꼭 오셔야 해요!"

　며칠 후에 아들은 다시 전화해서 소포에 관해 물었다. 그녀도 마침내 소포가 분실돼 결코 도착하지 않을 것이라고 결론지었다. 기숙사에 머무는 외국 학생들의 소포를 챙겨 주지 않는 관리 사무소 직원들이 한없이 원망스러워 마음이 아팠다.

　"집에 오면 네가 먹고 싶은 것 다 해 줄게."

　"엄마, 꼭 졸업식에 오세요. 나 학기말 시험 쳤는데 아주 잘한 거 같아."

　"그럼, 내가 가지. 약속하마. 졸업식 끝나면 우리 부산으로 여행 가서 삼촌과 할아버지 댁, 이모 댁에도 가고 재미있는 일을 많이 하자꾸나."

　"엄만 내가 왜 열심히 공부했는지 알아?"

　"외로운 엄마를 위해서 그리했다는 걸 알고 있단다."

　그녀는 다시 한번 한국에 갈 것이라고 약속하고 항공편 번호와 도착 시간을 알려 주었다.

　"엄마, 날 사랑해?"

　아들은 장난처럼 물었다.

　"그럼, 굉장히 사랑하지."

　그녀는 아들의 서머스쿨이 무사히 완료되기를 기다렸다. 서울에 있는 향기 언니를 비롯해 경애와 조카들, 대구에 있는 오빠, 부산에 있는 남동생, 그리고 사촌 영원과 모두 전화로 이야기를 나눴다. 가족끼리 모여 청평에 있는 호숫가 휴양지로 놀러가기로 계획을 세웠다. 이제 며칠 후면 가족들을 모두 만나게 될 것이었다. 폴은 그날이 새 차를 사는 것만큼 기다려졌다.

아들을 되찾은 그녀

　이제 곧 폴이 대학 생활을 시작하게 될 것이므로 그녀는 더 이상 세 개의 아파트 건물을 소유하고 유지할 수가 없다는 사실을 깨달았다. 믿을 만한 한 친구가 부동산 투자 전문가를 소개해 주었다. 투자 전문가는 애플 밸리와 유카 밸리에 나와 있는 땅에 관해 이야기하며 한번 방문해 보도록 권유했다. 그녀는 그곳까지 운전해서 이틀 동안 두 군데 지역을 돌아보았다. 그리고 주저 없이 아파트 건물을 팔고 곧 주택단지로 개발될 애플 밸리의 땅 20에이커를 사기로 결정했다. 산타모니카 집으로 돌아오자마자 투자 전문가에게 연락하여 친구인 수잔나의 샌드위치 가게에서 만나기로 약속을 잡았다.

투자 전문가는 한인 커뮤니티에서 엘리트 명사로 널리 알려져 있었다. 이 거래로 큰 커미션을 받게 됐으므로 그 전문가는 이태리 식당으로 그녀를 초대하여 토지 구매의 마지막 세부 사항을 처리하겠다고 제안했다. 그녀는 동의했다. 샌드위치 가게를 떠나려는데, 수잔나가 그녀에게 다가왔다. 수잔나의 얼굴이 어두웠다.

"리사, 가능한 한 빨리 서울에 가 봐야겠어."

그 말이 순식간에 그녀를 꿰뚫어 버렸다. 수잔나의 표정과 목소리에서 불길한 예감이 들어서였다.

"폴이 아파서 어제 병원에 입원했다고 들었어. 자세한 얘기는 정말 모르겠는데, 경아 엄마가 전화했단다. 너희 집에 전화했는데 안 받았다고."

그녀는 휘청거리며 의자에 털썩 주저앉았다. 수잔나는 자세한 소식을 알고 있으면서도 감추고 있는 것 같았다. 그녀는 몸이 덜덜 떨려서 한동안 그대로 앉아 있어야 했다. 수잔나에게 비행기 티켓을 예약 좀 해 달라고 했다. 수잔나의 남편이 항공사에서 일하고 있기 때문이었다. 집으로 차를 운전해 돌아오면서, 그녀는 몇 가지 시나리오를 가정해 보았다. 자동차 사고로 다쳤다. 넘어져서 다리가 부러졌다. 강도에게 맞았다.

그녀는 급하게 주차하고 집으로 뛰어 들어갔다. 자동응

답기에 여러 개의 메시지가 녹음되어 있었다. 그녀는 확인 버튼을 눌렀다.

"UC리버사이드의 미스터 남입니다. 빨리 제 사무실로 전화해 주세요."

"여보세요, 이모. 저 경애예요. 제 아파트로 전화 좀 해 주세요."

분명하게 용건을 남기지 않았다는 건 뭔가를 숨기고 있다는 의미일 수밖에 없었다. 그녀는 고개를 저었다. 마치 그렇게 하면 끔찍한 예감을 모두 털어내 버릴 수 있다는 듯이. 그녀는 한국으로 전화를 걸었다.

"여보세요, 경애니?"

"아, 이모. 전화 기다리고 있었어요……. 오, 이모."

조카는 말을 잇지 못하고 흐느꼈다.

"폴이 어떻게 됐는지 사실을 말해다오. 죽을 각오가 돼 있단다. 다 말해 줘. 모두 다 말이야."

그녀의 질문에도 조카는 흐느끼기만 했다. 그녀는 감정을 제어할 수가 없었다.

"이모, 거기 누가 함께 계세요?"

"아니, 뭐가 비밀이야? 도대체 너 왜 이렇게 머뭇거리는 거야. 빨리 나한테 말하라니까."

그녀는 신경질적으로 소리를 질렀다.

"자동차 사고였니? 죽었어?"

"이모, 저는 말할 수가 없어요. 제 남편과 삼촌에게 물어 보세요. 다들 병원에 계세요."

그녀는 전화기를 거칠게 내려놓았다. 여전히 어리둥절한 상태였다. 그러자 곧이어 전화벨이 울렸다. 그녀는 천천히 수화기를 들었다. UC리버사이드의 미스터 남이었다.

"제 아내가 삼십 분 안에 도착할 겁니다. 그녀가 함께 있어 줄 거예요. 마음을 진정하시기 바랍니다."

"그런데 무슨 일이에요? 정말 모르겠어요."

"정말 모든 것이 죄송합니다. 더 이상은 말씀드릴 수가 없네요, 미시즈 리."

"도대체 왜 모두들 이렇게 숨기는 거죠? 왜 이렇게 쉬쉬하는 거예요?"

그녀는 수화기를 쾅 하고 내려놓았다가 UC리버사이드의 한국 프로그램을 맡고 있는 사무실에 전화해야겠다고 마음먹었다. 미국 사람은 정직하고 솔직하게 말해 줄 테니까. 그녀는 즉시 전화를 걸었고 학생과로 연결되었다. 부드러운 목소리가 친숙하게 들려왔다.

"폴의 엄마 리사입니다. 한국으로 떠난 학생, 폴 리 말인데요. 그에게 무슨 일이 일어났습니까?"

"네, 당신을 기억합니다. 끔찍한 일이에요. 너무나 죄송합니다. 당신의 아들 폴 리는 세상을 떠났답니다."

그녀는 전화기를 떨어뜨리고 그 자리에서 스르르 주저앉았다. 깊고 어두운 동굴에 들어선 것처럼 눈앞이 캄캄해지더니 세상의 모든 소리가 사라졌다. 그녀는 죽은 듯이 기절했다. 기절한 그녀를 발견한 건 UC리버사이드의 미시즈 남이었다. 미시즈 남은 그녀의 얼굴을 얼음 수건으로 닦아 주었다. 그녀가 실눈을 떴다. 그녀의 눈에 비치는 건 낯익고도 낯선 천장이었다. 물 한잔 마시라는 목소리가 그녀의 귀에 들렸다.

"마음을 추스르세요. 우리 함께 3시 비행기로 서울에 가야 한답니다."

미시즈 남은 짐을 어떻게 싸야 할지, 옷을 몇 벌 넣을지, 옷이 어디에 있는지를 그녀에게 물었다. 그녀는 벙어리처럼 한마디도 대답할 수가 없었다. 이른 오후였지만 온 세상은 암담하고 어두웠다. 목이 타는 것 같았다. 마치 뜨거운 불꽃이 그녀의 목을 지지는 것 같았다.

그녀는 미시즈 남이 운전하는 차의 옆자리에 앉았다. 아무 생각도 나지 않았다. 그녀는 눈을 감았다. 눈을 감았을 뿐인데 정신을 잃고 말았다. 공항에서도 미시즈 남은 얼음물을 가져와 그녀가 마시게 했다. 비행기에서는 미시즈 남이 그녀에게 맥주를 권했다. 그거라도 마시지 않으면 견딜 수 없을 것 같았다. 그녀는 한 병을 다 마시고, 다시 또 한 병을 마셨다. 술기운에 눈을 감았다. 다시 정신을 잃었다. 정신이 들면 자신이 어디에 있는지 몰라 한참을 허둥거리다 현실을 깨닫고 다시 정신을 놓아 버렸다. 기절하지 않으면 거리의 미치광이처럼 혼잣말을 했고 마구 비집어 나오려는 울음 탓에 가슴을 두드려야 했다. 미시즈 남의 목소리가 들렸다. 그녀를 위로하려는 듯했다.

"이유빈이란 이름은 모든 한인들의 기억에 오래도록 남아 있을 거예요."

그게 위로라니. 그녀는 마리나 델 레이의 메리어트 호텔에서 만났던 날을 생각하자 미시즈 남의 얼굴을 손톱으로 긁어 버리고 싶은 심정이었다. 그들 부부는 "저희가 모든 학생들의 건강과 복지를 돌봐 줄 거예요"라고 하지 않았던가. 그녀의 분노는 비탄으로 바뀌었다.

"미시즈 남, 제발 모든 것을 자세하게 말해 주세요. 폴은 아직 죽지 않았죠? 살아 있죠?"

그녀는 미시즈 남을 잡고 흔들며 말했다. 다른 승객들이 호기심에 찬 눈으로 그녀를 쳐다보았지만, 그녀는 아무것도 알지 못했다.

"유빈이 엄마, 제발 진정하세요. 폴은 이 속된 세상을 떠났답니다. 폴은 우리 주님이 착한 사람을 반갑게 맞아 주시는 축복의 땅으로 갔어요. 이 속세의 세상과 달리 근심과 사고가 없는 영원한 나라 말이에요."

"당신 아들이 죽었는데 내가 당신 위로한다는 의미에서 그런 말을 한다면요?"

그녀가 지금까지 들어온 어떤 말보다 위로가 되지 않는 말이었다. 이 세상이 속되다니, 축복의 땅으로 갔다니, 영원한 나라라니. 엄마를 홀로 남겨 두고 가야 할 축복과 영원의 나라가 대체 어디에 있단 말인가. 그녀는 화가 치솟았다.

"어떤 사고가 일어났나요?"

"기숙사에서 일어난 감전 사고였어요. 아주 짧았고, 폴은 고통 없이 갔어요."

감전사라고? 대학 기숙사에서? 도저히 믿을 수 없는 소리였지만, 미시즈 남은 자세한 내막을 전혀 설명하지 못했다. 고통 없이 갔다는 그 말이 그녀에게는 커다란 고통이었다. 대체 누가 죽어 가는 자의 고통을 알 수 있단 말인가. 누가? 누가?

"폴은 사는 동안 나쁜 짓을 한 적이 없어요. 그 아이는 늘 다른 사람들을 도와주던 죄 없는 아이였어요. 특히 추운 겨울이면 거리의 홈리스들을 도와줬지요. 병원에서 장애인들도 도와줬답니다. 그런데 누가 대체 그 아이의 생명을 가져간단 말이에요."

그녀는 아들과 통화하면서 나누었던 대화를 떠올렸다.
"엄마, 인생이 뭐야? 잠깐 나타났다 사라지는 안개일 뿐이
야……. 엄마는 그걸 믿어요?" 아들은 그렇게 물었다. 마치
자신의 죽음을 예견이라도 한 것처럼. 이 모든 일이 우연으
로만 여겨지지 않았다. 아들의 직관이었다. 아들은 무언가
를 감지했던 것이다.

미시즈 남이 가끔씩 뭐라고 말을 걸었으나 마치 물속에서
들려오는 말처럼 알아들을 수가 없었다. 그녀는 계속해서
중얼거렸고, 승객들은 그녀를 힐끔거렸다. 그녀는 승무원이
가져다준 작은 베개와 작은 이불로 얼굴을 묻고 울었다.

"이모, 여기예요."
그녀 앞에 처음 나타난 사람은 전날 전화했던 조카 경애
였다. 피붙이의 사랑과 위로가 그리워서 끌어안자, 경애는
흐느끼기 시작했다. 그녀는 조카를 더 꽉 끌어안고 통곡했
다. 곧이어 친구들, 친척들 그리고 그녀가 알지 못하는 사람
들까지 그녀 주위를 둘러쌌다. 그들은 서울대학교의 교수들
이라고 소개했다. 대학의 어학연구소와 기숙사에서 나온 두
명의 남자 교수가 그녀를 향해 다가왔다. 아들을 가르쳤다
는 두 사람은 조심스럽게 입을 열었다.
"폴의 죽음에 대해 저희 모두가 너무나도 죄송합니다. 뭐

라 드릴 말씀이 없습니다, 부인."

한 사람이 그렇게 위로의 말을 꺼낸 뒤 다른 사람이 착잡한 목소리로 덧붙였다.

"폴은 동급생 중에서 가장 뛰어난 학생이었습니다. 언젠가 아주 무덥고 뜨거운 날에 반 친구들은 모두 놀러 나갔는데, 폴만 혼자 교실에 남아서 문법책을 읽고 있었습니다. 그는 제게 최고 성적을 받겠다면서 올 A 성적표는 어머니께 드리는 자기 영혼의 선물이 될 것이라고 말했답니다. 폴은 이번 서머스쿨에 미국에서 온 32명의 학생 중에서 가장 착하고 다정다감한 아이였어요."

미국에서 온 학생들의 한국어 훈련을 맡고 있다는 교수의 말은 따뜻하고 친절했지만, 그녀에겐 아무 의미도 없었다. 아니 무슨 말인지 알아들을 수조차 없었다. 누군가에게 이끌려 조카의 차에 올랐다. 여름 내내 아들을 가르쳤던 두 명의 여교수도 함께 타고 있었다. 그녀는 아무 말 없이 차창 밖으로 스쳐 가는 황량한 농촌과 집들을 바라보았다. 둘 중 한 사람이 말했다.

"폴 어머니, 폴이 제 클래스에 왔을 때 귀걸이를 하고 머리가 아주 길었어요. 우리 규칙에는 맞지 않는데 말이에요. 폴이 다닌 고등학교에는 학생의 외모에 관한 규율이 없나요?"

"크로스로즈 하이스쿨은 자유롭답니다. 귀걸이를 해도

되고 머리를 길러도 되지요. 교사들 자신이 격식에 매이지 않은 긴 머리와 자유로운 옷차림을 하고 다녀요."

그녀는 좀 더 분명히 하기 위해 말을 계속했다.

"한번은, 학생 여러 명이 머리를 금발로 염색하고 다녔지요. 저는 아이가 싫증 낼 때까지 내버려두었답니다. 폴은 한 주일 후에 그만두고 다시 검은색으로 염색했어요. 저는 아이가 하고 싶어 하는 것에 대해서는 반대하지 않았습니다. 제가 반대했다면 더 나쁜 짓을 했을지도 몰라요. 폴이 그러더군요. 머리카락이 상하기 때문에 다시는 하지 않겠다고요. 저는 처음부터 알았지만 말리지 않았지요. 폴은 왜 자기가 하도록 놔두었냐고 물었습니다. 그래서 스스로 경험을 통해 배워야 하기 때문이라고 말해 주었어요."

얼마 뒤 차는 아들의 주검이 안치돼 있는 한독병원에 도착했다. 여러 사람에게 둘러싸여 병원으로 들어갈 때 그녀는 기절하여 쓰러질 뻔했으나 사람들이 붙잡아 줘서 간신히 비틀거리며 로비를 지나갈 수 있었다. 남동생 명기가 그녀의 이름을 부르며 달려와 끌어안더니 울음을 터뜨렸다. 올케도 옆에서 울고 있었다. 그녀는 훌쩍이지도 않았고 눈물도 한 방울 흘리지 않았다. 그녀는 신발을 벗고 영안실로 들어섰다. 아들은 굳게 닫힌 짙은 색 관 속에 누워 있었다. 아무도 관을 열어 주지 않았다.

"내 아가, 폴. 내 사랑 유빈. 엄마가 왔어."

그녀의 말은 이제 아들의 귀에 닿지 않는 듯했다. 살아 있다면 아들이 그 말에 대답하지 않을 리가 없었으니까. 그녀는 관 아래 탁자에 놓여 있는 아들의 영정 사진을 부여잡았다. 리본으로 둘러맨 사진이 그녀 손에서 떨어지고 있었다. 그녀는 혀를 깨물며 울음을 참으려 애썼다. 그녀는 아들의 영혼을 안식케 해 달라고 기도했다. 그녀의 목소리는 여기저기로 흩어졌고, 미친 듯한 중얼거림으로 뒤바뀌었다. 헛된 기도였다.

"우리 아들, 꼭 한 번만이라도 보고 싶구나……. 아니, 한 번 안아 주고 싶구나. 내 아들아, 어딨니? 어디 있니? 저기야?"

그녀는 관을 가리키며 그대로 남동생의 품에서 쓰러졌다.

"엄마가 왔는데, 엄마가 여기 있는데, 너는 어디 있는 거니……."

"리사 씨, 잠깐 뵐 수 있을까요?"

전부터 오래 알고 지낸 한국 정부의 관리 미스터 한이 말했다. 그녀는 병원을 나와 길을 건너 찻집으로 들어갔다. 거기에는 그녀의 친척이 다 모여 있었다. 그들은 그녀에게 폴의 시신을 보지 말라고 설득했다. 그녀가 그 모습을 보면 너무 고통스러울 것이라고 여겨서였다.

"내가 엄만데 그럴 권리도 없습니까?"

그녀는 모든 일이 그들의 잘못인 양 소리 질렀다. 지방대학에서 근 사십 년간 철학 교수로 일해 온 그녀의 오빠는 모든 잘못이 기숙사의 행정 직원들에게 있다고 말했다. 보온 물통의 퓨즈가 전에도 학생들의 지나친 사용으로 여러 번 끊어진 적이 있는데 문제를 근본적으로 고치지 않고 기숙사 관리 직원들이 퓨즈를 구리 조각으로 대체했다는 것이다. 그날 밤 아들이 혼자 부엌에 있을 때 보온 물통이 터지면서 임시변통의 부엌이 전기 사형실로 변해 버렸다.

"그건 정말 분명한 과실이고 용서받을 수 없는 일이에요. 학교가 처벌을 받지 않으면 또 다른 사고가 일어날 수도 있으니까요."

남동생도 그렇게 말했다. 그러나 그녀는 기숙사 책임자에 대해 소송하는 일에는 아무 관심이 없었다. 오직 아들을 한 번만 더 보고 만져 볼 수 있기를 바랐다. 그녀의 가족들은 장례식 일정과 장지에 대해서도 의논했다. 그녀는 아들의 시신을 캘리포니아의 로즈힐 공원묘지로 옮겨 가야 한다고 생각했다. 그러나 그 일을 도와줄 만한 친척이 한 사람도 없었다. 그녀는 만약 아들이 한국에 묻힌다면 폴의 무덤은 그녀의 고향, 그녀의 어머니 묘소 가까운 곳에 두어야 한다고 생각했다. 그녀는 그런 일을 해낼 정신이 온당치 않았다. 여러 의견이 분분했기에 결국 남동생에게 묘지와 장례 일정, 그리고 장례 절차와 관련된 모든 문제의 결정을 맡겼다.

"이 약 좀 드세요."

미스터 한이 그녀의 손에 알약을 하나 쥐어 주었다. 그녀는 그게 무슨 약인지 묻지도 않고 삼켜 버렸다. 독약이기를 바랐다. 그 약을 먹고 아들의 뒤를 따라 이 세상을 떠나고 싶었다. 기자들과 경찰들이 쏟아 내는 질문에 숨이 막힐 지경이었다. 신문기자들은 그녀가 한마디라도 해 주기를 간청했다. 어디에서 그런 힘이 났는지 모르지만 그녀는 마치 준비된 말을 꺼내기라도 하듯 담담하게 설명했다.

"저는 서울대학교 기숙사의 잘못으로 희생된 제 아들 폴리를 위해 장학재단을 설립함으로써 추모하고 싶을 뿐입니다. 저는 제 아들이 하늘나라에 간 것을 믿습니다. 추모장학재단은 그에게 아무런 위로가 되지 않겠지만, 아들의 이름으로 다른 학생을 돕는 일을 성실히 함으로써 저 자신의 고통을 달래 보려고 합니다. 그게 전부입니다."

그녀가 일생 동안 했던 말들, 앞으로 해야 할 말들이 그 몇 문장에 전부 담긴 듯했다. 그 말을 내뱉자마자 온몸에서 기운이 빠져나갔다. 그녀가 먹은 약은 수면제였다. 졸음이 밀려왔다. 그녀는 정신을 가다듬고 경찰에게 기숙사 부엌에서 일어난 일을 간단하게 말해 주었다. 사람들 말에 의하면 서울대학교는, 한국 정부에서 운영하는 국립대학이므로 모든 경비는 정부 보험을 통해 처리될 것이었다. 그녀는 소송에 관해 생각할 수가 없었다. 그저 아주 오랫동안 잠을 자고 싶을 뿐이었다. 깨어나지 않고 아들의 곁에서 아주, 아주 오래도록 눈이 뜨이지 않는 잠을 자고 싶었다.

방황

“오늘은 우리 아파트로 가는 게 좋겠다. 화가 날 때는 친척을 찾고, 슬플 때는 친구를 찾으라고들 하지. 넌 지금 너무 슬프잖아.”

그녀의 오랜 친구 선지가 말했다. 어디에 가서 자는가는 중요한 게 아니었다. 모든 것이 아무 의미가 없었다. 그녀는 주위를 둘러싸고 있는 친척들에게 대충 인사하고는 친구의 집으로 향했다. 도착하자마자 친구는 집 안의 전구를 모두 밝은 것으로 교체했다. 심지어 발코니에 있는 외등의 전구도 바꿨다. 어둠침침한 환경과 분위기는 슬픈 사람을 더 우울하게 만든다는 것이었다. 친구의 딸이 그녀를 위해 야채 주스를 만들어 주었고 친구는 잣과 깨를 갈아 넣은 죽을 쑤어 주었다.

　그녀는 수면제를 먹은 다음 이튿날 새벽까지 깊은 잠을 잤다. 꿈속에서도 울었고 깨어나면서도 울었다. 남편이 떠나고 난 뒤 그녀의 텅 빈 마음을 채워 준 사람이 아들이었다. 이제 누가 그녀의 공허한 마음을 채울 수 있을 것인가? 그녀는 스스로가 얼마나 나쁜 엄마인지를 깨달았다. 아들의 죽음 앞에서 자기가 어떻게 살 것인가를 걱정하는 용서받을 수 없는 엄마였다. 그녀는 진정하기 위해 또다시 수면제를 먹었다. 그래야 그 밤을 조용히 넘길 수 있을 터. 서울의 날씨는 너무나 무덥고 습도가 높았지만, 그녀는 전혀 느끼지 못했다. 그런 일상적인 감각은 사라져 버렸다. 그녀는 시간 감각조차 없이 마치 의식이 있는 주검처럼 움직일 뿐이었다. 그녀는 가만히 앉았다가도 분노를 터뜨렸다. 그것만이 그녀가 할 수 있는 일이었다.

　"하늘에 계신 주님, 하나밖에 없는 저의 아들 폴을 왜 데려가셨나요? 하필이면 왜 아빠 없이 자란, 이 불쌍한 여자가 키운 우리 아들을 훔쳐 갔어요? 폴은 아빠도 없고, 형제도 없고, 가진 거라곤 고물 차 세비 하나밖에 없는 애잖아요."

　친구는 그런 그녀를 말없이 지켜만 보았다. 화장실 거울에 비친 그녀는 마치 죽은 사람 같았다. 화장도 안 하고 머리는 부스스했으며 옷 입은 모양도 이상했다. 심오한 생각들이 마음속에 일어나는 것 같았다. 그녀가 귀신같은 몰골로 친구에게 물었다.

"우리 폴 장례식이 오늘이지? 오늘은 나가야지."

친구가 고개를 저었다.

"미안해, 사실 장례식은 어제였어."

그녀는 고개를 끄덕였다. 이제 그런 일에는 화를 낼 기운조차 없었다. 그녀는 조카 경애의 집으로 갔다. 그녀는 장례식을 치른 이야기를 전해 들었다. 하관을 마치고 용인의 공원묘지에서 집으로 반쯤 왔을 때부터, 천둥과 번개를 동반한 폭우가 쏟아졌다고 했다. 장례식 비용은 전부 서울대학교에서 부담했다. 대학 측은 버스 두 대와 리무진 한 대를 전세 내 조문객에게 교통편을 제공했다. 조문객들은 어학연구소 교수들과 기숙사 감독과 직원들, 서초성당과 명동성당에서 온 기도팀, 그리고 그녀와 가까운 친척들이었다.

그날 밤늦게 그녀는 혼자 무릎을 꿇고 기도를 드렸다.

"저는 용서받지 못할 죄인입니다. 모든 것이 제 잘못이고, 어리석은 결정이었어요. 정말이지 폴은 처음부터 서머스쿨을 반대했답니다. 제가 여러 번 반복해서 주장했기 때문에 폴이 서머스쿨에 간 거예요. 저는 그 아이에게 작별 인사도 하지 못했습니다. 그리고 사랑하는 우리 아가야, 제발 엄마를 용서해다오. 아니, 엄마가 강요한 결과로 네가 기숙사에서 사고당한 것을…… 엄마는 죽을 때까지 못 잊을 거야. 용서하지 말거라, 아가야. 엄마는 헛되이 대학의 명성을 믿었고 결국 너를 사지로 몰아넣었으니까.”

기숙사에는 학생들이 온수를 공급받는 대형 보온 물통이 있었다. 매일 수십 명의 학생들이 이 보온 물통의 물로 차도 타서 마시고 컵라면도 만들어 먹었다. 나중에 폴의 클래스 친구들이 말해 준 바로는 자기들도 그 보온 물통을 만지거나 온수를 받으려고 버튼을 누를 때면 전기 충격이 찌릿하게 오는 것을 느꼈다고 한다. 그들은 이 문제에 관해 경비원에게 불평했는데 언어 소통이 잘 되지 않아 무시당했다는 것이다. 아들의 친구들은 진작에 기숙사 관리를 책임진 사람을 찾아가지 않은 것에 대해 굉장히 속상해하고 있었다. 누구에게든 일어날 수 있는 일이었다고 그들은 말했다. 그들은 왜 미시즈 남에게 보고하지 않았던가. 그녀는 어디에서 뭘 하고 있었단 말인가. 미시즈 남의 성실하지 못한 근무 태만으로 그 일이 아들에게 일어났던 것이다. 친구들과 클럽에 갔다가 돌아온 아들은 배가 고프다는 친구들을 위해 라면을 만들어 주겠다고 했다. 그때가 자정이 지난 시간이었으니 보온 물통은 거의 비어 있었고, 뜨거운 물을 컵라면에 따르기 위해 아들은 물통을 들어 올려서 기울여야 했다. 친구들을 위해 간식을 준비하려고 친절했던 폴은 그날 밤 이 땅을 영원히 떠났다. 퓨즈가 나갔을 때 구리 조각으로 교체했다니, 구리 조각이 아들을 죽인 것이다. 구리 조각이 범인이란 말인가? 그녀가 생각하기엔 전기회로를 잘 살펴보지 않은 기숙사 감독이 살인자였다. 아니 모두가 문제였다. 미국에서 학생들을 책임지고 간 그들도 문제였다. 그들은 기숙사를 돌아보고 모든 상황을 점검해야 했다.

그녀는 남동생에게 이 사고와 관련된 일체의 문제를 맡아 달라고 부탁했다. 대부분의 친척들은 그녀가 아들의 죽음에 대한 보상을 받아야 한다고 주장했다. 어떤 돈도 아들을 살려 낼 수는 없는 일이었다. 장례식은 서울대학교장으로 치러졌다고 들었다. 아무것도 그녀를 이해시키지 못했다. 그녀는 서울대학교란 말만 들어도 소름이 돋았다. 서울대학교로 간다는 버스만 봐도 자신도 모르게 고개를 돌려 버렸다.

그녀는 서울이 싫었다. 아들의 장례식에 대한 이야기를 듣고 그녀는 곧장 LA로 돌아왔다.

그녀가 없는 동안 메시지를 자동응답기가 잘 받아 주었다. 거기에는 수많은 메시지들이 남겨져 있었다. 그녀의 친구들과 아들의 학교 친구들이 남긴 애도의 메시지였다. 그들은 모두 그녀에게 서울대학교와 기숙사 감독, 직원들을 대상으로 소송을 제기하라고 종용했다. 그리고 모두들 아들의 영혼을 위해 신앙을 잃지 말라고 격려해 주었다. 많은 이들이 그녀를 찾아와 죽은 아들에 대한 자랑스러운 이야기를 나누고 위로의 말을 건넸다. 폴의 친구들이 왔던 날 밤에는 깊은 슬픔과 환영에 빠져 허우적거렸다. 참는 데도 한계가 있었다. 그녀는 그저 죽어서 폴에게 가고 싶었다. 밤에 잠을 자지 못했고, 낮에는 자꾸만 전화가 걸려 와 깨어나곤 했다.

수면제를 먹으면 나른하고 정신을 차리기 힘들었다. 한번은 수면제 약병을 쓰레기통에 버렸는데 얼마 못 가 또다시 꺼내서 먹고는 깊은 슬픔 속에 파묻히고 말았다. 그녀는 낮이고 밤이고 와인을 마시기 시작했다. 그리고 나중에는 그것이 위스키로 변했다. 그녀는 술을 마시며 울었고, 잠에 빠져들었다. 잠을 자면 꿈속에서 폴이 나타나곤 했다. 어떤 때는 천국에서 아들을 만나는 꿈을 꾸었다. 폴은 기타를 치고 있었고, 그녀는 아들과 함께 가스펠 송으로 노래하기도 했다. 그 순간만은 행복했다. 그러나 꿈은 깨어나기 마련이었고, 계속해서 그녀는 술을 마셨다. 위스키 중독조차 끝없는 슬픔에서 그녀를 구해 주지는 못했다. 그녀의 몸은 점점 여위어 갔다.

그녀는 병원을 찾아갔다. 의사는 신경을 안정시키는 약을 처방해 주었다. 때때로 그녀의 몸이 구름 위를 흐르며 떠다니는 것 같았다. 어떤 때는 사흘 밤낮을 쉬지 않고 잔 적도 있었다. 그녀는 잠을 자며 아름다운 꿈을 꾸는 것이 좋았다. 꿈속에서는 아들을 만날 수 있었으니까.

술을 마시지 않을 때면 산타모니카에서 아들이 갔던 여러 곳을 찾아다녔다. 아들이 자원봉사자로 일했던 경찰서, 크로스로즈 하이스쿨 캠퍼스, 링컨 중학교, 브렌트우드의 켄터 캐년 초등학교, 아들이 밤이면 공부했던 몬타나 도서관과 산타모니카 도서관, 링컨 공원의 테니스 코트, 농구 코트, 랜초 공원의 골프 코스, 버거킹, 맥도널드, 피자헛, 그리고 쇼핑몰들……

그러면서 여전히 환상과 착각 속에서, 심지어 환각 상태에서도 아들을 자주 만났다. 한번은 차 문을 열고 신발을 차 밖에 벗어 둔 채로 거기 앉아서 아들에 대한 몽상에 빠졌다. 또 다른 날은 차를 닦으면서 자동차 내부에까지 물을 뿌리기도 했다. 부엌 바닥을 닦고 나서 젖은 걸레를 냉장고 안에 넣은 적도 여러 번 있었다. 전화기를 냉동실에 넣어 두고는 하루 종일 찾아 헤맨 적도 있었다. 시계를 찬 손목에 시계를 또 하나 차고는 외출해 돌아다니면서도 왼팔에 시계를 두 개 차고 있다는 사실을 전혀 몰랐던 일도 있었다. 어느 날에는 집에 돌아와 급히 화장실에 가야 했는데 부엌으로 가서 어찌해야 할지를 모르고 여기저기 헤매기도 했다. 그제야 그녀는 도움이 필요하다는 사실을 깨닫고 정신과 전문의를 찾아갔다.

"신경쇠약입니다. 한동안 약을 드시면 되니 걱정 마세요."

의사가 처방해 준 분홍색 알약은 그녀를 진정시키기는커녕 오히려 더 무기력하고 공허하게 만들었고 심장은 불규칙적으로 요동쳤다. 그해 가을부터 서울대학교 어학연구소와 기숙사 감독으로부터 몇 통의 편지가 왔다. 편지들은 위로의 말로 가득 차 있었지만, 그녀의 기분을 나아지게 하지는 못했다. 기숙사와 관련된 한 교수는 선물을 들고 찾아왔다. 받기는 했지만, 그녀는 포장지를 열어 보지도 않았다. 그녀는 아들의 방을 수십 장의 사진들로 도배했다. 아들이 스키 타고, 카약을 하고, 수영하고, 승마하는 사진들, 여자 친구들과의 로맨틱한 사진들도 붙였다. 그의 침대는 새 시트로 꾸몄다.

그녀가 꿈에서 본 아들은 부검을 거친 몸은 아니었다. 그녀가 직접 본 건 아니기 때문인 듯했다. 사실 아들은 부검을 실시했다. 그녀에게는 고통스러운 결정이었다. 부검의가 폴의 몸과 심장을 잘라서 열어 본다는 것은 생각만 해도 견딜 수가 없었다. 그러나 그렇게 해야만 사인을 정확하게 규명할 수 있다는 것을 알고 있었다.

"미안하다, 폴. 사람들이 너를 또 아프게 할 거야. 하지만 우리는 네가 건강했고, 너의 죽음이 병이 아니라 감전에 의

한 것임을 증명해야 한단다.”

그녀는 남동생에게 아들의 부검을 허가하는 문제 역시 위임했다. 그러자 학교 당국자들은 아들이 심장마비로 죽은 것 같다는 말을 하고 다녔다. 의사들은 서울대학교 출신이었다. 그녀는 그들의 의견을 믿을 수 없었다. 그들은 이 문제를 덮으려 하는 것 같았다. 남동생은 폴이 미국 시민이므로 미국 대사관의 도움을 받을 수 있을 것이라고 권했다. 그녀는 미국 대사관에 전화를 걸어 도움을 요청했고, 폴의 부검을 실시할 때 증인이 될 미국 팀이 결성됐다. 부검 결과의 사인은 감전이었다고 판단이 나왔다.

그런데도 학교 당국자들은 계속 변명을 하고 책임을 회피하려 했다. 문제의 해결을 질질 끌자 그녀는 점점 더 화가 났다. 마침내 대학 총장으로부터 편지가 날아왔다.

서울대학교가 합의를 제안한 것이다. 대학의 제안은 아들의 추모장학재단을 설립해 매년 학업 성적이 뛰어난 학생 스무 명에게 아들의 이름으로 장학금을 지급하겠다는 것이었다. 그러나 얼마의 기금이 조성될 것인지, 어떻게 사용할 것인지에 대한 구체적인 언급은 없었다. 또한 장학금을 지급한다 해도 그 학생들이 폴을 얼마나 기억해 줄지 알 수 없는 노릇이었다. 대학의 사정을 잘 아는 이들은 사실 어떤 학생도 장학금을 받는다 해서 고마워하지는 않는다고 조언해 주었다. 차라리 그 기금으로 미국에서 엄마가 직접 장학재단을 운영하는 게 낫겠다고 생각했다.

그녀는 부산의 동생에게 편지를 써 보냈다. 그와 동시에 서울대학교 총장에게도 자신이 직접 장학기금을 운영하기를 원한다는 내용의 편지를 보냈다. 몇 주 후 총장은 그녀의 요청을 거부하는 편지를 보내왔다. 그 이유는 대단히 애매모호했다. 서울대학교는 사립대학이 아니라 국립대학이다. 따라서 국립대학의 총장으로서 자신은, 그녀가 요청한 기금의 운영을 처리할 권한이 없다는 것이었다. 그 후로도 대학 측은 그녀와 합의를 이루기 위한 편지를 계속 보냈다. 그녀는 무시해 버렸다. 그리고 주변의 조언을 받아들여 변호사를 선임했다. 그녀의 변호사가 한국 정부에 소송을 알리는 서류를 보냈지만, 한국 정부로부터는 아무런 반응이 없었다.

그녀는 하나씩 알아 가는 중이었다. 아들의 죽음과 같은 사건이 이 세상에 얼마나 많았는지, 그런 사건들의 진상이 밝혀진 적이 거의 없었다는 사실도. 누군가 죽었지만 아무도 책임지려 하지 않기 때문이라는 사실도. 그녀는 대학이 보낸 거라면 뭐든 뜯어 보지도 않았다. 하지만 서머스쿨을 진행하는 동안 폴의 사진과 글이 담긴 소포는 열어 보지 않을 수 없었다. 열었다. 아들의 사진을 보고 일기를 읽었다.

그녀는 일기의 한 글자마다 그것이 마치 아들의 뺨이라도 되는 것처럼 쓰다듬었다.

아들과 함께 서머스쿨에 참가했던 두 학생 은주와 로버트가 아들의 마지막 말과 증언을 전해 주겠다며 찾아왔다. 그 둘은 서머스쿨에서 대부분의 시간을 폴과 함께 보냈다. 아들이 마지막 전화에서도 그들에 대해 이야기했던 걸 그녀는 기억했다. 그녀는 두 사람을 폴이 공부방으로 쓰던 방으로 들어오도록 했다. 그리고 찬 소다 음료와 달콤한 크래커를 내다 주었다.

"미시즈 리, 저는 폴과 아주 가깝게 지냈어요."

은주가 먼저 말을 꺼냈다. 그녀는 은주의 손을 꼭 쥔 채 무슨 말이라도 해 달라는 듯한 눈빛으로 로버트를 바라보았다. 로버트가 무겁게 입을 뗐다.

"폴은 매일 어머니 걱정을 했답니다. 어머니가 자기 때문에 재혼도 안 하고 힘들게 살아오셨다고요. 그는 어머니가 좋은 남자를 만나서 결혼도 하고, 그래서 자기도 좋은 계부를 갖게 되기를 바랐어요. 어머니와 새아버지가 손을 잡고 걷거나 함께 여행을 다니는 모습을 보고 싶어 했죠."

그녀의 눈에서는 눈물이 차올랐다. 로버트는 당황했지만 진지하고 침착하려 애쓰고 있었다.

"이 소포 안에 폴의 신발이 들어 있습니다. 폴을 기억하기 위해 간직하고 싶었지만, 저의 어머니가 갖다 드리는 게 좋겠다고 하시더군요. 고인이 좋아하던 유품이니까요."

로버트가 비닐 백을 열고 신발을 꺼냈다. 서울로 떠나기 전 그녀가 폴에게 사 준 새 신발이었다. 아들은 돌아오지 않고 빈 신발만 돌아오다니. 아무 말도 하지 않고 그녀는 그 신발을 가슴에 끌어안았다. 로버트와 은주가 떠난 뒤 그녀는 신발에서 나는 어떤 냄새를 맡았다. 아마도 아들의 발 냄새이리라. 그녀는 신발 여기저기에 코를 묻었다. 그리고 신발 두 짝에 양손을 끼워 넣고는 혼자 슬픔에 겨워 통곡했다.

"모든 학생이 떠났다가 머리카락 한 올도 잃지 않고 돌아왔는데 왜 우리 폴만 데려가신 건가요? 왜요, 왜요, 왜요? 제발 그 이유를 말씀해 주세요. 저는 당신을 부인하고 싶어요."

그러나 다음 순간 엄청난 죄의식을 느꼈다. 아들은 홈리스들을 얼마나 도와주려 애썼는지 모른다. 홈리스들을 위해 자신의 사춘기의 삶을 헌신하다시피 했다. 타인의 고통에 공감하고 그들을 위해 자신이 할 수 있는 일을 마다하지 않고 소명처럼 일한 아들이었는데, 그런 아들의 죽음을 어떻게 이해해야 할지 그녀는 알지 못했다. 하늘과 서울대학교를 증오하고 싶었다. 이제부터 무엇을 어떻게 해야 할 것인가? 아무리 생각하고 기도해도 응답은 없었다.

어느 날 그녀는 아들의 방을 청소하면서 평소에는 눈에 띄지 않던 구석에서 짧은 나무 막대기를 발견했다. 그녀는 아들이 학교 규칙을 어겼거나, 집에서 태도가 좋지 않으면 매를 들곤 했다. 아들이 중학교에 다니던 무렵, 하루는 집에 오더니 무작정 청바지를 걷어 올리는 것이었다.

"엄마, 제 종아리를 때려 주세요."

"왜 그래? 뭘 잘못한 거니?"

"어떤 사람이 자전거를 훔쳐 갔어요. 엄마가 사 준 자물쇠를 끊고서요."

"누가 체인을 끊고 네 자전거를 가져갔다고?"

믿어지지 않는 그녀가 아들의 눈빛을 관찰했다. 아들은 갑자기 얼굴이 변하더니 바른말을 하기 시작했다.

"아니에요. 다 제 잘못이에요. 자전거에 체인 거는 걸 잊어버렸거든요."

아들은 거의 울기 직전이었다. 그녀는 머뭇거렸다. 용서해 줄 것인가? 벌을 줄 것인가? "매를 아끼면 자녀를 망친다(Spare the rod and spoil the child)"는 속담이 있지 않은가. 그녀의 마음 깊은 곳에서는 매를 드는 것이 편치 않았지만, 종아리를 회초리질하는 것 외에 다른 선택의 여지가 없는 일이라고 느꼈다. 그러지 않으면 폴이 버릇없는 아이가 될지도 모른다고 생각했다. 그녀는 여러 대를 때렸고 종아리는 피멍이 들어 부풀어 올랐다. 이 가혹한 벌이 초등학교 시절에도 부주의로 자전거를 두 대나 잃어버렸던 일까지 포함한다고 정당화시켰다. 다리에 생긴 상처 때문에 아들은 찌는 듯한 더위에도 긴바지를 입고 다녔다.

"폴, 더운데 반바지 입어."

"반바지 입으면 다리에 상처가 보여 학교 선생님이 물으면 거짓말 못하고, 그러면 학교에서 엄마와 나를 분리시킨단 말이야. 난 엄마와 떨어져 살고 싶지 않아요. 내 친구가 한국 아인데 학교에서 신고해서 엄마랑 분리시켜서 당분간 엄마와 못 살게 됐어요."

그녀는 아들의 종아리를 때린 것을 뼈저리게 후회했다. 어떤 상황에서도 아이를 때리는 것은 큰 잘못이었다. 문화가 다른 나라에서 아이를 교육하기란 그녀부터 철저한 공부가 필요한 거였다. 그러니까 그 막대기는 아이에게 깊은 상처를 준 막대기였던 것이다. 그녀는 두 손에 막대기를 든 채 망연히 서 있었다. 이윽고 그녀는 그 막대기로 자기의 종아리를 수없이 내리쳤다. 한 대, 두 대, 세 대……. 그녀는 지칠 때까지, 종아리에 피멍이 들어 터질 때까지 계속해서 자신의 종아리를 내리쳤다.

슬픔과 슬픔이 만나

어느 날 이른 아침이었다. 누군가 점잖게 현관문을 두드리는 소리에 잠에서 깼다. 그녀는 넓은 응접실을 가로질러 문으로 달려가 "누구세요?" 하고 물었다.

"엄마, 저예요. 엄마 아들, 폴이에요."

아들이 웃는 얼굴로 현관에 서 있었다.

"오, 애야. 잘 지내고 있었니?"

그녀는 손을 뻗어 아들을 안으려고 했다.

"안 돼요, 엄마. 저에게 손대지 마세요."

'엄마한테 왜 그러는 거지?' 그녀의 마음에 의혹이 생겨났다.

"너는 전에 나와 살던 때보다 더 멋있고 더 건강해 보이는

구나."

"네, 하늘나라에는 오염도 없고 질병이나 범죄도 없거든
요."

"폴, 우리 소파에 좀 앉자."

"저는 지금까지 엄마가 한 일을 전부 알고 있어요."

은은한 헤일로에 둘러싸인 아들이 그녀를 향해 씩 웃었
다.

"엄마, 저 사실은 하나님 모르게 여기 온 거예요. 제가 중
요한 말씀을 해 드릴 테니 잘 들으세요. 한 알의 밀이 땅에
떨어져 죽지 아니하면 한 알 그대로 있고, 죽으면 많은 열매
를 맺느니라. 자기 생명을 사랑하는 자는 잃을 것이요, 이
세상에서 자기 생명을 미워하는 자는 영생하도록 보존하리
라."

그러고 나서 아들은 그녀가 뭐라 묻기도 전에 사라져 버
렸다. 그녀는 전화벨 소리에 깨어났다.

"너무 일찍 걸어서 죄송합니다만, 리사 리 씨와 통화할 수
있을까요?"

"네, 전데요."

"저는 엘렌 박이라고 합니다. 괜찮으시다면 언제 한번 뵙
고 싶은데요."

그녀는 엘렌을 퍼시픽 코스트 하이웨이에 있는 '문 새도

우'라는 레스토랑에서 만났다. 방파제 건너편에서 부서진 파도의 잔물결이 레스토랑 아래까지 밀려 들어왔다. 그녀가 아들과 자주 다니던 식당이기도 했다.

그들은 태평양이 내려다보이는 코너 부스에 앉았다. 몇 척의 요트들이 부두 안쪽에 정박돼 있었다. 엘렌은 젊은 여성이었다. 차림새도 고상했고, 첫인상이 매력적이었다.

"만나 주셔서 감사합니다. 바쁘신 줄 알고 있어요."

"네, 그래요. 그런데 제게 하고 싶은 말씀이라도?"

"그게요, 미시즈 리. 좋지 않은 이야기를 해야 할 것 같아 곤혹스럽습니다."

엘렌은 한참을 머뭇거리다 결심한 듯 입을 열었다.

"제 딸이 자살을 기도했어요."

갑자기 엘렌의 눈에서 눈물이 흘러내렸다. 테이블 위에 올려놓은 두 손이 떨리고 있었다. 그녀는 가만히 엘렌의 손을 잡아 주었다.

"병원을 나오면서, 딸애는 왜 자기를 구했느냐고 불평했답니다."

"몇 학년이죠?"

"중학생이에요."

"딸이 왜 그랬는지 혹시 알 수 있나요? 친구나 남자 친구와 문제가 있는지요? 무슨 고민이 있을까요?"

"사실은 저와 딸 사이에 큰 문제가 있답니다. 우리 둘 사이에는 아무런 대화가 없어요. 딸은 아빠를 닮아서 내성적이에요. 그 아이가 자랄 때 저는 늘 할 일이 많았고 걔도 그랬어요. 그러니 함께 시간을 보낸 적이 거의 없답니다."

그녀는 엘렌의 문제와 눈물을 이해할 수 있었다. 그리고 일종의 책임감을 느끼며 엘렌의 이야기에 끝까지 귀를 기울였다.

"엘렌, 저도 고등학교에 다니던 시절에 비슷한 경험이 있답니다. 저 또한 자살을 기도했거든요."

그녀는 아무에게도 하지 못했던 이야기를 꺼내 놓았다. 그 시절이 떠오르면 저절로 몸서리가 쳐졌다.

"아스피린 한 통을 모두 먹고는 혼수상태에 빠졌지요. 병원에서 깨어나 보니 엄마가 옆에서 울고 계셨어요. 저는 지금도 돌아가신 어머니께 죄송한 마음이 듭니다. 지금은 이런 생각이에요. 남자애들이나 여자애들이나…… 이유 없는 반항이라고. 게다가 저도 그때 엄마에게 왜 저를 구했냐며 불평하고 짜증을 냈거든요. 오랜 후에 저 자신을 깊이 들여다보면서, 엄마와 내가 서로 깊이 사랑했다는 걸 깨달았습니다. 엘렌, 이 모든 일은 우리가 서로를 이해하지 못해서 일어나는 것이라고 솔직하게 말할 수 있어요."

"당신의 말이 맞아요. 딸과 저 사이에 상호 이해가 부족하다고 생각해요.”

엘렌은 뺨에 흘러내리는 눈물을 닦으며 고개를 끄덕였다.

“그런데 리사 씨는 어떻게 아들을 혼자서 그렇게 잘 키우셨어요? 어떻게 소년 산타클로스가 됐죠?”

“폴은 저에게 많은 사랑을 받았어요. 남편 있는 엄마들이 줄 수 있는 것보다 훨씬 많이요. 저는 남편을 잃었기 때문에 저의 모든 열정과 애정이 언제나 아들에게로 갔죠. 하지만 잘못했을 때는 매를 아끼지 않고 벌을 주었어요. 사실은 그렇게 교육시킨 걸 후회하고 있습니다. 지금은 아이를 절대 때려서는 안 된다는 것을 깨달았어요. 때리는 것으로는 아무것도 이룰 수가 없어요. 부모와 자녀 사이에 공포와 불신만이 생기지요. 그러니까 저도 남들만큼은 실수를 한 셈이지요. 하지만 아들과 같이 많은 시간을 함께 보낸 것은 다행으로 생각합니다. 우린 여행도 자주 하고 산책도 하고 운동도 하고 영화관과 도서관에도 자주 갔었죠.”

“하지만 워킹 맘은 시간이 넉넉지 않잖아요.”

“그래서 시드머니를 준비할 때까지는 험한 일을 했지만, 아이를 한국에서 데려와서는 시간을 함께하려고 렌탈 사업을 했어요.”

“당신의 사연을 알고 나서 위로받은 느낌이었어요. 아들에 대한 어머니의 사랑을 느꼈거든요. 전해 들은 것보다 더 당신은 정말 사려 깊고 주의 깊은 어머니입니다.”

“사랑은 아이들의 영혼의 나무를 키우는 비료랍니다.”

“좋은 조언과 호의에 너무나 감사드립니다, 미시즈 리.”

“따님을 사랑하고 또 사랑하세요. 그 애가 ‘엄마, 사랑해요’라고 말할 때까지요. 당신이 정말로 열심히 사랑해 주면 언젠가는 그렇게 말을 할 거예요. 제 말 믿으세요. 사랑을 주면 반드시 좋아집니다. 화초가 죽을 것처럼 시들다가도 물을 주면 생기 있게 살아나잖아요.”

그들은 식사를 끝내고 레스토랑을 나왔다. 그녀는 작별 인사를 하면서 엘렌을 껴안고 부드럽게 등을 토닥였다. 엘렌 이후로도 자녀와 문제를 갖고 있다는 여러 명의 부모가 그녀에게 연락을 해 왔다. 그녀는 아이들이 언제든 반항적이 될 수 있고 온 가족에게 큰 혼란을 가져다줄 수 있다는 것을 경험으로 알고 있었다. 또한 이 아이들과 부모들은 모두 많은 칭찬과 사랑이 필요하고, 그 사랑을 받아야 한다는 것도 알았다. 그녀에게 상담하러 오는 사람들은 저마다의 사연이 있었다. 자동차를 훔쳐서 교정 시설로 보내진 십 대 탈선 자녀의 어머니, 친구를 죽이고 장기복역수가 된 아들을 둔 어머니, 아들을 갱 단원의 총격에 잃은 어머니, 가족과 친구들의 돈을 훔친 마약중독자의 어머니, 열네 살에 임신한 딸이 있는 어머니, 아이가 코마 상태에 빠져 고통스러워하는 어머니, 안 믿는 사람들을 전도하다가 자신이 이교도가 돼 버린 아들의 어머니.

그녀는 이들과 만나 많은 이야기를 나누었다. 동시에 코헨 대학교에서 신학과 상담학 과목들을 선택하고 공부했다. 성경을 공부하고 비유들을 이해하려고 최선을 다했으며 자신의 쓰라린 경험으로 누군가를 위로할 수 있다는 사실이 사명처럼 깨달아졌다. 그녀는 점차 신경안정제와 와인을 멀리하게 되었다.

그리고 마침내 긴 소송의 마침표를 찍는 평결의 날이 다가왔다. 그녀가 법원 중정에 내려서니 정원에는 비가 오고 있었다. 오랫동안 기다려 온 날이었다. 그녀는 심플한 회색 스커트에 흰색 블라우스와 검은 재킷 차림으로 변호사 사무실에 갔다. 그녀의 변호사인 스티브와 필립은 격식을 차려서 그녀를 맞고 조언을 해 주었다.

"우리가 질문할 때만 답변하십시오. 법정에서는 누구와도 말하지 마세요. 오늘 기분은 어떠세요?"

"레이크 타호 호수처럼 평온합니다."

"밖은 구름 낀 흐린 날씨네요. 하지만 구름 뒤에는 밝은 태양이 있는 법이지요."

법정은 사람들로 꽉 차 있었다. UC리버사이드의 변호사들은 도덕적·재정적 해결을 위해 법정에 나왔지만, 서울대학교 측은 나타나지 않았다. 기숙사 부엌에서 누가 죽은 게 자기네 책임이 아니라고 발뺌만 했던 그들이 아니던가. 그것은 자기네 양심과 서울대학교와 한국이란 나라까지 부끄럽게 한 수치가 아닌가 말이다. 서울대학교의 무반응이 너무도 불쾌해서 변호사들은 전략을 바꿔 UC리버사이드와 합의하기로 결정했다. 그녀의 변호사인 스티브와 필립, UC리버사이드 변호인들, 그리고 판사가 그들만의 미팅에 들어갔다. 그녀는 거의 한 시간 동안 조용한 법정에 혼자 앉아 기도하고 있었다.

마침내 UC리버사이드는 자기네가 학생들의 호스트로서 역할을 했기 때문에 폴의 죽음에 책임이 있다고 인정했다. 직접적인 책임자인 서울대학교 측은 발뺌했는데 UC리버사이드에서 그렇게 신사적인 태도를 보여서 그녀는 그들에게 감사를 표했다. 그녀의 변호사들이 활짝 웃으며 다가왔다.

"UC리버사이드가 두 가지 옵션을 내놨습니다. 첫째는 20년 동안 당신에게 보험금을 지급하거나, 둘째 20년 동안 폴의 추모장학재단에 기금을 지급하는 것입니다. 그들은 혹시 당신에게서 다른 요구가 있다면 그것도 고려하겠다고 했습니다."

그녀는 두 번째 옵션을 택했다. UC리버사이드는 또한 보너스 기금으로 자격 있는 UC리버사이드 학생들에게 폴의 이름으로 장학금을 지급할 것이라고 덧붙였다. 자신들의 책임을 부인할 뿐만 아니라 법정에 대리인 한 사람도 보내지 않은 서울대학교의 부도덕성에 상처받은 마음에 조금은 위로가 되었다.

그녀는 추모장학금을 아들이 원할 것이라고 생각되는 방식으로 지급하기로 결정했다. 아들은 제때 렌트비를 못 내는 흑인과 히스패닉 테넌트들에 대해 특별한 동정심을 갖고 있었다. 그리고 언제나 그녀에게 그 사람들은 대개 다른 사람들보다 가난하니까 엄마가 좀 이해해 주라고 말했다. 그녀는 연례 장학금 두 개는 흑인 학생들에게, 다른 두 개는 히스패닉 학생들에게, 또 다른 두 개는 한인 학생들에게 돌아가도록 결정했다. 아들의 이름을 딴 추모장학재단은 1993년 10월 14일 캘리포니아 주법에 따라 설립됐다.

또한 그녀는 아들이 생전에 매년 11월 추수감사절과 12월 크리스마스 때 했던 것처럼, 홈리스들에게 컵라면과 담요 등을 공급하기로 약속했다. 라면 200상자는 400상자로 두 배가 되어 LA 다운타운 길거리의 홈리스들에게 돌아갈 것이었다.

그녀는 닥터 아브라함 로우가 미국에서 1937년에 세웠다는 '파운더 오브 리커버리(Founder of Recovery, Inc.)'에 가입했다. 이 서포트 그룹으로부터 많은 도움과 위로를 배운 그녀는 1993년 1월 23일 뜻하지 않게 자녀를 잃은 한인 부모들을 위한 서포트 클럽을 만들었다.

LA의 '만리장성'이라는 식당에서 첫 모임을 가졌을 때, 다양한 이유로 아들딸들이 죽은 부모들이 한자리에서 만났다. 만석을 이룬 그들은 여러 아이디어들을 교환했고, 일찍 죽은 젊은이들을 기념하는 사진 앨범을 출판하자는 데 모두 동의했다. 열일곱 살에 자동차 사고로 죽은 미야의 아버지가 그룹을 위해 예쁜 이름 '하프문 소사이어티'를 제안했다. 그 뜻은 반은 하늘에 있고 반은 부모의 가슴에 새겨져 있다는 의미였다.

그녀는 시간을 모두 하프문 소사이어티에 바쳤다. 회원들 대다수가 다른 가족들의 일과 풀타임 잡으로 굉장히 바쁜 사람들이었다. 그녀는 독신인 데다 부동산 에이전트에서 렌탈 사업으로 업그레이드했기에 대체로 시간의 여유가 있었다. 게다가 폴이 떠나고 나니, 이제는 투자 같은 게 그다지 중요한 일이 아니었다. 그녀는 모든 비즈니스 거래를 마무리 지었다. 20에이커의 땅은 교회에 기증했다. 로즈힐 공원묘지에 사 둔 리스(Lee's) 패밀리의 장지는 다른 교회에 기증했다. 아들에게 남겨 주려고 사 두었던 주식과 채권은 싸게 팔았다.

그녀는 매일 한국어 신문에 나오는 부고란을 읽고 어린아이가 죽은 기사를 보면 주소를 적어 놓고 장례식에 가거나 부모를 방문하곤 했다. 신문사로 전화해 불행을 당한 가족의 전화번호를 묻기도 했다. 하프문 소사이어티에 대해 설명하고 불행을 당한 가족을 돕고 싶어 하는 그녀의 의도를 들으면 신문사에서는 기꺼이 전화번호를 알려 주었다. 할 수 있으면 꽃을 사 들고 가족을 방문했다. 그녀는 똑같은 상황에 놓인 어머니들과 특별한 유대를 맺었다. 그 어머니들과 함께 슬픔을 나누면서 강해지려고 노력했다. 그래야 그들의 이야기를 듣고 위로해 줄 수 있기 때문이었다.

유족들을 돕는 것은 좋은 일이었지만, 텅 빈 집으로 돌아올 때마다 그녀는 깊은 슬픔에 다시 빠져들곤 했다. 너무 심하게 우울해져서 자살하고 싶은 적도 한두 번이 아니었다. 그러나 이전과 다른 점이 있다면 그녀는 자신이 진실로 우울증에서 벗어나는 데는 오랜 시간이 걸릴 것이라는 사실을 이해한다는 점이었다. 어쩌면 한평생이 걸릴 수도 있다는 사실을.

시간이 정신없이 흘러 1995년 크리스마스 시즌이 바로 코앞에 다가왔다. 좋은 소식이 지구촌 곳곳을 수놓고 있었다. 그녀는 코스트코 마켓에 갈 때마다 폴이 했듯 라면 상자들을 사다가 차고에 쌓아 두었다. 400상자가 넘는 분량이었다.

크리스마스 시즌에 아들이 은밀하게 했던 것처럼, 그녀도 모든 일을 은밀하게 준비했다. 그녀는 램파트 경찰서와 산타모니카 경찰서에 전화를 걸고 라면을 전달하고 싶다고 말했다. 그리고 혼자 자기 차에 라면 상자들을 싣고 두 경찰서로 갔다. 머잖아 비번인 경찰들과 자원봉사자들이 춥고 외로운 길거리에서 홈리스들과 함께 따뜻한 컵라면을 나눠 먹는 모습을 볼 수 있을 것이다.

"사랑하는 아가야, 너는 영원한 나라로 갔지만 엄마가 지금 너를 대신해 너의 일을 하고 있단다."

아들이 그녀 곁을 떠나고 난 후 처음으로 그녀는 폴을 생각하면서 울지 않을 수 있었다.

"메리 크리스마스, 미시즈 리."

두 명의 경찰관이 그녀를 기다리고 있었다.

"홈리스들을 위해 이렇게 큰 도움을 주셔서 감사합니다, 미시즈 리."

"우리 아들의 일을 엄마가 대신해 하는 거랍니다."

"모든 것에 감사드립니다. 과거에는, 모두가 폴과 함께 좋은 일을 했지요."

경사는 폴을 기억하고 있었다.

"400상자를 가져오려면 여러 번 더 다녀와야 할 거예요."

"미시즈 리, 우리에게 큰 밴이 있습니다. 제가 댁으로 따라가서 가져올게요. 그러면 여러 번 왕복하지 않아도 되지요."

"감사합니다. 하지만 오늘은 이런 일을 하는 것이 무척 행복하네요."

"이번 크리스마스이브는 다운타운 홈리스들이 무척 즐겁게 보낼 수 있겠습니다."

"저도 그러기를 바랍니다."

그날 밤 그녀는 창문을 열고 밤하늘을 바라보았다. 여느 때보다 별들은 유난히 더 빛나고 있었다. 교차로와 고층 빌딩의 불빛들도 만화경처럼 장관을 이루며 반짝이고 있었다. 크리스마스를 상징하는 네온 장식들이 산타모니카를 아름답게 바꿔 놓았다. 밤이 깊었지만, 그녀는 사람들에게 나눠 줄 크리스마스 선물들을 포장했다. 아들의 친구들을 비롯해 지인들에게 나눠 줄 선물들이었다. 그녀는 크리스마스 캐럴을 홍얼거리면서 형형색색의 포장지를 자르고, 포장하고, 리본을 묶었다. 사는 즐거움이 이런 것이라는 것을 느낄 수 있었다. 그러니까 폴이 어떤 심정이었는지를 더 잘 알게 된 기분이었다. 가진 걸 남에게 주고 또 주는 것이야말로 진정한 사랑이라는 걸 폴이 가르쳐 주고 있는 듯한 기분이었다. 그녀의 눈에서 눈물이 한 방울 툭 선물 상자 위로 떨어졌다.

맞은편에서 아들이 익숙한 손놀림으로 선물 상자를 포장하고 있었다. 눈이 마주치자 아들이 천진하게 웃었다. 엄마는 알았다. 아들이 그녀의 가슴속에서 언제나 살아 있음을. 언제나 엄마와 함께하고 있다는 사실을.

3부 엄마를 되찾은 소년

엄마를 되찾은 소년

서머스쿨에 참여하는 32명 전원이 한국에 무사히 도착했다. 이제는 청년이 된 소년도 지쳤지만 보아하니 여자애들이 더 지친 것 같았다. 태평양을 건너오는 긴 여행에서 특별하거나 놀랄 만한 일이 일어나지는 않았다. 소년은 스쿨버스를 타고 교외에 있는 서울대학교 캠퍼스에 도착했다. 배당받은 방에 들어간 다음 소년은 샤워하고 잠시 쉬었다. 땀투성이 몸을 모국의 신선한 물로 씻어서인지 새로운 활기를 느꼈다. 시원한 물도 두 잔이나 마셨다. 다른 학생들은 외출했지만 소년은 일찍 잠자리에 들었다.

이튿날 모든 코리안 아메리칸 학생들은 대학의 규칙과 기숙사 규정에 관한 지침을 받았다. 처음부터 모든 것이 영어와 한국말로 진행됐다. 교사들은 천천히 또박또박 발음함으로써 학생들이 잘 이해할 수 있도록 배려했다. 학생들이 모국에서 생활하고 적응하는 데 꼭 필요한 것들이었다. 소년은 교사들이 학생들에게 한국의 유산과 문화에 대한 자부심을 심어 주고 싶어 하는 것을 분명히 알 수 있었다.

관악산의 여름밤은 평지에서보다 일찍 찾아왔다. 소년이 머무는 기숙사 방은 거대한 푸른 언덕이 보이는 코너에 위치해 있었다. 소년은 멀리 보이는 그 풍경을 사랑하고 아침이면 떠오르는 태양에 감사했다. 6주간의 체류가 이제 시작되었다.

소년은 보이스카우트에서 가졌던 캘리포니아 캠핑 트립과 한밤중의 피크닉, 필드 트립을 좋아했다. 요리하는 법도 거기서 배웠다. 간식으로 국물이 맛있는 컵라면을 즐기기는 하지만 그 외에도 야채를 익히고, 생선을 지지고, 닭고기와 바비큐 돼지갈비를 구울 줄도 알았다. 그러니 기숙사에서의 생활도 잘 견뎌 낼 수 있으리라 믿었다. 그러나 밤이면 수많은 모기가 모여들었다. 침대 위에 드리울 모기장이 필요했다. 소년은 아직 젊고 튼튼하니 모기에 좀 물려도 괜찮으리라 체념했다. 미국 캘리포니아에서 모국의 유산을 배우러 온 용감한 학생이니까. 이쯤은 견뎌 내야 한다고 굳게 다짐했다.

소년은 한글 자모와 한글 속독법을 공부했다. 또한 주어진 낱말을 적절하게 사용하는 방법도 공부했다. 엄마와 한국말로 이야기하고 토요일마다 한글 학교에 다녔던 게 도움이 되었다. 마지막 시험에서 최우수 성적을 받으면 좋겠다던 엄마의 바람을 들어 줄 수 있을 것 같았다.

정오가 가까워 오자 경비원이 소년에게 방문객이 왔다고 전해 주었다. 서울에 사는 사촌 누나였다. 소년은 너무 좋아서 누나를 얼싸안았다. 어릴 때 이모 집에 살 때 함께 살았던 친누나 같은 존재였다. 사촌 누나는 소년의 빨래들을 모두 가져가 다음 날 깨끗하게 빨아서 가져왔다. 한국 음식과 서양 음식 그리고 스시 롤까지 담아서 함께 가져왔다. 소년은 그 음식들을 친구들과 나눠 먹었다.

소년은 수업이 없는 첫 주말인 토요일에 사촌 누나와 함께 가족 파티에 갔다. 소년은 속옷과 양말, 타월을 빨았다. 식구들과 점심 식사를 한 다음 다 같이 한국 영화를 감상했다. 즐겁고 여유로운 하루였다. 그날 밤 소년은 신비하고 짧은 꿈을 꿨다. 독수리가 되어 광활하게 넓은 창공을 날아다녔다. 반쯤은 행복하고 반쯤은 무서운 꿈이었다.

다음 날인 일요일, 엄마 친구의 딸이 소년을 방문했다. 이름이 경아라고 했다. 경아는 동양적인 매력을 풍기는 작은 체구의 미녀일 뿐만 아니라 굉장히 예의가 발랐다. 꽃잎 같은 입술에서 나오는 목소리도 사랑스러웠다. 경아는 소년을 자기 집으로 초대했지만 소년은 거절할 수밖에 없었다. 같은 클래스의 친구가 저녁에 자기 삼촌을 만날 때 통역해 주기로 약속했기 때문이었다. 그 삼촌은 국회의원이며 종업원이 천 명이 넘는 사업체를 운영한다고 했다. 대신 경아는 소년을 데리고 한강 강변도로를 따라 드라이브를 시켜 주었다. 소년은 푸른 강의 잔잔한 수면을 바라보았다. 경아는 운전을 잘했다. 아주 복잡한 교차로를 요리조리 누비며 빠져나갔다. 국회의원 집으로 가기 전까지, 소년은 경아와 함께 시간을 보냈다.

자정 무렵 소년은 기숙사로 돌아왔다. 밤하늘에는 별이 밝게 빛나고 있었다. 친구들이 잠자리에 들었을 때 소년은 하늘의 별을 바라보았다. 엄마 생각이 났다. 세상에 혼자뿐인 불쌍한 엄마. 바로 그날 밤 소년은 별들이 얼마나 아름다운지를 처음으로 알게 된 기분이었다. 캘리포니아에서도 많이 봤었는데도 말이다. 관악산 위로 떠오른 은하수는 소년이 팔을 뻗으면 금세 손에 잡힐 듯했다.

점점 스케줄이 빡빡해졌다. 소년은 우선 한국 역사 숙제를 한 다음 한국어를 공부했다. 해나에게서 전화가 왔지만 소년은 받지 않았다. 소년은 두 가지 때문에 고민이었다. 공부냐 사랑이냐. 이민자로서 많은 고생을 하는 엄마 생각을 하지 않을 수 없었다. 서울에 온 까닭은 한국의 전통 유산과 한국어를 공부하기 위해서였지 달콤한 로맨스를 즐기기 위해서는 아니었으니까. 소년은 해나의 사랑을 포기해야 한다고 생각했다. 경아의 관심도 마찬가지였다. 소년은 깊이 생각하고 행동해야 한다고 자신을 타일렀다. 소년에게 사랑은 아직 너무 먼 미래의 일처럼 느껴졌다. 소년에게는 엄마의 요구가 최우선이었다. 물론 엄마의 잔소리가 듣기 싫을 때가 더 많았다. 요즘 엄마의 잔소리를 듣지 않는 것은 좋았지만, 이상하게 엄마의 잔소리가 날이 갈수록 더 그리워졌다.

7월이 깊어지고 있었다. 날씨는 점점 더워졌다. 식사를 해도 돌아서면 배가 고팠다. 김치와 밥 한 공기를 다 먹었는데도 왜 배가 고픈 것일까? LA의 홈리스들에게는 언제나 배고픔이 있었다. 집이 없는 사람에게는 굶주림이 늘 따라다니는 거라고 생각했다. 소년은 지금 이곳 서울에서 자신이 홈리스나 다름없는 젊은이라고 느꼈다. 모국의 전통과 문화유산을 배우러 와서 기숙사에 머물고 있지만 말이다.

매일 저녁 소년은 요리를 했다. 계란 부침, 밥, 무김치, 그리고 손쉬운 컵라면 등이었다. 비프 저키와 버터 쿠키, 그리고 베이비 루스 캔디바가 너무도 먹고 싶었다. 산타모니카에 있을 때는 이런 음식에 대해 생각해 본 적도 없었다. 그런데 한국에 온 후로 소년의 위장은 마치 텅 빈 창고로 변해 버린 것 같았다. 늘 곁에 있을 때는 소중하게 여겨지지 않던 것들이 멀리 떨어지고 나서야 그리워지는 이유가 무엇일지 생각했다.

여름비가 내렸다. 숲속의 길을 따라 도랑이 생겨났다. 폭우는 하루 종일 계속됐다. 소년은 비 내리는 풍경을 오래도록 바라보았다. 비가 너무 많이 오자 강의 스케줄이 취소됐을 뿐만 아니라 교사들은 평소보다 수업을 일찍 끝내 주었다. 소년은 누군가를 만나고 싶었다. 경아를 아니면 해나를. 누구든지 함께 디스코텍에 가서 스트레스를 풀고 즐기고 싶었다. 하지만 비가 오니 아무도 찾아오는 사람이 없었다. 소년은 깊은 향수에 빠져 쏟아지는 비를 바라보기만 했다. 문득문득 엄마가 보고팠다.

금요일이었다. 사전에 아무 말도 없이 3시쯤 해나가 소년을 찾아왔다. 그들은 본관 빌딩에서 만나 찻집으로 갔다. 서로 할 얘기가 너무나 많았지만 소년은 할 말이 없는 척했다. 감정적인 어려움이나 집에 대한 향수에 관해서도 언급하지 않고, 학교생활만 간단히 이야기해 주었다. 주말인 토요일에 해나가 진홍색 현대 차를 모는 자신의 어머니와 함께 소년을 찾아왔다. 그날 밤 소년은 해나와 함께 디스코텍에 갔다.

어느덧 소년이 서울에 온 지 여러 주가 되었다. 서울의 여름 날씨는 너무 덥고 습해서 도무지 적응이 안 되고 불편하기 짝이 없었다. 소년은 산타모니카 해변이 그리웠다. 아마도 거기에 있었다면 친구들과 파도를 타며 서핑을 했을 것이다. '엄마, 왜 날 이곳에 보냈어요?' 소년의 마음속에서 어떤 목소리가 들려왔다. 때로는 어깨에 지워진 짐을 모두 벗어 버리고 싶었다. 소년은 엄마의 꿈을 이루기 위해 열심히 노력했다. 자신이 엄마의 꿈이었으니까. 소년은 성공하고 싶었다. 그러나 그 성공이 소년의 꿈인 것 같지는 않았다. 소년의 엄마는 소년에게 더 풍요로운 삶을 마련해 주기 위해 어린 시절 몇 년 동안이나 이모 댁에서 살도록 놔두고, 한 푼 한 푼을 아끼며 정말 열심히 일했다. 그러니 소년도 열심히 일해서 엄마에게 풍요로운 삶을 마련해 드리는 게 도리라고 믿었다. 이런 마음이 자발적으로 생겨난 것인지 자신도 모르게 강요된 것인지 소년은 확신할 수 없었다.

여러 날 비가 내렸다. 강의실에서 기숙사로 돌아오는 동안 비에 흠뻑 젖기도 했다. 밤이 되면 더 많은 비가 내렸고 천둥 번개도 쳤다. 클래스 진도가 더 나갈수록 소년이 받는 스트레스도 더 커지고 있었다. 같은 클래스의 친구들과 관악산에 오른 소년은 처음으로 답답했던 마음이 시원하게 풀리는 기분을 느꼈다.

그러나 비가 그치자 본격적으로 더운 날들이 이어졌다.

땅 위나 숲속에 있는 모든 것이 절절 끓는 것처럼 뜨거웠다. 소년에게 서울은 지나친 산업화 때문에 스트레스와 소음이 심한 곳이었다. 기숙사에서도 많은 문제를 찾아 볼 수 있었다. 제멋대로인 라이프 스타일, 형편없는 정부 혜택, 그리고 시골 사람들을 무시하는 정서 등이 그런 것들이었다. 소년은 클래스나 도서관에서 지겨운 시간을 보내기보다 해변이나 산으로 여행 가고 싶었다. 소년은 밤에 관악산 위로 떠오른 둥근 보름달을 보았다. 보름달은 처음이었다. 산의 협곡을 따라 달빛이 그림 같은 선을 만들어 내고 있었다. 소년은 자신도 모르게 탄성을 질렀다. 소년은 엄마도 산타모니카에서 이 달을 쳐다보기를 바랐다.

소년은 엄마의 전화를 받았다. 엄마의 잔소리가 이처럼 듣기 좋은 것도 처음이었다. 어떻게 지내냐는 엄마의 물음에 소년은 좋은 성적과 수업에 대해서만 이야기했다. 음식 소포에 관해 물었더니, 지난번처럼 가고 있는 중이니 좀 참고 기다리라고 했다. 다음 날 소년이 경비원에게 소포에 대해 다시 물었더니 그 경비원은 소년에게 '망할 놈의 교포 학생!'이라고 욕했다. 서울대학교 기숙사는 멀쩡한 현대식 건물이었지만 시스템에 문제가 많았다. 시설 관리도 엉망이고 전기 수리와 보안도 형편없었다. 제대로 된 게 없었다. 학생들이 경비실에 가서 전기 문제에 관해 여러 번 불평했지만, 그들은 학생들의 신고를 무시했다.

여름이 깊어지자 아카시아 향기가 가득했다. 아침 일찍부터 학생들은 나뭇잎을 줍고 휴지를 치우며 기숙사 청소를 했다. 몇몇 학생들은 왜 우리가 이런 일을 해야 하냐고 불평했다. 소년은 아무 말도 하지 않았다. 누구에게나 하기 싫은 일이었다. 정해 놓은 목표를 달성하기 위해 열심히 일하는 한국식을 배운다고 돌려서 생각하기로 했다. 한국의 풍습에 관해 배우려면 끝도 없을 것 같았다. 그즈음 소년은 기원전 한국 역사에 관해 공부했다. 한국의 문화와 파란만장한 역사에 대해 조금은 이해하게 됐다.

클래스를 그만두고 돌아가고 싶다는 학생들이 늘어났다. 소년도 솔직한 심정으로는 이 모든 것으로부터 도망치고 싶었다. 자유롭고 싶었다. 엄마, 성적, 장래에 대한 걱정에서 벗어나고 싶었다. 하지만 지금은 공부하는 수밖에 다른 선택지는 없는 것 같았다.

소년은 소포를 기다리면 기다릴수록 더 배가 고파졌다. 소년은 여전히 한국에선 홈리스일 뿐이었다. LA에서 본 사람들과 마찬가지로 말이다. 소년은 실업자와 홈리스들을 이해했다. 이번 크리스마스에는 더 많은 선물을 기부하기로 마음먹었다. 소년은 생각했다. 사람에게는 얼마나 많은 배고픔이 있는지. 얼마나 많은 종류의 굶주림이 있는지. 향수에 굶주리고, 정신적으로 굶주리고, 심리적으로 굶주리고, 영적으로 굶주리고, 사랑에 굶주리고, 부에 굶주리고, 가족의 사랑에 굶주리고, 승진과 같은 성공에 굶주리고, 섹스에 굶주리고 나면, 또 뭐가 있을지. 소년은 미소를 지었다. 소년은 비프 저키에 굶주려 있었다.

일요일에 소년은 다른 학생들과 함께 여의도를 찾아갔다. 땅거미가 질 무렵에는 63빌딩에 들어갔다. 거기에는 수많은 젊은이들과 옷을 잘 차려입은 비즈니스맨들로 가득했다. 소년은 스카이라운지에 가서 광활하게 펼쳐진 서울시를 내려다보았다. 반짝이는 야경이 아름다웠다. 소년은 아케이드를 어슬렁거리며 돌아다녔다. 밖을 보니 행인들과 값비싼 고급차들이 다니고 있었다. 돈 많은 사람들만 보였다. 가난한 사람들은 감히 접근도 못하는 곳이었다. 소년의 마음속에는 길거리에서 보았던 구걸하는 사람들이 깊이 박혀 있었다. 서울역에서 처음으로 본 가난한 사람들이었다. 소년은 친구 같은 LA의 홈리스들이 생각났다. 어느 나라에서나 빈부의 벽이 높다란 걸 느끼게 했다.

소년은 피터가 떠올랐다. 산타모니카에서 처음으로 대화를 나누었던 홈리스가 바로 피터였다. 그때 친구들은 홈리스에 대해 부정적인 선입관을 지니고 있었다. 홈리스는 다들

게으르고 지저분하고 염치를 모르는 자들이라고 여겼다. 소년도 그랬었다. 어느 날 소년은 슈퍼에 가는 길에 링컨 공원 근처에서 돗자리를 깔고 조는 늙수그레한 사내를 보았다. 다운타운에는 그런 홈리스가 많았지만 부유한 동네인 산타모니카에서는 좀처럼 보기 힘든 광경이었다. 슈퍼에 갔다 돌아오는 길에도 그 사내와 마주쳤다. 사내가 손짓을 했을 때 소년은 머뭇거렸다. 위험한 사람일 수도 있었으니까. 그러나 사내의 눈빛이 선해 보였다. 소년은 머뭇머뭇 그 사내에게 다가갔다. 사내는 소년에게 말했다. 여기를 지나다니는 모습을 몇 번 보았노라고. 그러면서 어디에서 왔느냐고 물었다. 소년은 한국에서 왔다고 대답했다. 사내는 까맣게 잊은 무언가를 떠올리려 애쓰는 사람처럼 이마를 찌푸리더니 고개를 저었다. 사실 한국이 어딘지 모른다고 웃으며 대답했다. 소년은 괜찮다고 했다. 대부분의 사람들이 한국을 잘 모른다고 답해 주었다. 그런데 사내가 이렇게 말했다. "한국이 어디에 있는 나라인지는 모르겠지만, 너를 보니 그 나라는 분명 아름다운 나라일 것 같구나." 그 말 때문이었을 것이다. 소년은 사내 옆에 쭈그리고 앉아 귀를 기울였다. "저는 폴이에요, 아저씨는요?" "나는 피터란다." 사내는 자신의 처지를 담담하게 털어놓았다. 번듯한 직장에 다니던 사내는 중병에 걸렸고 막대한 수술비를 감당하지 못해 병원 치료마

저 중도에 포기하고 말았다. 사내의 아내는 아이들을 데리고 집을 나갔다. 얼마 뒤 사내는 이혼 통보를 받았다. "너를 보니 아이들이 떠올랐어. 나한테도 너보다 좀 더 큰 아이들이 둘이나 있었단다. 그 아이들이 보고 싶구나." 소년은 슈퍼에서 사 온 식료품을 사내 옆에 내려놓았다. 사내는 손사래를 쳤지만 끝까지 거절하지는 못했다. "고맙다, 폴." "저도요, 피터." 그날부터였다. 소년이 홈리스를 바라보는 눈이 바뀌게 된 것은. 한국이 어딘지 모르지만, 피터는 분명 소년의 눈에서 익숙한 슬픔을 엿보았을 것이다. 안전하게 보호받는 울타리 내부가 아닌 그 바깥으로 밀려난 사람들의 슬픔을. 집이 있고 직장이 있어도 이민자라는 꼬리표를 뗄 수 없고 늘 인종차별에 시달려야 하는 사람들만이 알아볼 수 있는 그것을 홈리스인 피터는 알아보았던 것이다. 그 후 피터는 소년의 마음에 존재하게 되었는지 모르겠다.

기숙사의 에어컨 사용은 제한돼 있었다. 따라서 학생들은 무덥고 답답한 방에서 더위를 견뎌야 했다. 숨쉬기도 힘들고 모기는 사정없이 무는 데다 욕실 사정마저 형편없었다. 소년의 팔과 다리에도 모기 물린 자국이 늘어 갔다. 한번은 감염이 되어 고름이 나오기도 했다. 다행히 며칠 만에 나아서 약간의 상처만 남았을 뿐이었다. 소년은 모기를 막아 주는 스프레이를 뿌리기도 하고 벌레들에 직접 살충제를 뿌리기도 했지만 도움이 되지 않았다. 게다가 밖에 나가 앉으면 언제나 공격해 오는 개미들을 막을 방법은 없었다.

친구 몇 명이 심한 여름 감기에 걸려 끙끙 앓았다. 소년에게는 아무런 증상이 나타나지 않았다. 뉴스에 따르면 이 독감이 유행이라고 했다. 소년은 예방을 위해 매일 타이레놀을 두 알씩 먹으라고 한 엄마의 당부를 잊지 않고 지켰다. 그 덕분인지 아직까지는 건강했다.

그보다 더 곤욕스러운 건 한국 학생들의 시선이었다. 그들은 미국에서 온 학생들을 기분 나쁘게 쳐다보고 심지어 욕을 하기도 했다. 한국 대학생들이 소년과 같은 학생들을 미워하는 기색이 역력했다. 도대체 왜 그러는지 처음에는 알 수 없었다. 소년과 친구들은 한국 대학생들과 대화를 나누고 싶었지만 서로 언어가 잘 통하지 않아 쉽지 않은 일이었다. 소년은 쓸쓸했다. 그들이 왜 소년과 같은 학생들을 미워하는지를 조금씩 알게 되어서였다. 그들에게 미국은 한국 사회의 민주주의를 가로막고 전쟁 위기를 부추기는 강대국일 뿐이었다. 소년은 그런 게 아니라고 말하고 싶었다. 여기는 내가 태어난 나라이고 이 나라를 더 잘 알고 싶어서 왔을 뿐이라고. 나는 당신들의 적이 아니라 친구라고, 동포라고.

프로그램이 거의 끝나 가고 있었다. 소년은 이미 자유를 얻은 것 같은 기분이었다. 마지막 2주 동안은 해나와 경아에게 전화를 거는 일이나 받는 일을 모두 중단했다. 두 사람에겐 미안했지만 소년은 시험을 잘 봐야 했기 때문에 어쩔 수 없었다. 나중에 사과하고 어디든지 가자고 하는 데는 같이 갈 생각이었다.

그러던 중 소년은 기어이 엄마가 보낸 소포 문제로 경비원에게 따지기 위해 본관으로 가기로 했다. 친구도 함께 가 주었다. 소년은 자신의 소포를 달라고 요구했다.

"우린 받은 거 없다. 네 엄마가 등기로 보냈다고 하던?"

"아뇨, 엄마가 지난 3주 동안 매주 하나씩 소포를 보냈다고 하셨어요."

경비원은 미안해하기는커녕 도리어 소년에게 화를 내며 소리쳤다.

"당장 나가라, 망할 놈의 교포 녀석들. 등기로 보내지 않으면 아무것도 못 받는다고. 다신 여기 오지 마라."

기숙사에 돌아오자마자 소년은 엄마에게 전화를 걸었다.

"그거 정말 속상하구나. 하지만 걱정 말거라. 서울대학교라는 이름을 믿은 내가 잘못이지. 다음번에는 확실히 등기 우편으로 보내고 보험까지 들어 줄게. 폴, 기운 좀 내. 젊을 때는 역경을 견디는 것도 공부가 되는 법이야."

"노인한테도 마구 무시당하는 젊은이 말이에요?"

"인간 사회란 수만 가지 실수와 잘못, 오류, 어리석음을 범하기 마련이란다. 그렇다고 해서 사람을 믿지 말라는 뜻은 아니야, 폴."

소년은 비프 저키와 캔디, 쿠키가 들어 있는 소포를 포기했다. 등기우편으로 보내지 않았으니 받을 가망이 전혀 없었다. 아직도 귀에 경비원의 말소리가 들리는 것 같았다. 한국 학생들조차 학교에서 우편물 분실이 종종 일어난다고들 했지만 조금도 위로가 되지는 않았다.

그날 오후에 소년의 삼촌이 학교를 방문했다. 삼촌은 행정 사무실에 가서 소년을 데리고 나갈 수 있는 허가서를 받아 왔다. 삼촌은 이모 댁을 방문하자고 했다. 그 이모는 소년이 어렸을 때 몇 년 동안 키워 준 분이었다. 서울에 도착한 즉시 찾아 뵀어야 하는데 그러지 않은 것이 소년은 너무 미안했다. 이모는 소년이 청년이 된 모습을 보고 진심으로 기뻐했다. 이모는 오랫동안 못 만났던 친아들과 재회한 것처럼 소년을 끌어안고는 보고 싶었다며 눈물을 흘렸다. 서머스쿨이 끝나면 모두들 다시 만나기로 약속하고 헤어졌다.

소년은 단풍나무 그늘 아래 혼자 있고 싶었다. 왠지 공허했다. 여름인데도 단풍나무 잎이 간간이 떨어져 잡초들 위에 흩어져 있었다. 소년은 의미 있고 인생을 변화시킬 어떤 것,

새로운 경험이 될 무엇인가를 찾고 싶었다. 소년은 농가들과 함께 펼쳐져 있는 논들을 바라보았다. 어머니 나라의 농촌 풍경은 너무나 평화로웠고 산은 초록과 은빛 보석을 수놓은 것처럼 아름다웠다. 그래도 공허했다.

소년이 여기까지 온 이유는 단지 태어난 나라가 궁금해서만은 아니었다. 소년에게는 일종의 시도였다. 머지않아 소년은 어머니 곁을 떠나게 될 거였다. 언제가 되었든 반드시 그렇게 될 거였다. 소년은 연습 중이었다. 어릴 때 엄마에 의해 떨어져 본 이후로 이처럼 멀고 낯선 곳에서 엄마와 헤어져 혼자 지내 보기. 소년은 엄마가 자신을 위해 무엇을 희생하며 살아왔는지를 잘 알았다. 재혼하라는 이야기를 넌지시 해 보아도 엄마는 고개만 끄덕일 뿐 적극적이지는 않았다. 그게 다 소년 때문이라는 걸 소년은 모를 수가 없었다. 소년은 엄마가 재혼하지 않으면 산타모니카에 남겠다고 선언하듯 말했지만 이제는 달리 생각했다. 소년이 멀리 떠나야만 엄마가 재혼하게 되리라는 걸. 그러니까 엄마를 오래도록 지킬 수 있으려면 소년이 엄마를 떠나야 하는 셈이었다. 소년은 그게 두려웠다. 왜 늘 삶은 이런 방식으로만 흐르고 완성되는 것인지. 진심으로 바라는 일을 실현하기 위해서는 늘 무언가를 내주어야 하는 것인지. 이제 소년은 자신에게서 엄마를 놓아 주어야 했다. 소년은 노트를 꺼내 그리운 것들은 다 생각나는 대로 적었다.

나는 엄마가 그립다. 산타모니카에서의 생활이 그립다. 늘 공부하던 도서관이 그립다. 밤에 자주 가던 테니스 코트가 그립다. 내 셰비 고물 차가 그립다. 친구들과 함께 먹던 이탈리안 피자가 그립다. 크로스로즈 학교 친구들, 넬슨, 체스트, 맥스, 유리, 마크가 보고 싶다. 엄마가 사 준다고 하신 새 차를 갖고 싶다. 이제 곧 엄마가 한국에 온다. 엄마가 온다. 엄마가.

엄마와 한국의 가족들과 함께 시간을 보낼 생각을 하면 오로라와 별을 볼 때의 기분이었다.

소년은 알지 못했다. 아니, 이제는 중요하지 않았다. 어린 시절 엄마가 오기를 기다렸던, 그날로부터 너무 많은 세월이 흘러서이기도 했다. 그러나 청년이 된 소년은 그립지 않은데도 가슴 전체가 아팠다. 숨 쉬기가 힘들 정도였다. 너무나 그리워서 그리워하지 않기로 마음먹었고, 그 순간부터 그리움은 낯선 감정이 되었다. 아니, 그런 줄만 알았다. 그러나 그럴 수가 없었다. 처음 미국에서 지내던 몇 해 동안은 종종 엄마에게 물었다. 아빠가 어떤 사람이었냐고. 엄마는 소년의 아빠가 선하고 용감하며 지혜로운 사람이었다고 말해 주었다. 그런 말을 할 때의 엄마는 꿈을 꾸는 듯한 표정이었다. 그래서 소년은 더 이상 묻지 않았다. 소년의 질문이 엄마를 아프게 한다는 사실을 어렴풋하게나마 알아서였다. 대신 소년은 그 질문을 자신의 가슴에 품었다. 아빠에 대한 기억은 없지만 어떤 사람으로 자라야 지저스처럼 훌륭하고 아빠와 가까워질 수 있는지를 자문했다. 선하고 용감하며 지혜로워야 했다. 소년은 그런 사람이 되고 싶었다. 엄마가 소년에게서 아빠를 발견하게 되기를 바랐다.

소년은 배고픈 친구들의 저녁을 자기 손으로 마련해 주고 싶었다. 그래서 컵라면에 물을 부으려고 여러 개의 컵라면을 개봉한 뒤 공용 부엌으로 갔다. 전기가 연결되어 직접 가열해서 물을 끓이는 보온 물통이 있었다. 배수 꼭지를 여니 물이 졸졸졸 흘렀다. 물통 안 물이 꼭지보다 낮은 바닥에만 남아 있는 듯했다. 소년은 그 물을 따르기 위해 물통을 기울였다. 물탱크에 균열이 일어났고 남은 물이 쏟아져 나오며 바닥을 흥건하게 적셨다. 순식간에 전기가 소년의 몸을 관통했다. 미처 스무 해도 채우지 못한 소년의 삶이 한순간에 증발되었다. 소년이 살아가야 할 세월마저 사라져 버렸다. 감전되어 죽어 가면서 소년은 생각했다. 아무리 오래 살아도 알지 못하리라고. 왜 하늘이 맑을수록 눈물이 나려 하는지. 사람은 왜 아름다운 풍경 앞에서 슬픔을 느끼는지.

그걸 알아도 부질없으리라고. 하늘이 맑을수록 눈물이 나는
게 사람이고, 아름다운 풍경 앞에서 슬픔을 느끼는 게 사람
이니까.

소년의 가슴에서 눈물이 흘러나왔다. 지난 세월이 소년의
눈앞에 펼쳐졌다. 소년은 오직 한 가지 사실이 서글펐다. 엄
마에게 선한 아들이 되어 주려고 했던 지난 세월 내내 엄마
곁에 있으면서도 엄마를 기다리며 살아왔다는 사실이. 엄마
가 옆에 있는데 엄마가 없는 것처럼, 여전히 멀리 떠나 있는
것처럼 여기며 살아왔다는 사실이 못내 서러웠다. 소년은 고
개를 돌려 옆을 바라보았다. 엄마가 있었다. 소년의 입가에
미소가 떠올랐다. 소년은 지저스 곁에 머물며 아직 별의 시
간은 아니었으나, 그의 꿈은 함께 빛나는 쪽으로 천천히 기
울고 있었다. 별의 심장이 된 사랑을……

"엄마, 저 여기 있어요. 보고 싶었어요."

상실의 시대 속에서
윤리의 별은 뜬다

정유지(문학평론가)

평설

1. 다큐픽션 구성을 통해 격상된 공적 담론

“사람은 패배하기 위해 만들어지지 않았다. 사람은 파괴될

수 있어도 패배하지 않는다.”

인용된 이 강인한 말은 어니스트 헤밍웨이의 명작 『노인

과 바다』에서 비롯된 것으로, 인간 정신의 불굴함을 상징하

는 불멸의 문장이다. 삶의 극한 상황에서도 인간이 지닌 강

한 정신은 결코 패배할 수 없는 고귀한 지표임을 보여 준다.

이향영 작가의 문학, 특히 『별, 함께 빛나다』에는 헤밍웨이의

정신이 깊이 투영되어 있다. 그녀가 묘사하는 이민자 모자

(母子)의 서사는 삶으로부터 ‘파괴’될 수는 있을지언정 ‘패배’

하지 않았음을 알려 주는 살아 있는 증거다. 기사·서간의 삽

입이라는 다큐픽션의 힘으로 ‘사적 체험’을 공적 윤리의 장

(場)으로 끌어올리는 작가의 방식을 통해, 그녀는 인간이 겪

는 고통이 정치적·사회적 맥락에서도 의미 있는 흔적이 될

수 있음을 보여 준다. 이는 ‘패배하지 않는 인간’이 바로 기억

을 전하고, 연대하고, 행동하는 존재임을 강조한다. 어머니

와 아들의 일상적 대화 속에 깃든 구체성은, 극단적 상황에

서도 '사적 회복'의 길을 찾아내는 인간의 강인한 내면을 묘사하고 있다. 설령 사회적 구조가 무너뜨려도, 사랑과 돌봄 안에서 인간은 패배할 수 없다. 빛·하늘·별이라는 장송적 모티프는, 상실의 깊이를 받아들이되 그것이 끝이 아님을 선포한다. 헤밍웨이의 노인처럼, 이향영의 인물들도 존엄을 잃지 않으며, 끝내 우주적 연대 안에서 빛나길 선택한다.

어니스트 헤밍웨이의 『노인과 바다』와 이향영의 『별, 함께 빛나다』가 지닌 문학적 교차점을 정리하면 다음과 같다. 주제적 측면이다. 인간의 존엄, 고독한 투쟁, 불굴의 의지가 전자라면, 이민자의 상실, 기억, 윤리적 연대는 후자다. 형식의 측면이다. 빙산 이론을 통한 감정을 절제한 간결한 서술이 전자라면, 다큐픽션 즉, 기사·서간 삽입 등 다층적 구성이 후자다. 주요 인물상의 측면이다. 늙은 어부, 소년이 등장하고 고독하고 위엄 있는 인간상을 구현하고 있는 게 전자라면, 어머니, 아들이 등장하고 고통 속에서도 윤리를 지키는 인물상을 구현하고 있는 것이 후자다. 삶에 대한 태도의 측면이다. "파괴될 수 있으나 패배하지 않는다"라는 메시지를 남긴 것이 전자라면, "상실 속에서도 사랑과 나눔으로 응답한다"라는 메시지를 남긴 것이 후자다. 윤리의 실천적 측면이다. 고독한 도전 속에서 존엄을 끝까지 지킨 것이 전자라면, 타인의 고통을 기억하며 공동체 윤리로 확장시킨 것이 후자다. 상실의 묘사적 측면이다. 고기를 잃지만 패배하지 않는 노인의 모습을 구현한 것이 전자라면, 자식을 잃어도 사랑으로 초월한 어머니의 모습을 구현한 것이 후자다. 문체적 특성 측면이다. 단문 중심의 절제된 간결체를 구사한 것이 전자라면, 구술체 대화와 복합 문서를 구사한 것이 후자다. 상징적 측면이다. 바다, 마를린, 상어 등을 통해 삶의 시련과 숙명을 그린 것이 전자라면, 빛·하늘·별 등을 통해 애도와 영혼의 초월적 자세를 발현한 것이 후자다. 고통의 수용적 측면이다. 침묵 속 저항이 전자라면, 기억과 기록을 통한 윤리적 수용이 후자다. 문학의 지향적 측면이다. 존엄의 회복과 실존적 고뇌가 전자라면, 공적 윤리와 사랑의 재서사화가 후자다. 두 작가 모두 인간 존재가 파괴될 수 있으나 결코 패배하지 않는 존엄한 존재 역시 인간임을 문학적으로 증명한다. 헤밍웨이가 '바다'에서 삶의 존엄을 되묻는다면, 이향영은 빛과 별로 애도 이후의 삶을 말한다. 절제된 형식이든 복합적 장치든, 이들의 문학은 궁극적으로 기억하고 사랑하는 인간의 가능성을 증명한다. 이향영 문학이 그려 낸 서사는 눈부시지만 매우 고요한 저항의 얼굴도 가장 간결하게 나타낸다. 인간은 패배하지 않는다는 것이다.

특히 작가 이향영은 이민자 모자 서사의 따뜻함과 공동체 윤리를 강하게 밀어 올리는 작품을 선보이고 있다. 장편소설『별, 함께 빛나다』는 인류애적 메시지를 구가하고 있으면서 사적 기억의 틈입과 공적 언어의 직조를 통해, 개인 서사의 경계를 넘어서는 윤리적 감응의 장(場)을 펼쳐 낸다. 일반적으로 다큐픽션(docufiction)이란 '다큐멘터리(documentary)'와 '픽션(fiction)'의 합성어로, 사실에 기반한 기록성과 허구적 상상력이 결합된 문학 또는 영화 형식을 말한다. 쉽게 말해, 현실에서 실제로 있었던 일이나 인물, 사건을 바탕으로 하되, 그것을 작가의 창조적 해석과 문학적 장치로 재구성한 이야기이다. 다큐(docu)는 실제 인물, 사건, 역사적 배경 등 사실 기반의 요소를 지니고 있으며, 픽션(fiction)은 창작자의 상상력, 구성, 대화, 심리 묘사 등 허구적 요소를 다룬다. 즉, 현실과 상상이 교차하며, 사실의 뼈대 위에 문학적 살을 입힌 것이 다큐픽션이다. 신문 칼럼과 뉴스 인용은 텍스트에 현실의 질감과 역사성을 부여하며, 문학이 단지 허구의 서술이 아니라, 사회의 심층적 구조를 성찰하고 비판하는 매개임을 선언한다. 이러한 장치는 문학이 윤리적 실천의 장소가 될 수 있음을 보여 주는, 이향영 문학의 미학적·윤리적 핵심이다. 이향영 작가는 석가모니가 속세로 돌아와 자비를 베풀듯, 예수가 부활하여 구원의 손길을 펼치듯, 방황하는 세상의 영혼을 구원하는 명의(名醫)적 존재다.

이향영 소설의 미학적 세계는 크게 세 가지 경향을 보인다. 첫째, 다큐픽션적 구성을 유기적으로 진술하고 있다. 기사·서간을 삽입하여 생생한 감동을 자아낸다. 작품 곳곳에 신문 칼럼, 뉴스 글을 그대로 끌어와 사건을 공적 담론으로 격상시키고 있다. 가령 「선물의 계절」, 「다운타운 LA의 틴 산타클로스」 등을 그 예로 들 수 있다. 미학적으로는 사적 체험과 공적 언어의 왕복이 내적 독백을 사회적 토론으로 확장시킨다. 둘째, 빛·하늘·별의 장송[挽歌] 모티프를 구현하고 있다. '하늘이 맑을수록 눈물이 난다'라고 고백하는 문장, 끝내 '별, 함께 빛나다'가 되려는 염원이 '빛/ 천체' 모티프로 변주된다. 애도의 미학이면서도 상승의 이미지다. 셋째, 구술성 강한 모자 대화체 구조를 가지고 있다. 진로와 신앙 의무를 둘러싼 어머니와 아들의 문답은 구체적 생활어로 짜여, 윤리가 관념이 아니라 생활 습관이라는 점을 설득하고 있다. 『별, 함께 빛나다』는 단지 가족 서사나 이민자 현실을 그린 사회소설이 아니다. 이 작품은 제도적 폭력, 문화적 편견, 사회적 무관심이라는 거대한 구조에 맞서 한 개인의 윤리적 결단이 어떤 변화를 일으킬 수 있는지를 증명하는 문학적 실험이다. 작가는 '기부'라는 행위의 제도적 충돌, 종교와 자본의 이중성, 기억과 상처의 반복을 통해 현대 사회의 근원적 모순을 조명하며, 그 모순 속에서도 끝내 사랑을 선택하는 인간의 가능성을 탐문한다.

특별한 만남은 운명을 바뀌게 한다. 바로 「소년, 엄마를 만나다」에서 이를 확인할 수 있다.

지저스가 내 아버지라면 나는 그를 닮았을 테니 내 몸에는 지저스의 피가 흐르고 있겠지. / 내 꿈은 지저스처럼 장성하는 것이고, 나는 아무도 원망하지 않으면서 살아갈 것이다. (중략) 엄마가 떠난 지 삼 년이 되었지만 엄마는 여태 돌아오지 않았다. 빌라 옥상에 선 소년은 고개를 들고 동쪽 하늘을 보았다. 그 아래 햇살이 가득 부려진 세상은 눈이 부실 만큼 환했다. 아마도 그날이었을 것이다. 소년이 한 번도 생각해 본 적 없고, 품어 본 적 없는 질문이 생겨난 것은. 세상을 떠나는 순간까지 답을 찾으려 했으나 찾을 수 없던 그 질문이. 왜 하늘이 맑을수록 눈물이 나려 하는지. 사람은 왜 아름다운 풍경 앞에서 슬픔을 느끼는지. / 소년은 고개를 돌렸다. 골목 끝 놀이터와 거기에서 놀고 있는 아이들도 보였다. 함께 놀다가도 동네 아이들은 기분이 상하면 서슴없이 소년을 놀리곤 했다.

—「소년, 엄마를 만나다」 중

인용된 장은 한 소년의 내면에 새겨진 결핍과 그로부터 피어난 자각의 순간을 정교하게 포착해 낸 서사이다. 특히 "하늘이 맑을수록 눈물이 나려 하는지"라는 문장은 아름다움 앞에서 슬픔을 느끼는 인간 존재의 역설적 감성을 드러내며, 잃어버린 인연의 무게를 정서적으로 부각한다. 소년은 부재한 엄마를 기억하며, 동네 아이들과의 불완전한 관계 속에서 자신이 '타자'로 인식되는 현실을 경험한다. 그러나 그러한 결핍이야말로 진정한 만남의 본질을 각성케 하는 계기임을 작가는 암시한다. 인연은 단지 우연의 산물이 아니라, 존재를 흔들고 길을 바꾸는 결정적인 순간의 마주침이다. 세상이 아무리 눈부시게 맑아도, 어떤 인연이 내 안에 존재하지 않는다면 삶은 여전히 어딘가 허전하고, 그 빈틈이야말로 눈물의 근원임을 작품은 조용히 일깨운다.

소년이 동쪽 하늘을 바라보는 장면은 기억과 소망, 고통과 성장이 교차하는 서정적 시점이며, 그 응시는 단지 엄마를 향한 것이 아니라, 삶의 의미를 다시 묻는 존재적 응시이다. 인연은 그저 스쳐 지나가는 것이 아니라, 우리가 어떤 사람이 되어야 하는지를 지시하는 운명의 이정표라는 점에서, 이 만남은 단순한 서사적 전환점이 아닌 존재론적 변곡점으로 기능한다.

낯선 환경 속에서 가장이 된 어머니는 그 누구보다 강하다. 「그녀, 미소로 만난 아들」을 통해 확인할 수 있다.

그녀는 한국 식당에서 하루 열두 시간에서 열네 시간씩 일했다. 아침에 출근하면서 아이를 베이비시터에게 데려가면 아이는 하루 종일 엄마를 볼 수 없다는 사실을 알기라도 하는 것처럼 울었다. 그 울음이 언제나 그녀의 발목을 붙잡았다. 그걸 뿌리치고 돌아서기란 여간 어려운 일이 아니었다. 그렇게 폴을 맡기고 운전하면서 출근하는 내내 그녀는 울었다. 먼저 세상을 떠난 남편이 떠올랐다. 가족을 지켜 주고 소중히 여겨 줄 강한 남자의 존재가 절실했다. 낯선 이국땅에서 이제 겨우 돌을 지난 아이를 혼자서 키우기란 너무나 힘에 겨운 일이었다. (중략) 엄마는 속으로 울면서 겉으로는 아들에게 미소를 남겼다. 그녀는 비행기를 타고 LA로 돌아왔다.
—「그녀, 미소로 만난 아들」 중

낯선 타국에서 삶의 무게를 온몸으로 견디며 살아가는

한 어머니의 모습을 통해, 가족애가 지닌 숭고한 내면의 힘을 깊이 있게 조명하는 장이다. 하루 열두 시간이 넘는 고된 노동, 유년기의 아들과 떨어져 보내는 시간, 그리고 남편의 부재라는 이중, 삼중의 고통 속에서도 그녀가 끝내 포기하지 않은 것은 바로 가족이라는 존재의 이유였다. 아이를 맡기고 돌아설 때의 발걸음은 단순한 이동이 아니라, 모성의 눈물과 책임감이 교차하는 내적 투쟁의 장면이다. 특히 "속으로 울면서 겉으로는 아들에게 미소를 남겼다"라는 문장은, 감정을 억누르고 아이에게 안정감을 주려는 어머니의 희생적 사랑을 압축적으로 피력한다. 이처럼 가족애는 종종 눈에 띄지 않는 곳에서, 고요한 인내와 헌신의 형태로 빛을 발한다. 가족을 위해 견딘다는 것, 그리고 아이에게 따뜻한 세상을 물려주고자 하는 마음 하나로 모든 외로움과 두려움을 감내한다는 것이 얼마나 위대한 선택인지, 또한 얼마나 고귀한 감정인지를 감동적으로 형상화한다. 타국이라는 낯선 환경 속에서도 그녀가 자신을 지탱할 수 있었던 이유는, 가족을 지키려는 사랑이 단순한 감정이 아니라 존재의 근간이 되는 힘이기 때문이다.

작가는 어머니의 일상을 낭만화하지 않으면서도, 그 일상에 담긴 진실한 애정과 책임의 무게를 진중하게 담아낸다.

독자는 이를 통해 우리가 일상 속에서 너무나 쉽게 간과하고 있는 가족의 소중함, 특히 어머니의 사랑이 지닌 무조건성과 회복력을 다시금 성찰하게 된다. 진정한 가족애란, 고통 속에서도 웃음을 선택하는 그 순간, 말없이 버티는 인내의 침묵 속에서 더욱 선명히 드러나는 것임을 이 작품은 항변한다.

기부는 배려의 산물이다. 「너의 이름은 바울, 바울은 이방인들의 사도」에서 이를 확인할 수 있다.

파티는 성공적이었다. 파티에 온 사람들은 모두 얼굴이 발그레 상기되어 있었다. 몇몇 한인 사업가들은 한인타운 개발기금에 기부하기로 결정했다. 그 기금은 한인 커뮤니티에 속한 어려운 사람들을 도울 것이었다. 기부자들의 관대함과 한인 커뮤니티를 위한 그들의 배려에 그녀는 마음 깊이 감사했다. 비록 아들을 동반하지는 못했지만 파티에 간 보람은 있었다. / 집에 돌아오니 자정이 훨씬 지나 있었다. 폴은 아직 돌아오지 않았다. 걱정이 슬그머니 고개를 들었다. 파티에서 느낀 충족감은 금세 사라져 버렸다. 그래서 모두들 십대와 사는 걸 감정의 롤러코스터를 타는 것과 같다고 했는지도 모른다. 사실 전부터도 걱정은 항상 그녀 마음의 저편에 숨어 있었다.

—「너의 이름은 바울, 바울은 이방인들의 사도」 중

기부가 단순한 금전적 나눔을 넘어, 공동체를 향한 깊은 배려와 연대의 표현임을 섬세하게 그려 낸다. 한인타운 개발 기금을 위한 파티에서 드러난 기부자들의 행동은, 타인의 고통을 자신의 일처럼 여기는 공감의 실천이자 윤리적 책임의 발현이다. 특히 "그들의 배려에 그녀는 마음 깊이 감사했다"라는 문장은, 기부가 받는 이에게 단지 도움을 넘어 존중받는 감정과 인간적 유대를 안겨 주는 행위임을 상징한다.

작가는 기부의 순간과 그 후의 개인적 불안을 병치시킴으로써, 사회의 따뜻한 손길조차도 개인적 고독을 완전히 덮을 수는 없지만, 그럼에도 불구하고 그러한 나눔이 공동체를 조금 더 살 만한 곳으로 만든다는 진실을 조명한다. 결국, 기부란 물질의 이전을 넘어 공존과 배려의 철학을 삶 속에 구체화하는 행위임을 이 작품은 조용히 그러나 분명하게 말하고 있다. 그리고 그 철학은, 나 자신을 넘어선 '우리'를 기억하고 실천하는 데서 비롯된다는 사실을 일깨워 준다.

이민자의 현실은 많은 사회적 이슈를 낳는다. 「테넌트들과 도둑」에서 이를 확인할 수 있다.

"마리아, 당신은 캘리포니아와 한국에 대해 잘 알고 있을 거예요. 서른다섯 해를 살아오면서 양쪽 나라를 모두 경험했기 때문이죠. 당신과 나는 공통점이 많아요. 둘 다 한국인이고, 또 우린 이민자들이고, 이 타락한 세상에서 허물 많은 죄인이기도 하지요. 하지만……." (중략) "우리에겐 우리가 책임져야 할 아이가 있잖아요. 나도 그렇고 마리아도 쌍둥이 아들이 있잖아요. 무너져서는 안 돼요. 쌍둥이 아들을 위해서라도 견뎌야 해요."

─「테넌트들과 도둑」 중

인용된 장의 경우, 이민자의 삶에 내재한 고단한 현실과 부채 의식, 그리고 무거운 책임감을 섬세하게 드러낸다. 특히 "우리에겐 우리가 책임져야 할 아이가 있잖아요"라는 문장은, 이민자의 삶이 단지 개인의 생존을 넘어, 자녀 세대의 미래를 위한 헌신과 인내로 이어진다는 점을 절절히 전달한다. 타국에서의 삶은 문화적 이질감, 경제적 불안정, 정체성의 혼란 속에서도 결코 포기할 수 없는 가족에 대한 의무를 안겨 준다.

작품 속 주인공은 한국과 미국이라는 두 문화 사이를 오가며 정체성을 중첩적으로 경험하는 이민자로, 타인에게는 보이지 않는 무수한 짐을 짊어진 채 하루하루를 버텨 낸다. "무너져서는 안 돼요"라는 절절한 외침은, 이민자에게 자기 삶의 무게를 허락받지 못하는 현실, 곧 '버텨야만 하는 존재'로서의 운명을 상징한다. 이는 곧 이민이란 새로운 기회를 향한 여정이면서도, 동시에 자신과 가족, 문화 사이에서 부단히 줄타기해야 하는 복합적 생존의 서사임을 상기시킨다. 이처럼 「테넌트들과 도둑」은 이민자의 현실을 단순한 이국의 삶이 아닌, 존재의 긴장과 책임의 미학으로 그려 내며, 깊은 성찰을 담아내고 있다.

아들의 생일을 기념하는 엄마의 의식은 다양하다. 「열여섯 번의 키스」에서 이를 확인할 수 있다.

자신의 열여섯 살 생일날, 폴은 혼자 차를 몰고 나가 자신만의 작은 모험을 즐겼다. 엄마의 걱정은 아랑곳없이. 그녀는 아들이 자기 인생의 새로운 장이 시작되는 걸 경험한 셈 치기로 했다. 그들은 식탁에 앉았다. 그녀는 케이크의 초에 불을 붙였고 〈해피 버스데이〉 노래를 불러 주었다. 그러고는 이마부터 시작해 양 볼, 코, 턱, 귓불, 목에 이르기까지 아들의 얼굴에 열여섯 번의 키스를 해 주었다. 아들은 멋쩍어하

고 쑥스러워하면서 얌전히 그녀의 키스를 즐기며 받아들였
다. / "열여섯 번의 키스 고마워요, 엄마. 우리 엄마는 세상에
서 최고야. 관대하고, 아름답고, 동정심도 많고……. 덧붙여
말하면 잔소리를 많이 하고 걱정을 너무 많이 한다는 단점이
있긴 하지만!"

—「열여섯 번의 키스」 중

자식을 향한 엄마의 사랑이 얼마나 깊고 섬세한지를 잔잔
하면서도 감동적으로 보여 주는 장이다. 아들의 생일을 기
념하는 엄마의 행위는 단순한 의례를 넘어, 성장의 순간을
함께 기억하고 축복하려는 따뜻한 애정의 표현이다. 아들이
독립을 향해 한 걸음 내디딜 때, 엄마는 염려를 감추고 그 발
걸음을 조용히 지켜보며 감정의 거리를 존중한다. 하지만 식
탁 앞에서 케이크에 초를 켜고, 얼굴 곳곳에 열여섯 번의 키
스를 해 주는 장면은 말보다 더 큰 사랑을 전하는 상징적 행
위다.

이때의 '키스'는 단순한 스킨십이 아니라, 엄마가 아들의
열여섯 해를 하나하나 되짚으며 보내는 축복이자 감정의 축
적이다. 아들은 쑥스러워하면서도 그 사랑을 고스란히 받아
들이고, 감사의 말을 전한다. 작품은 사춘기 자녀와 부모 사

이의 심리적 거리에도 불구하고, 진심 어린 사랑은 그 간극을 얼마든지 따뜻하게 메울 수 있음을 보여 준다. 결국 이 이야기 속 엄마의 사랑은 말 없는 헌신, 익숙한 일상 속 의식을 통해, 자식의 삶을 지지하고 감싸는 가장 인간적인 힘으로 자리 잡는다. 그리고 세월의 흐름 속에서도 결코 희미해지지 않는 무조건적인 애정의 본질을 조용히 일깨워 준다.

크리스마스는 미국 사회에서 특별한 의미를 두는 날이다. 「홈리스와 크리스마스 선물」에서 이를 확인할 수 있다.

"엄마, 크리스마스트리와 장식, 카드, 원치 않는 선물들은 모두 쓸데없는 낭비와 사치예요. 이렇게 호사스런 크리스마스를 우리 크리스천들이 그만둔다면 수백만 달러를 굶주린 이웃과 홈리스들을 위해 쓸 수 있을 거예요." (중략) "내 말 잘 들어 봐. 내가 한인 커뮤니티에 알린 것은 너의 선행을 듣고 다른 사람들이 동참하도록 하기 위해서란다. 사업가들이나 기업들이 동참하면 기부금이 훨씬 많아지거든. 어쩌면 홈리스 돕기에 백만 달러가 나올지도 모르잖니. 폴, 너는 개인적인 비즈니스의 영역을 넓고 크게 확장해야 해. 엄마가 비즈니스에 투자하는 것처럼……." / "쉿, 나의 기부는 겸손하고 조용하게 행해져야 해요." / 아들과 엄마의 의견은 극과 극이었다. 그녀는 폴의 생각을 존중했다. 그래서 앞으로는 아무도 몰래 조용히 좋은 일을 하기로 약속했다. 왼손이 하는 일을 오른손이 모르게.

―「홈리스와 크리스마스 선물」 중

물질적 풍요와 소비가 극대화되는 크리스마스라는 사회적 맥락 속에서, 진정한 기부의 본질이 무엇인지를 성찰하게 만든다. 크리스마스를 둘러싼 장식과 선물의 문화가 낭비와 사치로 보이는 아들의 시선은, 사회적 책임과 윤리의식에 바탕을 둔 기부의 순수한 이상을 상징한다. 반면, 어머니의 입장은 기부가 더 많은 사람에게 영감을 줄 수 있도록 가시적인 방식으로 이루어져야 한다는 현실적 판단을 담고 있다. 이처럼 대조되는 두 관점은 '기부란 무엇인가'라는 본질적 물음을 던지며, 그 행위의 동기와 방식에 대한 깊은 사유를 이끌어 낸다.

그러나 결국 모자는 "왼손이 하는 일을 오른손이 모르게" 실천하기로 뜻을 모은다. 이 선택은 진정한 기부가 타인의 시선을 의식하지 않고, 오직 나눔의 순수한 마음에서 비롯되어야 한다는 윤리적 메시지를 담고 있다. 작가는 이를 통해 기부란 자신의 이름을 내세우기 위한 행위가 아니라, 오롯이

타인의 고통과 필요에 진심으로 귀 기울이며 조용하고 겸손
하게 실천하는 내면의 윤리적 결단임을 섬세하고도 울림 있
게 전하고 있다.

2. 빛과 별은 상실의 상징이고, 동행의 약속이다

"별은 보이지 않아도 항상 거기 있다. 마치 누군가의 사랑처
럼."

인용된 것은 작가 마릴린 로빈슨(Marilynne Robinson)이 남
긴 말이다. 동행과 위로는 상호 의존의 윤리를 따뜻하게 그
려 내는 데 있음을 뜻한다. 누군가의 고통과 상실 속에 빛나
는 존재로 함께 머무는 것, 즉 동행의 윤리를 말한다. 이는
이향영의 『별, 함께 빛나다』가 펼쳐 보이는 서사적 비전과 깊
이 공존한다. 두 작가 모두 개인의 고통을 공동체 윤리로 승
화시키며, 상실 이후의 삶을 고요하고 단단한 희망으로 이
끌어 낸다.
　이향영 소설 속 인물들은 단지 상처받고 고통받는 존재

가 아니다. 그들은 각자의 방식으로 다른 누군가의 어둠을 비추는 별이 된다. 폴은 세상을 떠났지만, 그의 죽음은 추모 장학재단이라는 윤리적 빛으로 전환된다. 엄마는 아들의 부재 속에서도 타인을 위한 사랑을 선택하며 살아간다. 이민자 공동체는 상실의 사건 앞에서 침묵하지 않고, 공동체적 연대의 언어로 반응한다. 이 모든 과정은 사적인 슬픔이 공적 사랑으로 확장되는 서사이며, 누군가의 밤에 별이 되어 주는 스토리다. 『별, 함께 빛나다』에서 빛과 별은 단순한 자연의 현상이나 서정적 이미지 이상의 의미를 내포한다. 그것들은 상실을 경험한 이들의 내면에서 피어나는 깊은 윤리적 상징이며, 죽음이라는 절대적 경계 너머를 향한 신적이고 우주적인 연대의 표상이다. 빛은 과거와 현재를 잇는 기억의 매개체로서 존재하며, 별은 그 기억 속에서 함께 걸어가는 동행자의 존재를 의미한다. 별이 함께 빛나는 것은 단순한 자연 현상이 아니라, 시간과 죽음이라는 무거운 장벽을 넘어서는 윤리적 재회의 서사이자 약속이다.

상실은 고요한 침묵 속에 머무르는 것이 아니라, 나눔과 행동을 통해 그 의미를 다시 쓰는 역동적인 과정이다. "고통은 나눌 때 치유된다"라는 진리는 단지 위로의 문구를 넘어, 고통받는 자들이 서로의 상처를 이해하고 보듬으며 연대할 때 비로소 진정한 치유가 시작됨을 말한다. 상실의 자리에서 탄생하는 윤리는 단순한 도덕적 명령이 아니라, 살아남은 자들이 고인의 삶을 기억하며 그 의미를 삶 속에 구체화하는 강력한 생명력이다.

빛과 별은 이러한 윤리적 생명의 상징으로, 어둠 속에서도 길을 잃지 않고 앞으로 나아가도록 돕는다. 그들은 개인의 상실을 넘어 공동체의 아픔을 공유하며, 혼자가 아닌 함께라는 존재의 힘을 재확인시킨다. 별빛이 멀리서도 서로를 비추듯, 상처받은 이들은 고통을 나누고 서로의 빛이 되어 준다. 이러한 동행은 인간 존재의 근원적 고독을 넘어선 연대의 증표이며, 상실을 극복하는 가장 숭고한 방식이다.

더 나아가, 빛과 별은 죽음이라는 최종적 분리 앞에서도 변치 않는 약속이다. 그것은 사랑하는 이를 향한 기억의 끈이며, 영혼의 연결 고리다. 이 약속 속에서 우리는 비록 육체적으로는 헤어졌지만 영혼과 정신으로는 계속해서 함께 걷고 있음을 깨닫는다. 죽음과 시간의 간극은 비록 깊고 넓지만, 빛과 별은 그 경계를 넘어선 신성한 교감과 연대의 상징으로 자리한다.

이처럼 빛과 별은 상실의 고통을 넘어 새로운 삶의 태동을 가능케 하는 윤리적 기둥이다. 그들은 우리에게 고통을 외면하지 말고, 그것을 직시하며 나누라고 말한다. 그리고 그 나눔은 결국 새로운 희망과 치유를 불러일으킨다. 빛과 별이 가르쳐 주는 것은 바로 이 세상 모든 상실 앞에서도 인간이 지켜야 할 사랑과 기억, 그리고 연대의 가치이다. 이러한 가치는 개인의 아픔을 사회적 책임과 연결시키며, 더 나아가 인류 모두가 공유하는 보편적 윤리로 확장된다.

결국, 빛과 별은 단순한 자연 현상을 넘어, 삶과 죽음, 상실과 재회의 근원적 의미를 담은 상징적 언어다. 그것들은 우리에게 말한다. "고통은 나눌 때 치유된다." 그것은 인간 존재가 관계 안에서 치유되고 회복된다는, 심오한 진실이자 삶을 지탱하는 윤리의 언어다. "함께 빛나는 별이 있기에 우리는 홀로 있지 않다." 이 진리는 상실의 어둠 속에서 가장 빛나는 윤리적 희망이자, 우리 존재의 본질적 진실이다.

작가는 이민자 가족이 직면한 복합적 위기를 사실적으로 조명하며, 그 근본 원인으로서 소통의 부재를 명확히 밝힌다. 부모가 생계를 위해 장시간 노동에 매달리면서 자녀와의 정서적 교감이 단절되고, 이로 인해 청소년들이 방황과 탈선으로 내몰리는 현실은 매우 안타깝다. 작품은 단순한 환경적 어려움뿐 아니라, 문화적 충돌과 정체성 혼란이 중첩된 이민자의 삶을 섬세하게 그려 내어 문제의 심각성을 부각하고 있다.

그러나 근본적 해결은 결국 가족 내 소통 회복에 있음을 암시한다. 이민자 가정이 자녀와 진정성 있는 대화를 나누고 서로의 내면을 이해할 때, 방황의 굴레를 벗어날 수 있는 토대가 마련된다. 더 나아가, 사회적 지원과 문화적 배려가 함께 이루어져야 하며, 정부와 커뮤니티 차원의 통합적 노력이 필요함을 시사한다. 따라서 이 작품은 이민자 가족 문제 극복의 핵심이 '소통'과 '공감'에 있음을 일깨우며, 상호 이해를 기반으로 한 연대의 중요성을 깊이 성찰하게 한다. 이는 단순히 한 가족의 문제가 아니라, 다문화 사회가 함께 해결해야 할 공동의 과제임을 역설한다. 소통과 공감이 바탕이 된 공동체 의식이 형성될 때, 비로소 진정한 통합과 화합이 가능해지며, 모든 구성원이 존중받는 사회로 나아갈 수 있다. 결국, 이민자 가족의 회복과 성장은 우리 사회 전체의 건강한 미래를 위한 중요한 출발점임을 설파하고 있다.

'아메리칸드림(American Dream)'은 꿈꾸는 자의 몫이다. 「아들과 자동차」를 통해 이를 확인할 수 있다.

"너는 한국에서 태어났지만 언제나 미국 시민으로서의 자부
심과 야망을 가져야 한단다." / 그녀의 목소리는 평소보다

무거웠다. / "나는 아메리칸드림을 이룰 거예요." / "그래, 너는 무슨 직업을 갖기를 원하니?" / "글쎄요, 대답하기 어렵네요. 의사, 변호사, 혹은 엔지니어가 될 수도 있겠죠. 하지만 목사는 되고 싶지 않아요." / "왜? 교회 목사는 좋은 직업이잖아. 영혼도 구원하고." / "나도 알아요. 하지만 내가 이상적인 삶을 살지 못하면 오히려 사람들을 실망시킬 수 있잖아요. 의사가 되면 좋을 거 같아요. 그러면 힘없고, 돈 없고, 가족 없는 사람들을 도울 수 있을 테니까. 다운타운 홈리스도 진짜로 도울 수 있어요. 거기 가면 수천 명이 있는데, 그 사람들이 얼마나 많은 병에 시달리는지 몰라요." / "그래서 의학 공부를 하고 싶니?" / "네, 그럴 생각이에요." / "너는 의사가 되면 앨버트 슈바이처 박사처럼 훌륭한 사람이 될 거야. 그분은 아프리카의 나환자들을 위해 병원도 세우셨지."

— 「아들과 자동차」 중

아메리칸드림이 단순한 물질적 성공이나 사회적 지위 획득에 머무르지 않고, 더 깊고 본질적인 인간애와 사회적 책임감을 포함하는 가치임을 섬세하게 보여 준다. 주인공 아들의 대화에서는 진정한 아메리칸드림이란 개인의 욕망을 넘어, 사회적 약자와 소외된 이들을 돕고자 하는 이상적 목표와 연결되어 있다. 그는 의사가 되어 힘없고 고통받는 이들을 치유함으로써, 자기만의 꿈을 실현하는 동시에 공동체에 긍정적인 변화를 일으키려 한다. 이는 물질적 성공보다 더 큰 가치로서, '나'뿐 아니라 '우리'를 위한 삶을 추구하는 태도를 상징한다. 특히 아들의 '목사'가 되고 싶지 않다는 솔직한 고민은, 이상과 현실 사이의 균형을 고민하는 청춘의 내면을 생생히 반영한다. 결국 이 작품은 아메리칸드림이 단순한 경제적 번영을 넘어, 진정한 의미의 '사회적 연대'와 '인간애'에 뿌리를 두고 있음을 말해 준다. 그러므로 아메리칸드림은 꿈꾸는 자의 몫인 동시에, 꿈을 통해 타인을 품고 함께 성장하는 공동체의 몫이기도 하다.

따라서 아메리칸드림은 개인의 성공 신화로만 소비되어서는 안 되며, 사회적 약자와 소외된 이들을 향한 진정한 연민과 실천으로 완성되어야 한다. 이 꿈은 결국 각자가 자신만의 자리에서 책임감을 가지고 공동체에 기여할 때 비로소 온전한 빛을 발한다. 아들의 희망과 고민 속에서 엿보이는 것은, 성공을 넘어 '의미 있는 삶'을 추구하는 현대 이민자 세대의 내면적 갈망이다. 이는 단순한 경제적 상승이 아니라, 인류애와 연대감을 바탕으로 한 진정한 '삶의 가치'를 재정립하는 과정임을 이 작품은 조용하지만 강렬하게 제시한

다. 그러므로 '아메리칸드림'은 결국 꿈꾸는 자의 몫일 뿐 아
니라, 그 꿈을 통해 사회와 인간에 대한 깊은 책임을 다하는
자들의 숭고한 이상이다.

도스토옙스키의 『가난한 사람들』에서 '사랑은 소유가 아
니라, 타인의 안녕을 위한 헌신'이라 했던가. 「헤븐리 리조
트」에서 이를 확인할 수 있다.

"엄마, 나 컵라면 먹어도 되죠?" / "배고프면 카페테리아에
가지 그러니?" / "나는 간단한 라면이 좋은걸. 게다가 식당
은 너무 비싸잖아요." / 이렇게 말할 때의 아들은 그녀 못지
않은 구두쇠로 보였다. 그녀는 짐을 풀고 찻주전자와 컵라
면을 꺼냈다. 물이 끓기를 기다리는 동안 읽다 만 책을 다
시 손에 들었다. / "엄마, 책 읽지 말고 스키 강사한테 강습
을 받아 보세요." / "잘 모르겠구나. 난 운동이라면 워낙 둔
하고 느려서 말이야." / "조금만 배우면 할 수 있어요. 엄마
가 할 수 있다는 걸 난 알아요." / 그녀는 텔레비전에서 보던
가파른 계곡을 쏜살같이 내려오는 스키 챔피언의 모습을 그
려 보았다. 과연 탈 수 있을지 확신이 서지 않았다. 아들은
라면 하나를 단숨에 먹어치우더니 차 트렁크에서 빌려 온 스
키 장비를 꺼냈다. (중략) 표도르 도스토옙스키의 서간체 소

설인 『가난한 사람들』이었다. 어린 소녀와 나이 많은 작가의 러브 스토리를 다룬 책이었다. 아들은 이 책을 두고도 그녀를 놀렸다. 삼 년 동안이나 읽었는데 아직도 끝내지 못한 탓이었다. / “엄마는 이 책을 오래전부터 갖고 있었어요.” / “쉿, 놀리지 마라. 엄마는 영어를 못하기 때문에 반복해서 읽어야 하는 줄 알잖니. 잘 모르는 단어나 구절이 나오면 찾아봐야 하고.” / “내 친구 엄마는 하룻밤에 소설 한 권을 다 읽어요.” / “명작 소설은 그렇게 읽을 수가 없단다. 입안에 들어 있는 고기도 천천히 많이 씹지 않으면 맛이 없다는 말이 있지. 소설은 거기에서 들려오는 목소리에 귀를 기울이지 않으면 읽는 의미가 없단다.” / “그렇군요. 엄마는 대학에서 문학을 전공하지 않았어요?” / “아니, 비즈니스를 공부했지.” / “엄마, 내가 좋은 직업을 갖게 되면 엄마 인생을 훨씬 편하게 만들어 줄 거야.” / 아들의 말에 그녀는 언제나처럼 복잡한 심정이 되었다. 그녀는 아들이 자신의 일을 찾아 어엿한 성인으로 살아가기를 바랐지만, 동시에 그렇게 빨리 곁에서 떠나보낼 준비는 돼 있지 않아서였다. 그녀는 그 휴가에서 마침내 그 책을 다 읽었다. 집으로 돌아와 책장의 가장 잘 보이는 곳에 꽂아 두었다. 맘모스 마운틴에서의 겨울 여행을 언제나 기억하고 싶어서였다.

—「헤븐리 리조트」중

　인용된 장은 문학이 지닌 치유적 힘을 섬세하게 그려 내고 있다. 도스토옙스키의 『가난한 사람들』이라는 고전을 매개로 모자간의 대화와 소통이 이루어지며, 문학이 단순한 지적 향유를 넘어 정서적 안정과 치유를 돕는 도구임을 보여 준다. 특히 엄마가 반복적으로 책을 읽으며 단어 하나하나에 귀 기울이는 모습은, 문학을 통한 내면의 성찰과 감정의 정화를 상징한다. 이는 현실의 고단함과 불확실함 속에서도 희망과 위로를 찾으려는 인간 본연의 욕구와 맞닿아 있다. 또한, 아들과 엄마 사이의 세심한 대화는 문학이 세대 간 공감과 이해를 증진시키는 소통의 매개체가 될 수 있음을 시사한다. 작품은 문학 치유가 단순한 독서 행위를 넘어 삶의 무게를 감내하고 성장해 나가는 심리적 자양분임을 고요하지만 강하게 전달한다. 결국, 문학은 마음의 상처를 보듬고 인간 존재의 복잡한 감정을 순화시키는 가장 근원적인 치유의 길임을 이 작품은 깊이 있게 육화시킨다.

　문학은 개인의 내면 치유를 넘어 가족과 공동체의 이해와 지지를 돕는 공감의 다리 역할을 한다. 특히 이민자 가정처럼 낯선 환경에서 고립되기 쉬운 상황에서, 문학은 문화와 경험을 초월해 정서적 유대감을 강화하고 불안과 긴장을 완화한다. 「헤븐리 리조트」가 보여 주듯, 문학 치유는 단순한 위로를 넘어 삶의 고난 속에서도 희망과 성장의 가능성을 열어 주는 중요한 열쇠이다.

시작의 꽃이 피면 결실의 열매를 맺는다. 「졸업식」을 통해 이를 확인할 수 있다.

야외 운동장에 세워진 졸업식 단상 뒤로 주홍색 부겐빌레아가 배경을 이루고 있었다. 학교 밴드가 〈위풍당당 행진곡〉을 연주했다. 하늘도 순결하게 맑았다. 학생들이 입은 졸업 가운은 사각모와 함께 밝은 보랏빛으로 빛났다. 아들이 그녀 앞을 지나가자 아들의 친구들이 호각을 불고 큰 소리로 환호를 보냈다. 아들은 환하게 웃으며 손을 흔들었다. 졸업식 맨 마지막에 모든 졸업생들이 모자를 하늘 높이 던져 올렸다. 밴드가 〈셀러브레이션〉을 연주하자 학생들이 춤을 추었다. 그녀도 함께 춤을 추고 싶을 만큼 흥겨웠다. / "졸업을 진심으로 축하한다." / 그녀는 아들의 손을 잡고 말했다. 아들은 고맙다고 말하며 그녀를 안았다. 그녀는 아들에게 꽃다발을 건넸다. 아들의 친구들도 꽃다발을 건넸다. 그들 중에는 해나도 있었다. 오랫동안 아들의 걸프렌드로 지내 온 아이였다. 아들은 처음에 그녀가 사진을 찍는 것을 반대했으나 대학에 가 버리면 남겨진 것은 사진들뿐이라는 그녀의 말을 듣고는 찍게 해 주었다. 그녀는 아들과 친구들에게 점심을 사겠다고 제안하고, 산타모니카에 있는 멕시칸 레스토랑을 골랐다. 그녀가 좋아하는 식당 가운데 하나로 바다 풍경이 한눈에 들어오는 곳이었다. 졸업식장에서 걸어 나오면서 그녀는 아들의 목덜미에 입맞춤의 흔적이 남아 있는 것을 보았다. 아들은 숨기려 했지만 그녀는 해나가 그렇게 한 것임을 짐작했다. 평소라면 그냥 넘어갈 그녀가 아니었지만 아들이 그 아이에게 끌리는 마음은 이해하기로 했다.

—「졸업식」 중

졸업식은 인생의 한 장을 마무리하고 새로운 시작을 맞이하는 상징적 의식으로서, 성장과 성취의 의미를 깊이 담고 있다. 주홍색 부겐빌레아가 배경을 이루는 야외 운동장, 맑은 하늘과 밝은 보랏빛 가운은 희망과 순수함, 그리고 미래에 대한 기대감을 시각적으로 환기한다. 졸업생들이 모자를 하늘 높이 던지는 장면은 과거의 노력을 뒤로하고 앞으로 펼쳐질 무한한 가능성을 향한 의지를 보여 준다. 이 순간은 단순한 의례를 넘어서, 개인의 성장뿐 아니라 공동체와 가족의 축복과 지지가 결합된 축제의 자리이다.

특히 어머니와 아들 사이의 따뜻한 교감과 해나를 포함한 친구들과의 우정은 졸업식이 개인의 성취뿐 아니라 인간관계의 성숙과 변화를 수반함을 보여 준다. 어머니가 아들의 변화된 감정을 이해하는 모습은 성숙한 사랑과 신뢰의 표현으로, 졸업식이 단지 학업적 성취를 넘어 삶의 전환점임을 강조한다. 졸업식은 그렇게 과거와 미래를 잇는 다리이며, 꿈과 희망이 꽃피는 순간임을 이 작품은 섬세하게 그려내고 있다.

졸업식은 단순한 의례 이상의 의미를 지닌다. 그것은 한 인간이 자신의 정체성을 재확립하고, 새로운 세계로 발걸음을 내딛는 출발점이다. 이 순간, 과거의 노력과 고난은 값진 열매로 맺히며, 미래에 대한 기대와 불확실성이 공존한다. 작품은 이러한 감정의 교차 속에서 성장과 변화의 복합적인 풍경을 예리하게 포착하며, 우리 모두가 인생의 여정에서 맞닥뜨리는 '마음의 졸업'을 상기시킨다. 결국 졸업식은 끝이 아닌 또 다른 시작을 의미하며, 그 안에 담긴 희망과 책임감은 삶의 지속적인 발전을 가능하게 하는 원동력이 된다.

작가는 잊지 못할 순간을 기억한다. 「아들을 되찾은 그녀」에서 이를 확인할 수 있다.

자동응답기에 여러 개의 메시지가 녹음되어 있었다. 그녀는 확인 버튼을 눌렀다. / "UC리버사이드의 미스터 남입니다. 빨리 제 사무실로 전화해 주세요." / "여보세요, 이모. 저 경애예요. 제 아파트로 전화 좀 해 주세요." / 분명하게 용건을 남기지 않았다는 건 뭔가를 숨기고 있다는 의미일 수밖에 없었다. 그녀는 고개를 저었다. 마치 그렇게 하면 끔찍한 예감을 모두 털어내 버릴 수 있다는 듯이. 그녀는 한국으로 전화를 걸었다. / "여보세요, 경애니?" / "아, 이모. 전화 기다리고 있었어요……. 오, 이모." / 조카는 말을 잇지 못하고 흐느꼈다. / "폴이 어떻게 됐는지 사실을 말해다오. 죽을 각오가 돼 있단다. 다 말해 줘. 모두 다 말이야." / 그녀의 질문에도 조카는 흐느끼기만 했다. 그녀는 감정을 제어할 수가 없었다. (중략) UC리버사이드의 미스터 남이었다. / "제 아내가 삼십 분 안에 도착할 겁니다. 그녀가 함께 있어 줄 거예요. 마음을 진정하시기 바랍니다." / "그런데 무슨 일이에요? 정말 모르겠어요." / "정말 모든 것이 죄송합니다. 더 이상은 말씀드릴 수가 없네요, 미시즈 리." / "도대체 왜 모두들 이렇게 숨기는 거죠? 왜 이렇게 쉬쉬하는 거예요?" / 그녀는 수화기를 쾅 하고 내려놓았다가 UC리버사이드의 한국 프로그램을 맡고 있는 사무실에 전화해야겠다고 마음먹었다. 미국 사람은 정직하고 솔직하게 말해 줄 테니까. 그녀는 즉시 전화를 걸었고 학생과로 연결되었다. 부드러운 목소리가 친숙하게 들려왔다. / "폴의 엄마 리사입니다. 한국으로 떠난 학생, 폴 리 말인데요. 그에게 무슨 일이 일어났습니까?" / "네, 당신을 기억합니다. 끔찍한 일이에요. 너무나 죄송합니다. 당신의 아들 폴 리는 세상을 떠났답니다." / 그녀는 전화기를 떨어뜨리고 그 자리에서 스르르 주저앉았다. 깊고 어두운 동굴에 들어선 것처럼 눈앞이 캄캄해지더니 세상의 모든 소리가 사라졌다. 그녀는 죽은 듯이 기절했다. 기절한 그녀를 발견한 건 UC리버사이드의 미시즈 남이었다. 미시즈 남은 그녀의 얼굴을 얼음 수건으로 닦아 주었다. 그녀가 실눈을 떴다. 그녀의 눈에 비치는 건 낯익고도 낯선 천장이었다.

—「아들을 되찾은 그녀」 중

인용된 장은 아들의 갑작스러운 죽음 앞에서 어머니가 경험하는 극한의 절망과 혼란을 깊이 있게 그려낸 경우다. 작가는 미묘한 감정의 흐름과 불확실한 소식 속에서 어머니가 마주하는 고통을 섬세하게 묘사하며, 인간 존재의 무력함과 동시에 초월적 자세를 향한 내면의 투쟁을 선보인다. 어

머니는 처음에는 소식을 받아들이지 못하고 혼란에 빠지지
만, 점차 슬픔을 넘어 아들의 죽음이 삶의 일부로 자리 잡을
수밖에 없음을 받아들이려 한다. 이 과정은 단순한 체념이
아니라, 사랑하는 이를 잃은 뒤에도 남겨진 삶을 견뎌 내고
자 하는 강한 의지의 표현이다. 또한, 어머니가 겪는 감정의
소용돌이는 상실의 무게를 실감하게 하면서도, 인간이 극한
상황에서도 희망과 평화를 모색할 수 있음을 시사한다. 이
작품은 개인적 비극이 보편적 인간 경험과 만나며, 초월적
삶의 태도를 성찰하게 만드는 문학적 성취라 할 수 있다. 궁
극적으로 어머니의 모습은 죽음 앞에서 절망을 넘어선 사랑
과 용서, 그리고 삶에 대한 새로운 이해를 상징하며 깊은 울
림을 남긴다.

삶과 죽음의 경계를 넘어선 어머니의 초월적 자세는 영적
인 성숙을 보여 준다. 그녀는 비통함 속에서도 아들의 존재
를 마음 깊이 품으며, 그가 남긴 사랑과 기억이 자신을 계속
움직이게 하는 힘임을 깨닫는다. 이러한 깨달음은 개인적 상
실을 넘어 인간 존재의 본질과 삶의 의미를 탐구하게 하며,
독자들에게도 깊은 공감과 성찰을 불러일으킨다. 결국 이
작품은 죽음이라는 불가피한 현실 앞에서 우리가 어떻게 인
간다움을 유지하고, 사랑을 통해 다시 일어설 수 있는지를

묵직하게 전한다. 어머니의 이야기는 아픔을 넘어 희망을 발견하는 여정으로, 삶의 어둠 속에서도 빛을 찾는 보편적 메시지를 선사한다.

"이 약 좀 드세요." / 미스터 한이 그녀의 손에 알약을 하나 쥐여 주었다. 그녀는 그게 무슨 약인지 묻지도 않고 삼켜 버렸다. 독약이기를 바랐다. 그 약을 먹고 아들의 뒤를 따라 이 세상을 떠나고 싶었다. 기자들과 경찰들이 쏟아 내는 질문에 숨이 막힐 지경이었다. 신문기자들은 그녀가 한마디라도 해 주기를 간청했다. 어디에서 그런 힘이 났는지 모르지만 그녀는 마치 준비된 말을 꺼내기라도 하듯 담담하게 설명했다. / "저는 서울대학교 기숙사의 잘못으로 희생된 제 아들 폴 리를 위해 장학재단을 설립함으로써 추모하고 싶을 뿐입니다. 저는 제 아들이 하늘나라에 간 것을 믿습니다. 추모장학재단은 그에게 아무런 위로가 되지 않겠지만, 아들의 이름으로 다른 학생을 돕는 일을 성실히 함으로써 저 자신의 고통을 달래 보려고 합니다. 그게 전부입니다." / 그녀가 일생 동안 했던 말들, 앞으로 해야 할 말들이 그 몇 문장에 전부 담긴 듯했다. 그 말을 내뱉자마자 온몸에서 기운이 빠져나갔다. 그녀가 먹은 약은 수면제였다. 졸음이 밀려왔다. 그녀는 정신을 가다듬고 경찰에게 기숙사 부엌에서 일어난 일을 간단하게 말해 주었다. 사람들 말에 의하면 서울대학교는, 한국 정부에서 운영하는 국립대학이므로 모든 경비는 정부 보험을 통해 처리될 것이었다. 그녀는 소송에 관해 생각할 수가 없었다. 그저 아주 오랫동안 잠을 자고 싶을 뿐이었다. 깨어나지 않고 아들의 곁에서 아주, 아주 오래도록 눈이 뜨이지 않는 잠을 자고 싶었다.

—「아들을 되찾은 그녀」 중

인용된 장은 모성애의 근원적 힘과 무게를 그 어떤 언어보다도 진솔하게 드러낸 감동 스토리다. 이 작품은 국적과 언어, 제도 너머에도 꺼지지 않는 모성의 사랑을, 상실의 깊은 어둠 속에서 가장 순수하고 강인하게 증명해 낸다. 첫째, 아들의 죽음이라는 극단적 상실 앞에서 그녀가 보인 내면의 반응 — 약을 삼키고 스스로 고통을 견디려 했던 절실함 — 은 모성애가 단순한 감정이 아니라 존재의 근간을 이루는 심리적 생명선임을 방증한다. 타인의 시선이나 체제의 판단조차 지워 버린, 사랑의 절박함이다. 둘째, 그녀는 아들을 기억하고 기리기 위해 추모장학재단을 설립하겠다는 차분한 선언을 펼치고 있다. 이것은 슬픔을 개인의 파괴로 끝내지 않고, 타인을 돕는 실천으로 전환시키려는 숭고한 모성애의 발로이다. 그 과정 속에서 그녀는 자신의 고통을 보듬는 동시에, 아들의 이름을 통해 다른 이들의 삶에 의미를 불어넣는다. 셋째, 그녀가 내뱉은 간결하면서도 무게 있는 말들 ― "그게 전부입니다" ― 에는 모든 기억과 사랑이 오롯이 담겨 있다는 인상이 남는다. 그 짧은 결정이 삶과 죽음, 상실과 치유를 잇는 모성의 원형적 선언이다. 넷째, 그녀가 수면제를 먹고 싶어 했던 것은 "아들의 곁에서 아주, 아주 오래도록 눈이 뜨이지 않는 잠을 자고 싶었다"는 마음에서 비롯된 깊은 갈구였고, 이는 모성의 사랑이 삶과 죽음의 경계를 넘어 지속될 수 있음을 열망하는 영혼의 몸짓이다.

이처럼 이 작품은 모성애를 감정이나 도덕적 의무로만 축소시키지 않는다. 오히려, 모성애는 시공을 초월한 사랑이며, 죽음 앞에서도 새로운 의미를 추구하는 강인한 생명력으로서 독자에게 깊은 울림을 전달한다. 기억하고, 나누고, 소생시키는 그 힘은 결국 이 세상에서 가장 확실하고 흔들리지 않는 존재의 기반임이 조용하지만 단단하게 울려 퍼진다. 「아들을 되찾은 그녀」는 모성애가 단순한 본능이나 감정의 차원이 아니라, 삶을 초월해 지속되는 사랑의 궁극적 표현이자 실천적 힘임을 설득력 있게 보여 주는 문학적 성취다.

기다림은 사랑의 다른 이름이다. 「엄마를 되찾은 소년」에서 이를 확인할 수 있다.

소년은 배고픈 친구들의 저녁을 자기 손으로 마련해 주고 싶었다. 그래서 컵라면에 물을 부으려고 여러 개의 컵라면을 개봉한 뒤 공용 부엌으로 갔다. 전기가 연결되어 직접 가열해서 물을 끓이는 보온 물통이 있었다. 배수 꼭지를 여니 물이 줄줄줄 흘렀다. 물통 안 물이 꼭지보다 낮은 바닥에만 남아 있는 듯했다. 소년은 그 물을 따르기 위해 물통을 기울였다. 물탱크에 균열이 일어났고 남은 물이 쏟아져 나오며 바닥을 흥건하게 적셨다. 순식간에 전기가 소년의 몸을 관통했다. 미처 스무 해도 채우지 못한 소년의 삶이 한순간에 증발되었다. 소년이 살아가야 할 세월마저 사라져 버렸다. 감전되어 죽어 가면서 소년은 생각했다. 아무리 오래 살아도 알지 못하리라고. 왜 하늘이 맑을수록 눈물이 나려 하는지. 사람은 왜 아름다운 풍경 앞에서 슬픔을 느끼는지. 그걸 알아도 부질없으리라고. 하늘이 맑을수록 눈물이 나는 게 사람이고, 아름다운 풍경 앞에서 슬픔을 느끼는 게 사람이니까. / 소년의 가슴에서 눈물이 흘러나왔다. 지난 세월이 소년의 눈앞에 펼쳐졌다. 소년은 오직 한 가지 사실이 서글펐다. 엄마에게 선한 아들이 되어 주려고 했던 지난 세월 내내 엄마 곁에 있으면서도 엄마를 기다리며 살아왔다는 사실이. 엄마가 옆에 있는데 엄마가 없는 것처럼, 여전히 멀리 떠나 있는 것처럼 여기며 살아왔다는 사실이 못내 서러웠다. 소년은 고개를 돌려 옆을 바라보았다. 엄마가 있었다. 소년의 입가에 미소가 떠올랐다. 소년은 지저스 곁에 머물며 아직 별의 시간은 아니었으나, 그의 꿈은 함께 빛나는 쪽으로 천천히 기울고 있었다. 별의 심장이 된 사랑을……. / "엄마, 저 여기 있어요. 보고 싶었어요."

—「엄마를 되찾은 소년」 중

인용된 장에서 작가는 사랑과 상실, 존재의 회복이라는 깊은 주제를 통해 가족의 정체성이 어떻게 회복되고 완성되는지를 섬세하게 보여 준다. 이야기 속 소년은 친구들을 위해 음식을 준비하는 순간에도, 무의식적으로 '좋은 아들'이 되기 위한 여정을 살아간다. 그의 희생은 단순한 불운이 아니라, 가족을 향한 무의식적인 헌신의 연장이며, 그 안에 가족의 의미가 얼마나 절실한지 드러난다. 특히 감전되어 생의 마지막 순간을 맞이하면서 드러나는 내면의 독백은, 엄마와 함께 있으면서도 '엄마를 기다리며' 살아온 삶의 역설을 표

출한다. 물리적으로는 곁에 있었으나 정서적으로는 떨어져 있었던 모자 관계는, 바로 그 회한과 깨달음을 통해 진정한 연결로 수렴된다.

소년이 마지막에 본 엄마의 모습은 단순한 환상이 아니라, 그의 존재가 향하는 '사랑의 기원'이며 '가족 정체성의 회복'을 상징한다. "엄마, 저 여기 있어요"라는 마지막 고백은, 가족이라는 이름 아래 살아온 모든 그리움의 총체이며, 비로소 '진짜 만남'이 이루어진 순간이다. 이 작품은 가족이란 피와 살의 결합을 넘어, 서로를 이해하고 기다려 주는 영혼의 관계임을 말한다. 결국 소년의 죽음은 가족의 단절이 아닌 회복으로 읽히며, 삶의 본질은 함께하는 시간보다 서로를 기다려 주는 마음에 있다는 사실을, 깊고 아릿하게 전해 준다.

이향영 장편소설 『별, 함께 빛나다』는 단순한 추모의 기록을 넘어, 인간 존재의 가장 본질적인 물음을 던지는 문학적 성찰이다. 이 작품은 한 인간이 타인을 어떻게 기억하는가, 한 어머니가 상실 이후에도 어떻게 사랑을 지속하는가, 그리고 공동체는 고통을 어떻게 나누고 연대하는가를 깊이 있게 묻는다. 이향영의 문학은 눈물로 얼룩진 현실을 정면으로 응시하면서도, 고통의 심연 너머에서 피어나는 초월적 희망을 놓치지 않는다.

삶의 가장 어두운 자리에 '빛'이라는 언어를 심어 놓음으로써, 그녀는 죽음마저도 다시 삶으로 환원시킨다. 『별, 함께 빛나다』에서 빛은 단지 은유가 아니다. 그것은 상실을 껴안고 살아가는 사람들의 윤리적 자세이며, 더 나아가 기억과 책임, 그리고 존엄을 지켜 내려는 인간의 고요한 저항이다.

어머니의 기다림은 육체적 부재 앞에서도 결코 멈출 수 없는 사랑의 실천 운동이다. 아들이 사라진 자리에 남겨진 건 고통뿐이지만, 그녀는 그 고통을 향해 끊임없이 말을 건넨다. 그 말은 탄식이 아니라 기도이며, 증오가 아니라 용서이며, 침묵이 아니라 윤리다. 그녀가 설립한 장학재단, 조용한 기부, 그리고 타인을 향한 배려는 상실 이후에도 삶을 이어가는 또 다른 방식의 사랑이다.

이 작품은 '고통은 나눌 때 치유된다'라는 명제를 문학적으로 입증하고 있다. 타인의 아픔을 기억하고, 그 이름을 부르고, 다시는 같은 비극이 반복되지 않도록 공동체가 스스로 다잡는 과정은, 바로 이 문학이 만들어 낸 윤리적 유산이다.

또한 『별, 함께 빛나다』는 죽음을 '끝'으로 보지 않는다. 그것은 사랑의 또 다른 방식, 고요한 재회, 그리고 별이 되어 함께 빛나는 또 다른 시작이다. 작가는 상실과 절망, 슬픔과 비극을 모두 직시하면서도 그 끝자락에서 늘 연대와 회복의 가능성을 남겨 둔다.

결국 이 작품은 '죽음을 삶으로 되묻는 문학'이며, 어둠 속에서도 인간의 존엄을 꺼뜨리지 않는 한 줄기 빛의 서사다. 그리고 우리는 그 빛 아래에서, 누군가를 기억하며 살아가는 법을 배운다.

별, 함께 빛나다

초판 1쇄 발행 2026년 3월 5일

지은이 이향영
펴낸이 이재무
기획위원 김춘식, 유성호, 임지연, 차성환, 홍용희
책임편집 이호석

펴낸곳 (주)천년의시작
등록번호 제301-2012-033호
등록일자 2006년 1월 10일
주소 (03132) 서울시 종로구 삼일대로32길 36 운현신화타워 502호
전화 02-723-8668
팩스 02-723-8630
블로그 blog.naver.com/poemsijak
이메일 poemsijak@hanmail.net

ISBN 978-89-6021-843-7 03810

값 18,000원